KB114073

양경 新무협 판타지 소설
FANTASTIC ORIENTAL HEROES

樂工
武林

악공무림

악공무림 7

양경 新무협 판타지 소설

초판 1쇄 찍은 날 § 2014년 8월 20일
초판 1쇄 펴낸 날 § 2014년 8월 27일

지은이 § 양경
펴낸이 § 서경석

편집부장 § 권태완
편집책임 § 박은정
디자인 § 이거일

펴낸곳 § 도서출판 청어람
등록번호 § 제387-1999-000006호
등록일자 § 1999. 5. 31
어람번호 § 제2-2523호

주소 § 경기도 부천시 원미구 부일로 483번길 40 서경B/D 3F (우) 420-822
전화 § 032-656-4452 팩스 § 032-656-4453
http://www.chungeoram.com
E-mail § chungeorambook@daum.net

ⓒ 양경, 2014

ISBN 979-11-316-9167-0 04810
ISBN 978-89-251-3723-0 (세트)

FANTASTIC ORIENTAL HEROES

악공무림

樂工武林

7 [완결]

양경 新무협 판타지 소설

도서출판 청어람

目次

1장
반선(半仙)의 만남

樂武林

교방 악정 이장명.

궁을 나서는 그의 등은 훌쩍 굽어 있었다.

세월의 흔적이다.

예악에 미처 세상을 떠돌았던 젊었을 적의 모습은 이제 흘러간 시간 속의 모습으로 잊힌 지 오래였다.

꼿꼿하게 바로 섰던 허리는 하루가 다르게 굽어가고, 탱탱하게 윤기가 흘렀던 피부는 푸석해진 채 주름이 져가고 있었다.

"허……! 언제 이리 늙었는가!"

궁을 나선 이장명은 훌쩍 늙어버린 자신의 모습에 한탄했다.

퇴궐하는 이장명의 머리 위에는 밝은 달이 떠 있었다.

하지만 이장명의 표정은 어둡기만 했다.

—송 악사를 입궁케 하세요.

오늘 소연 공주에게서 들은 명령이다.

이장명은 그녀의 명령에 어떠한 대답도 하지 못했다.

"허허. 언제 이리 비겁해졌는가."

이장명은 아무런 대답도 하지 못한 스스로를 자책했다.

'그 아이에게 이 궁은 그저 답답한 새장에 불과한 것을…….
내 그것을 알면서도 어찌 그러지 못한다 하지 못했단 말이야!'

송현을 자라난 곳은 교방이다.

교방에서 예악을 익혔고, 악사의 길에 들어섰다.

하지만 그뿐이다.

송현에게 교방의 역할은 딱 거기까지다.

그렇기에 송현은 떠났고, 이장명은 그가 떠날 수 있도록 했다.

그게 벌써 몇 년 전의 이야기다.

그런데 이제야 와서 송현을 다시 궁으로 불러들인다?

그것은 송현에게 하등 도움 되지 않는 일이었다. 아니, 오히
려 이제 송현에게 교방과 궁은 그저 그의 운신과 성장을 제약하
는 새장과도 같은 존재였다.

이제 교방과 궁이란 존재는 송현을 좀먹고 깎아내리는 존재
에 불과했다.

그것을 안다.

너무나 잘.

그럼에도 차마 그러지 못하겠노라 답할 수 없었다.

공주의 명을 거절할 수 없었기 때문이다. 어쩌면 교방 악정이
란 자리에서 물러남은 물론, 교방에서조차 쫓겨날지도 모름을
알기 때문이다.

뛰어나나 압도적인 특출함이 없는 이장명의 연주 실력으로는 교방을 떠나 계속해 음으로 먹고산다는 것은 생계의 불안정을 의미하고 있었다.

그래서 비겁하게 침묵했다.

자신의 비겁함을 알기에 이장명의 자책은 더욱 깊기만 했다.

"후— 우."

깊은 한숨과 함께 집으로 향한다.

송현이 머물던 거처는 이미 새로운 악사가 들어가 살고 있었다. 벌써 한 해 전의 일이다. 궁은 무엇 하나 허투루 놀려 두는 법이 없었다.

그렇게 이장명이 길고 깊은 밤길을 걸어 집에 다다랐을 때.

이장명은 우뚝 걸음을 멈춰 세웠다.

"누구신지요?"

대문을 넘지 못한 이장명이 자신의 집 처마 아래의 어둠 속을 주시했다.

처마 그늘에 가려진 어둠 속.

희미한 음영이 어른거리고 있었다.

사람의 그림자다.

오늘 대궐에서의 명령이 있었던지라 이장명의 마음은 더욱 불안했다.

"누구시기에 남의 집에 그리 숨어 계신 것입니까?"

애써 불안한 심정을 숨기면서도 이장명은 상대가 스스로 정체를 드러내기를 종용하고 있었다.

그리고.

"오랜만에 뵙습니다, 선생님."

어둠 속에서 누군가 모습을 드러냈다.

처마 아래에 드리운 짙은 어둠 속에서 모습을 드러낸 사람의 얼굴은 너무나 익숙한 이의 것이었다.

그의 정체를 확인한 이장명의 동공이 크게 부풀었다.

"소, 송현아!"

어둠 속에서 모습을 드러낸 사람.

그의 정체는 송현이었다.

이장명의 방 안은 초라하기 그지없었다.

명색이 교방의 악정이라는 사람이 살기에는 많이 누추한 곳이다.

이렇다 할 집기도 없는 방 안은 황량함마저 느껴졌다.

송현은 그 방 안에서 이장명과 마주 앉아 있었다.

"여긴 어쩐 일인 게냐."

조용한 이장명의 물음에 송현은 옅게 미소 지었다.

"거문고를 찾으러 왔습니다. 제가 머물던 곳엔 이미 새로운 주인이 생겼더군요."

"이번에 새로이 악사가 된 자지. 너와 같지는 않으나, 그도 그 나름의 길을 찾고 있더구나."

"그렇군요."

악사로 지내던 송현이 떠났으니, 악사의 자리에 공석이 생겼음은 당연한 일이다. 그 공석을 채우기 위해 새로운 악사가 발탁된 것도 이상한 일은 아니었다.

송현은 웃었다.

"다행이네요."

자신의 빈자리를 채운 얼굴 모르는 악사가 제 몫을 다하고 있다.

그래서 안도했다.

"그런데 어디에 있나요? 제 거문고는……."

송현은 휘휘 방 안을 둘러보며 물었다.

이장명이 챙겼을 것이라 믿었다. 그래서 찾아온 것이다. 하지만 방 안 어디에도 송현이 두고 간 거문고의 흔적은 찾을 수가 없었다.

"궁에 있다."

"궁에… 말입니까?"

"그렇지. 처음에는 내가 보관하였으나 곧, 궁에서 내놓으라 하더구나. 이유는……."

"그것은 저의 거문고이기도 하지만……. 할아버지의 거문고이기도 했죠."

"그렇다."

이장명은 고개를 끄덕였다.

송현의 조부는 초야악선이다. 그 초야악선이 썼다는 거문고는 궁에서도 충분히 의미 있는 물건이었다.

그 유산을 물려받은 송현이 없는 이상, 거문고를 궁에서 보관하는 것 또한 어쩌면 당연한 일인지도 몰랐다.

"지금쯤 거문고는 황궁의 비고에 있겠군요."

"그럴 것이다."

황궁비고(皇宮秘庫).

황가의 보물을 숨겨둔 창고.

그중 몇몇은 공개된 곳에서 관리의 삼엄한 경비 속에서 관리되고 몇몇은 누구도 알지 못하는 심처(深處)에 숨겨져 있다고 했다.

황제의 허락 없이는 그 안의 무엇도 사사로이 밖으로 나올 수 없다.

지금의 송현에게 있어 거문고를 되찾는 길은 오직 하나뿐이었다.

"황궁에……. 가야겠네요."

황제를 배알해야 한다. 그에게서 다시 거문고를 돌려줄 것을 청해야 한다.

그것이 유일한 방법이다.

다행이라면 송현이 예전의 교방 악사가 아니라는 점이다.

지금 송현은 세간에서 풍류선인이라 불린다. 인간이지만, 세상은 그를 신선이라 불렀다. 그렇기에 가능하다. 쉽지는 않지만 불가능한 일도 아니었다.

그렇게 송현이 마음먹는 사이.

"…그것은 좋은 방법이 아닌 것 같구나."

이장명이 무겁게 고개를 가로저었다.

그리고 말했다.

"오늘 소연 공주께서 너를 다시 궁으로 불러들이라 명하시더구나. 그리고 너는 지금 거문고를 돌려받기 위해 나를 찾아왔지."

이장명은 천재가 아니다.

송현과 같은 능력도 가지고 있지 않다. 그는 그냥 평범한……. 아니, 조금 비범한 교방의 악정에 불과했다.

그 비범의 정도도 그저 예악의 경지가 높음을 나타내는 비범함일 뿐이다.

그런 그지만 그는 결코 무능하지도 무지하지도 않았다.

"너무나 공교롭구나. 최근 돌아가는 궐 내의 분위기 또한……. 네가 폐하를 배알하게 된다면 폐하께선 너를 다시 풀어주지 않으려 하실게다."

구중심처나 다름없는 궁궐에서 대부분의 시간을 보내는 이장명이지만, 그는 자신이 모르는 거대한 무언가가 있음을 느끼고 있었다.

그리고 그 무언가의 한 축에 송현이 있음도 안다.

그렇기에 그는 송현이 황제를 알현하는 것을 반대했다.

하지만.

"그래도 가야 합니다."

송현은 자신의 고집을 꺾지 않았다.

"……."

이장명은 그런 송현의 모습을 말없이 가만히 응시했다.

송현도 알고 있을 것이다.

궁에 머무는 것은 송현 자신을 위한 일이 아니라는 사실을.

그런 그가 왜 고집을 꺾지 않는 것일까.

"선생님의 추천장을 들고 이 대인을 만나뵈었습니다. 많은 일이 있었지만, 저는 이 대인의 양아들이 되었고, 이 대인께선 저를 아들로 받아주셨습니다."

담담한 목소리로.

송현은 그동안의 이야기를 했다.

이초의 양자가 된 일, 이초를 위해 무림맹을 떠난 일.

"……."

이장명은 아무런 말도 하지 않았다.

호응도 부정, 비판. 그런 평가는 하지 않았다.

그저 가만히 들어줄 뿐이다.

"아버지께서 돌아가셨습니다. 그리고… 이제 궐 밖에서 만난 다른 소중한 이들의 생사도 알지 못하게 되었습니다."

송현은 말을 마쳤다.

"참으로 고단한 삶을 경험하였구나."

이장명은 그런 송현의 어깨를 두드려 주었다.

돌아가는 수레바퀴처럼 반복되는 궁궐에서의 삶과 달리 궐 밖에 선 송현의 삶은 고락으로 가득했다. 그 고락을 직접 마주했을 송현의 마음고생이 얼마나 컸을지도 이장명은 안다.

이장명의 손길에 송현의 얼굴이 풀어진다.

하지만.

"하면? 너는 네 거문고를 찾고자 하는 것이 그들 때문이냐? 네가 마음에 품고 있다는 그 유서린이란 여인 때문에?"

"예."

송현은 솔직히 고개를 끄덕였다.

무림을 떠나왔다 여겼다. 관여하고 싶은 생각도 없다.

다만.

유서린과 천권호무대의 안전만 확실하다면.

"거문고를 통한 음으로 풍운조화를 부리고, 그 풍운조화로

너는 피를 보려 하는구나."

이장명의 말에 송현은 고개를 숙였다.

"…죄송합니다."

이장명은 원칙과 과정을 중시하는 사람이다.

그의 음악이 항상 자로 잰 듯 정확한 음률과 가락을 만들어내는 것 또한 그러한 그의 성정에 기인한 탓이다.

그러한 이장명의 밑에서 음악을 배운 송현이다.

그렇기에 송현은 자신이 지금 가려는 그 길이 이장명의 가르침에서 얼마나 벗어난 것인지를 잘 알고 있었다.

"……."

이장명은 고개 숙인 송현을 말없이 바라보았다.

무어라 탓하지도 훈계하지도 않았다.

그러다 문득 묻는다.

"그들의 안전이… 그만큼 가치 있는 일이더냐? 내 가르침마저 무시하고, 평생을 걸어야 할 예악의 길조차 거스를 만큼?"

"모르겠습니다. 다만……."

"다만?"

"다만 제게는 무엇보다 중한 일이라는 것은 알고 있습니다."

"허!"

송현의 대답에 이장명의 입에서 깊은 장탄식이 흘러나왔다.

이장명은 지금 무슨 생각을 하고 있을까.

송현은 이장명을 조용히 바라보았다.

이장명이 잠시 눈을 감았다가 떴다.

"알겠구나. 내 곧 자리를 만들어 보마."

"감사합니다."

이장명의 대답에 송현은 급히 고개를 숙였다.

이장명은 그런 송현을 바라보기만 했다.

'내 괜한 걱정을 하였구나.'

입가에 보이지 않을 미소가 지어졌다.

'애초 이 아이는 궁이 가두어 둘 수 없는 존재가 되어 찾아왔거늘……'

다시 돌아온 송현.

유약했던 과거의 모습은 사라져 있었다.

독심이 있고, 의지가 있다. 그리고 그 의지와 독심을 관철할 힘이 있다.

대붕(大鵬)이다.

그 크기만 수천 리(數千里)에, 한 번 날아오르면 그 높이만 구만리(九萬里)라 하는 전설의 새.

대붕을 가두어 둘 수 있는 새장은 어디에도 없다.

궁궐의 담장이 아무리 넓고 높다 한들, 또 철옹성과 같다 한들.

대붕을 가두어 둘 수는 없는 법이다.

'참으로 많이도 자랐구나.'

깊은 밤.

남몰래 이불을 뒤집어쓰고 눈물을 훔치던 아이는 어느덧 대붕이 되어 돌아와 있었다.

*　　　*　　　*

황제는 천자(天子)라 한다.

하늘이 내린 자식이란 뜻이다.

인간이 아닌 신인(神人)의 존재로 이 땅을 다스리는 사람이다.

그렇기에 그는 절대적이고, 그렇기에 그는 고귀하다.

"입장!"

우렁찬 외침과 함께 송현은 대전으로 들어섰다.

한때는 한솥밥을 먹으며 지냈었던 교방의 악사들의 연주가 시작된 것도 그와 동시였다.

일보일보(一步一步).

좌우로 기립하여 선 문무대관들의 시선이 송현의 전신을 훑고 지나간다.

송현은 풍류선인.

송현 스스로 자신을 인간으로 여기고, 또한 존재 자체가 아직은 인간임이 확실하였지만. 세인들은 그를 선인이라 칭한다. 또한, 그렇게 믿고 있다.

그렇기에 지금 대전을 질러 걷는 송현은 선인이다.

하지만 인간이 아닌 선인의 존재성으로 대전을 질러 걷는 송현도 예외는 될 수가 없었다.

황제를 향해 다가가는 내내 결코 고개를 들어서는 안 된다. 황제의 용안을 바로 보는 것은 불충이기 때문이다.

또한.

일 보가 모여 십 보(十步)가 되었을 때마다. 황제의 안전을 책임지는 금의위사들이 다가와 송현의 몸을 훑고 지나갔다.

그들은 송현에게 날붙이가 없음을 확인한다.

황가에 허락된 존재를 제외한 누구도.

날붙이와 함께 황제의 백 보 안으로 접근할 수 없다. 그 후 황제로부터 백 보 안으로 접근하는 것도 몇몇 존재에게만 허락된 영광이다.

오십 보.

송현에게 허락된 영광은 거기까지였다.

선인이라는 존재성으로도 그 안의 거리는 허락받지 못하였다.

그렇게 황제와의 거리 오십 보가 되었을 때.

"송현이라 하옵니다!"

송현은 걸음을 멈추고 예를 취했다.

본시 오체투지를 해야 하는 자리다. 그러나 송현은 허리를 굽히는 것으로 족하다는 허락을 얻은 뒤다.

황제가 허락한 일종의 파격이었다.

송현이 입궐하기 전 이로 인하여 문무대신들 사이에서 얼마나 많은 말이 오갔을지는 굳이 보지 않아도 알 수 있는 일이었다.

"예를 거두라."

황제의 목소리가 송현의 귓가로 파고들었다.

송현은 그제야 허리를 폈다. 하지만 감히 고개를 들어 황제를 마주 보지는 않았다.

고개를 들어 황제의 용안을 마주 보는 것은 송현으로서도 허락받지 못한 일이었다. 또한, 그것이 문무백관들이 용인할 수 있는 최선의 선이었으리라.

"고개를 들라."

그러나 황제는 거듭 파격을 요구했다.

"아니 될 말씀이시옵니다. 폐하! 아무리 선인으로 인정받는 자라 하나, 실로 그가 진정 선인인지는 확인되지 않았사옵니다! 또한, 그는 한때나마 야인의 세계에 몸을 담았던 자! 어찌 그런 그에게 감히 고개를 들라 하시는 것이옵니까! 통촉하여 주시옵소서!"

"통촉하여 주시옵소서!"

이조상서(吏曹尙書)서의 외침에 다른 문무백관들이 합하여 명을 거두어줄 것을 청한다.

그 소리가 교방 악사들이 만들어낸 음률을 뒤덮고 대전을 가득 채웠다.

"이조상서."

황제의 옅은 짜증 섞인 부름에 이조상서가 고개를 더욱 숙이며 읍했다.

"불러계셨사옵니까. 폐하!"

"지금 이 용상에 앉은 짐은 누구요?"

황제의 물음.

"…크게는 하늘의 사람으로서… 또한 작게는 이 땅을 다스리는……."

그 물음에 이조상서의 입이 무겁게 열렸다.

이조상서는 천자의 의미에서부터 시작해 중원을 다스리는 황제라는 존재의 지엄한 무게와 위엄을 설명하려는 듯했다.

하지만 그것이 황제가 원하는 답은 아니었다.

"짐은 그저 짐이 누군가 물었소."

"황제… 폐하이시옵니다."

이조상서의 긴 예를 잘라 버린 황제가 듣고 싶어 했던 대답은 그 단순한 한 가지였다.

또한, 그것은 이조상서의 입을 다물어 버리게 하는 말이기도 했다.

이곳은 궁이다.

이 궁궐, 이 땅의 모든 것은 황제의 것이다.

황제가 원하는 것이 무엇이든 그것을 가로막는 모든 것은 황제의 존재를 무시하는 것이 되어버렸다.

"풍류선인 송현은 고개를 들라!"

또다시 황제가 명령을 내렸다.

"……."

이조상서는 물론, 다른 문무백관 그 누구도 쉬 입을 열지 못한 채 입을 침묵했다.

들려오는 것은 악사들이 연주하는 음악 소리뿐이다.

송현은 고개를 들었다.

"짐을 보아라."

황제는 또다시 파격을 요구했다.

하지만 이제는 그 파격을 가로막을 사람은 존재하지 않았다.

"예, 폐하!"

송현은 고개를 들고 두 눈으로 황제를 바라보았다.

하지만 황제는 그것으로도 모자란 듯했다.

"짐은 그대가 잘 보이지 않는군. 그대는 가까이 오라."

거듭되는 파격.

막을 사람 없는 이의 파격에 송현은 순순히 황제의 말을 따랐다.

이제, 황제와의 거리 십 보.

종신과 공신. 그것도 손가락으로 꼽을 만큼 선택된 소수에게만 허락된 거리.

황제는 단숨에 그 거리를 허락해 버렸다.

황제가 웃는다.

"이제야 그대가 잘 보이는군."

"……."

송현은 무어라 대답하지 않았다.

그저 황제의 명에 따라 그의 용안을 가만히 바라보았다.

일찍이 교방에 들어 자라온 송현이었지만, 작금의 황제를 이처럼 가까이서 마주하기는 처음이었다.

젊은 황제다. 쉬 벌어지지 않을 만큼 꽉 다물어진 입술은 옹골차 보였고, 금으로 만든 곤룡포에 숨겨진 어깨는 대전을 떠받치고 있는 기둥만큼이나 굳건해 보였다.

그리고.

송현을 바라보는 두 눈에 담긴 패기와 혈기는 당장이라도 초원을 내달릴 것만 같은 야생마를 닮아 있었다.

하지만.

"……!"

황제의 눈을 마주한 순간.

송현은 속으로 침음을 삼켜야만 했다.

황제의 모습은 완벽했다. 이 땅에 살아가는 백성들이 상상해
왔을 그 모습을 그대로 빼다 박았다.

그러나 송현은 눈으로 보이지 않는 것을 본다.

황제의 몸에 묻어 있는 이야기, 황제의 몸을 감싸고 있는 슬
픔의 붉은 끈.

대전을 가득 채우고도 모자란 그것들이 보이고, 들렸다.

"젊군."

황제가 송현을 본 감상을 말했다.

"송구하옵니다."

송현은 고개를 숙여 그 대답을 했다.

"그대는 어찌 보았는가?"

이번엔 황제가 물었다.

"어찌 보았는가 물었다. 그대의 눈에 짐은 어찌 보이는가?"

"어찌 감히 제가 폐하를 평할 수 있겠사옵니까."

송현은 그런 황제를 물음을 피했다.

"하하하하하!"

황제는 파안대소를 터뜨렸다.

뚝.

그러고는 거짓말처럼 웃음을 그친다.

조금 전까지 웃음을 지었던 사람이라고는 상상할 수 없을 만
큼 웃음을 그친 황제의 표정은 싸늘하기 그지없었다.

"다를 바 없군!"

짧게 말한다.

무엇이 다를 바 없다는 것일까.

그 의미를 생각하기 전에 황제는 거듭 입을 열었다.

"여봐라! 준비한 것을 가지고 오너라!"

황제의 명령에 내관들이 움직인다.

비단(緋緞)에 곱게 싸인 무언가를 들고 와 송현에게 내민다.

"받아라."

황제의 명령이 떨어지고 나서야 송현은 그것을 받아 들었다.

둘러싼 비단을 벗기니 숨겨진 모습이 드러났다.

거문고다.

낡디 낡은.

지금껏 송현이 써온 그 어느 것보다 낡고 오래된 거문고였다.

그것이 송현의 조부인 초야악선이 남기고 간 거문고이자, 송현이 두고 떠났었던 거문고였다.

볼품없는 모습의 거문고였지만, 그것을 쓰다듬는 송현의 입가에는 웃음이 번진다.

그저 용두를 한 번 쓰다듬었을 뿐인데도 울림이 전해진다.

마치 피와 살이 통한 피붙이를 만난 것과 같은 감정이 뱃속 깊은 곳에서부터 올라와 전신으로 뻗어갔다.

그 기분 좋은 만남.

"성은이 망극하옵니다! 폐하!"

송현은 황제를 향해 허리를 숙이며 감사의 뜻을 표했다.

"짐은 그대가 원하는 것은 주었다. 하면, 이제 그대는 짐에게 무엇을 줄 것인가?"

그런 송현을 향해 황제가 묻는다.

"……."

일순 송현은 대답할 수 없었다.

황제에게 줄 수 있는 것.

송현은 잠시의 침묵 끝에서야 대답을 내놓을 수 있었다.

"제게는 지금 이 거문고가 가진 전부이옵니다."

"하면? 그 거문고를 내게 줄 것인가?"

황제가 묻는다.

거문고를 돌려받기 위해 궁을 찾아왔다. 이제 겨우 거문고를 돌려받았는데, 다시 거문고를 내놓아야 한다는 것은 말이 되지 않는다.

송현은 물었다.

"그것을 원하시옵니까?"

"원할 것이라 보이는가? 짐이 그대에게 돌려준 것이다. 그대는 지금 짐이 그대에게 준 것을 다시 빼앗아 가는 소인배가 되길 원할 것이라 생각하는가?"

황제가 대답했다.

송현은 고개를 끄덕였다.

애초에 황제가 거문고를 탐하였다면, 이렇게 거문고를 내놓지도 않았을 것이다.

그렇다면 송현이 지금 황제에게 보답할 수 있는 것은 하나뿐이다.

"하오면 지금 제가 폐하께 드릴 수 있는 보답은 이 거문고를 연주하는 것뿐이옵니다."

연주.

현재 가진 것은 거문고밖에 없는 악사가 할 수 있는 최선의 답례였다.

황제의 입가에 웃음이 번졌다.

"풍류선인의 연주는 풍운조화를 일으키고, 신인의 경지를 보여준다더군."

"과장된 이야기옵니다."

"짐은 그리 생각지 않는다. 그랬다면 처음부터 그러한 소문은 나지도 않았을 것이다. 하나, 짐이 지금 원하는 것은 그대의 연주가 아니다."

황제는 송현의 연주를 원하지 않는다 했다.

"하오면 제가 무엇을 드려야겠사옵니까?"

송현이 물었다.

황제의 웃음이 짙어졌다.

스윽.

용좌를 움켜쥔 황제의 손이 움직였다. 금사로 지어진 곤룡포 속에 숨겨진 손가락이 드러났고, 그 손가락이 송현을 향했다.

"그대, 짐이 원하는 것은 그대다."

"……."

대전에 어색한 침묵이 감돌았다.

송현은 얼마나 긴 시간이 흘렀는지 모를 시간 동안 입을 굳게 다물고 있었다.

대신들의 웅성거림이 음악 소리에 묻혀 사그라진다.

"지루하군."

황제는 더는 대답을 기다리기 힘들었는지 입을 열었다.

"짐은 그대를 원한다 하였다. 그대는 짐의 사람이 되어, 짐을 위하여 일하여라."

"……."

송현은 여전히 침묵했다.

그저 가만히 고개를 숙인 채 시간을 흘러보낸다.

황제의 말에 거듭 대답을 하지 않고 시간을 보냈다. 불경이다. 하지만 지금 이 자리의 누구도 송현의 불경을 탓하는 이는 없었다.

결국.

재차 입을 연 이는 황제였다.

"내키지 않는 모양이군. 하긴, 풍류선인이란 명성까지 쌓았는데 공으로 그대를 얻길 바라는 것은 욕심이지!"

황제는 이어 말했다.

"예부상서의 자리를 주지."

"폐, 폐하!"

황제의 그 말에 삽시간에 대전에 동요가 파도처럼 일어났다.

당황한 대신들이 황제를 불렀으나, 놀라움은 이제 겨우 시작이었다.

"예부상서로도 모자라다면 공주도 주마. 때마침 황가에 혼기가 넘은 소연 공주가 있으니 그대의 짝으로도 모자람이 없겠지. 그대는 선황의 부마가 되는 것이다."

부마(駙馬).

공주의 남편이 되는 자리다.

달리 송현이 황가의 사람이 되는 자리이기도 했다.

상황에 따라서는 송현과 공주의 사이에서 난 자식이 다음 대의 황제의 자리에 오를 수도 있는 일이었다.

육부의 하나인 예부의 가장 으뜸되는 자리인 예부상서의 자리로도 모자라 공주까지 내어준다.

아무리 풍류선인이라 하지만 송현 하나를 제 사람으로 만들기 위해 들이는 대가치고는 너무나 큰 대가였다.

"왜? 이것으로도 모자란가? 그러면 또 무엇을 준다?"

황제는 이 상황을 즐기는 듯 웃음을 지었다. 짐짓 고민하는 척 턱을 쓰다듬는다.

거듭되는 파격에 문무백관들은 이미 할 말을 잃은 지 오래였다. 제자리를 빼앗기게 생긴 예부상서조차도 그저 할 말을 잃은 채 입만 멍하니 벌리고 있을 지경이었다.

"이것이……."

그때.

송현이 오랫동안 꾹 닫아 놓았던 입을 열었다.

"이것이 진정 황제폐하께서 원하시는 일이십니까?"

송현의 시선이 황제를 향했다.

황제의 두 눈을 바라보는 송현의 두 눈은 흔들림 없이 맑고 또렷했다.

"그러면? 저기 저렇게 멍하니 서 있는 저들이 원하겠는가?"

송현의 물음에 황제는 멍하니 선 문무백관들을 가리켰다.

송현이 궁에 들어오는 것은, 그들의 자리를 위협하는 일이다. 그들이 당연스레 누려온 것의 일부를 빼앗는 일이었고, 그들이 그토록 지키고자 애썼던 것들을 빼앗는 일이기도 했다.

송현은 고개를 저었다.

"아닙니다."

이 자리에 모인 문무백관들이 원하는 일은 아닐 것이다.

송현은 다시 물었다.

"하오면 진정 폐하께서 하신 모든 말씀이 폐하께서 원하시는 일이시옵니까?"

"같은 질문을 거듭하는구나."

거듭되는 질문에도 황제는 웃음을 잃지 않았다.

"그래, 짐이 원한 일이다. 이 황궁의 모든 것은 짐이 원한 것이고, 이 땅의 모든 것은 짐의 의지로 이루어진다. 그러니 그대를 원하는 것 또한 짐의 의지다!"

"진정 그렇습니까?"

송현은 같은 물음을 거듭 되물었다.

담담했던 송현의 눈은 어느덧 창날처럼 날카롭게 황제의 두 눈을 꿰뚫고 있었다.

그 탓일까.

"그대는! 그대는 짐의 말을 믿지 못하겠다는 뜻인가! 짐은 황제다! 천자다! 누가 감히 이 땅에서 이 대궐에서 나의 뜻이 아닌 일을 할 수 있단 말이냐!"

황제의 목소리가 높아져만 간다.

그러나 그만큼 송현의 눈빛도 더욱 매섭게 빛이 났다.

"진정이십니까! 이 땅의 모든 것이 폐하의 뜻입니까? 이 궐의 모든 것이 폐하의 뜻입니까? 하오면! 이곳의 문무백관이 대를 이어 저질러 온 부정 또한 황제 폐하의 뜻이옵니까? 궐 밖의 백성들의 아우성 또한, 그런 그들의 어려움을 외면하는 것 또한 폐하의 뜻이옵니까!"

송현이 소리쳤다.

일순 터져 나온 기백이 황제를 압도했다.

용상에 앉은 황제의 근엄하고 위풍당당했던 모습은 온데간데 없이 사라져 버린 채 보이지 않는 무언가에 짓눌려 용상에서 일어서지도 못하는 황제만이 남아 있을 뿐이었다.

"그렇다면! 강호의 어지러움을 조장하고, 무도한 무리가 국법을 무시한 채 힘으로 백성들을 수탈하고 겁박하는 것 또한, 그것을 외면하라 명령을 내린 것 또한 황제께서 원하신 일이었습니까!"

송현의 호통.

지난날 악양에서 도지휘첨사를 찾아갔던 송현이었다.

그리고 도지휘첨사가 말하지 못한, 그의 몸에 묻은 이야기를 들었었다.

흑도와 사파의 무리가 저지르는 패악을 외면하고 묵인하라는 명령. 그리고 그 명령의 뒤에선 황제라는 존재.

그것이 송현이 전해 들은 이야기였다.

송현은 지금 그것을 묻는 것이다.

"그, 그것을 어떻게 네가……!"

갑작스럽게 튀어나온 추궁에 황제는 자신도 모르게 속마음을 입 밖에 흘려내 버렸다.

아니, 어쩌면 그것은 숨길 것 없는 비밀이기 때문이기도 했다.

이 대전 안에서 황제의 그 명령을 알지 못하는 이들은 없다.

그들 또한 그것을 종용했으니까. 흑도와 사파의 범람이 가지고
오는 이득을 취하기 바빴으니까.

하지만 송현은 안다.

황제가 그러한 명령을 내린 것은 문무백관들의 욕심에 찬 달
변이 아니었다.

짐작하고 있었고, 오늘 이 자리에서 비로소 확인했다.

황제의 몸에 묻은 이야기.

대전에 들어서 황제의 얼굴을 마주했을 때 송현은 그 이야기
를 듣고 있었다.

"진정⋯⋯."

송현은 다시 한 번 물었다.

"진정 그것이 폐하께서 원하시는 일이었습니까?"

그 나직한 물음이 무겁게 황제의 어깨를 짓눌렀다.

고개를 숙였다.

눈을 피했다.

용상에 앉아 있던 당당한 황제는 사라진 지 오래다. 야생마처
럼 날뛰는 패기와 혈기로 가득했던 황제의 눈빛도 사라진 지 오
래다.

초라한 황제의 모습.

그 모습을 지켜보는 송현의 눈빛은 무겁게 가라앉아 있었다.

그리고.

"그러하다. 짐이⋯ 짐이 원하여 그런 것이다. 이 궐 밖에는
짐의 말이 전해지지 않는 곳이 있어, 이를 무림이라 하였다. 본
디 무림과 관은 서로 간섭하는 법이 없다고 하지만, 그렇다고

다른 세상의 것으로 생각하여서도 안 되는 법이다. 그것이 짐이 이 용상에 앉아 바라보는 세상! 그러니, 짐은 잠시의 희생을 재물 삼아 사마외도의 무리를 키워 무림의 균형을 맞추려 하였을 뿐이다. 그것이 이 국가를 위하고 짐을 위하는 일이라 여겼다."

궁지로 몰렸던 황제의 대답.

다시 송현의 눈을 바로 노려보고, 움츠러들었던 어깨를 당당히 편 황제의 대답이었다.

"하……!"

송현의 입에서 헛웃음이 흘러나왔다.

송현은 눈을 질끈 감아버렸다.

'이것이 어찌 황제의 입에서 나올 수 있는 말이란 말일까…….'

진정 황제가 원하여서 그런 일이라도. 아니면, 황제가 원하지 않은 일이었음에도 어쩔 수 없었던 상황이었다 한들.

백성을 둔 황제가 할 수 있는 말은 아니었다.

중원의 모든 백성의 무고한 희생을 외면하고, 또 그것을 발판 삼아 일을 도모하였음을 당당히 밝혀서는 안 되는 일이었다.

"지금 이 음률은 이곳에는 어울리지 않는 듯하군요."

송현은 손을 저었다.

"…이, 이게 무슨 짓이냐!"

놀란 황제가 소스라치며 소리쳤다.

"이, 이놈! 어찌 사마외도의 술법으로 신성한 궁궐을 어지럽히느냐!"

문무백관 중 하나가 소리쳤다.

소리 때문이다.

아니, 음악 때문이었다.

송현이 손을 한 번 휘저음과 동시에 악사들의 연주 소리가 바뀌어 있었다.

비명과 한탄이 가득하다. 피맺힌 절규가 대전의 기둥을 타고 울린다.

"무, 무엇하느냐! 얼른 연주를 그치지 않고!"

예부에 속한 관리 중 하나가 소리쳤다.

"그, 그것이!"

하지만 당황스러운 것은 악사들 또한 마찬가지였다.

한순간의 변화에 악기들의 소리가 악사의 의지를 벗어나 버렸다.

그것만 해도 당황스러운 일이었다.

하지만.

"여, 연주를 그쳤는데도 아, 악기가 멈추지 않습니다!"

무엇보다 당황스러운 것은 악기를 손에서 놓았음에도 악기에서 흘러나오는 소리는 그치질 않았다.

저절로 현이 움직이고, 북이 울린다. 편종이 춤을 추고, 피리가 노래한다.

그 괴한 현상.

마치 귀신놀음과 같은 일들이 도저히 끝날 기미가 보이지 않았다.

그 속에서 오롯이 제소리를 내는 사람.

이장명.

오로지 그만이 제소리를 내며 비명과 절규를 다독이고 있었다.

그것은 그의 경지가 그만큼 높은 곳에 있기에 가능한 일이었다. 송현의 모든 힘을 떨쳐내진 못하더라도, 자신의 손에 들린 악기만큼은 제 마음이 가는 대로 운영할 힘을 가지고 있기 때문이었다.

송현은 그런 이장명을 한 번 바라보았다.

'죄송합니다.'

송현과 이장명의 관계를 궁궐에서 모를 리 없다.

어쩌면 지금의 이 행동 탓에 이장명에게 불이익이 갈지도 모른다.

그럼에도 송현은 참지 못하고 일을 저질러 버린 것이다.

송현이 보고 들은 것, 경험한 것.

그리고 지금 눈앞에 황제가 당당히 이야기한 것.

그것이 송현을 움직이게 만들어 버렸다.

"이놈! 그만두지 못하겠느냐!"

황제가 송현에게 소리쳤다.

송현은 그런 황제의 시선도 호통도 피하지 않았다.

"황제가 백성을 외면했다 당당히 밝히는 곳입니다. 그런 곳에 예악이 무슨 소용이겠습니까."

예악을 곁에 두고도 예악을 좇지 않는 황제가 있는 곳이다.

그런 곳이라면 예악은 사치일 뿐이다.

풍류선인이기에 앞서 악기를 다루는 악사이기에, 평생 음악의 길을 걷는 이이기에 그것은 더욱더 허락할 수 없는 일이었다.

"스스로의 의지가 무엇인지도 모르는 황제가 다스리는 나라라면, 백성의 귀함을 알지 못함에 당당한 황제가 있는 곳이라면……. 그곳은 오래가지 못할 것입니다."

송현은 말했다.

그 어조가 마치 선고와도 같았다.

"당신과 같은 사람이 스스로 천자라 일컬어지는 황조라면, 얼마 가지 못해 사라지고 말겠지요."

황제가 황제일 수 있는 근간이 무엇인지도 모르는 곳이다.

그러니 그 근간은 이내 흔들릴 것이다.

뿌리 없는 나무는 아무리 그 꽃이 화려하고 열매가 달콤하다 한들 살아갈 수 없는 법이다.

송현은 발길을 돌렸다.

저벅. 저벅. 저벅.

느릿한 걸음으로 대전을 빠져나간다.

송현의 서슬에, 섬뜩한 예언과도 같은 말에 누구도 입 한 번 열지 못하고 있을 때.

얼어붙어 있던 황제가 뒤늦게 소리쳤다.

"금의위! 금의위는 무엇하느냐! 어서 저 오만무도한 놈을 붙잡지 않고!"

황제의 명령에 금의위와 병사들이 뒤늦게 달려와 막 대전을 벗어나려던 송현을 둘러쌌다.

송현은 걸음을 멈추었다.

시선을 돌린다.

송현의 앞을 가로막은 금의위와 병사들.

그들의 얼굴을 하나하나 훑었다.

움찔!

시선이 머물 때마다 금의위와 병사들은 움찔거리며 감히 송현에게 다가서지 못하고 뒷걸음질 쳤다.

그들도 눈과 귀가 있으니 보고 들었다.

지금 울리는 이 비명과 절규가 누구에게서부터 비롯된 것임을 알기에 선뜻 송현을 향해 칼을 내밀 못했다.

두려운 것이다.

'황제의 명령보다 제 목숨이 중한 병사.'

송현의 시선은 거기서 그치지 않았다.

다시 자신이 걸어 나온 길을 되짚어간다. 그길 양옆으로 문무대신이 서 있었다.

"저 무엄한……."

"뭣들 하느냐! 폐하께서 저놈을 잡아……."

송현의 무엄함을 질타하던 그들은 송현의 시선이 닿을 때마다 합죽이가 되어 입을 다물고 시선을 외면해 버린다.

'뒤에 숨어 정작 제 할 말도 하지 못하는 대신.'

그리고 마지막으로 송현의 시선이 머문 곳은 용상에 앉은 황제였다.

공포에 위축된, 그러면서도 두 눈은 분노로 이글거린다.

'부끄러움을 모르는 황제.'

"하……!"

헛웃음이 터져 나와 버렸다.

송현은 바닥을 향해 얼굴을 숙인 채 고개를 좌우로 저었다.

누구 하나 소임을 다하는 이가 없다.

제 목숨 귀한 줄만 아는 병사는 쓸모가 없고, 숨어서 소리치면서도 정작 앞에선 아무런 말도 하지 못하는 문무백관들도 필요가 없다. 제 손으론 아무것도 못하면서도 그저 분노할 줄만 알고 부끄러워할 줄은 모르는 황제도 위험하기는 마찬가지다.

　"제 눈엔 이곳이 지옥으로 보이는군요."

　송현은 짧게 평했다.

　그리고 멈추어 섰던 걸음을 걷는다.

　금의위도, 병사들도, 등 뒤에서 시끄럽게 떠들어대는 문무백관들도 송현의 앞을 막지 못했다.

　그리고.

　화륵!

　불길이 치솟았다.

　아니, 불길이 치솟은 것처럼 보였다.

　너른 궁궐이 용암 불에 타오르는 것과 같은 환상이 일어나고, 궁궐의 하늘에서는 시커먼 구름이 몰려와 비 없이 뇌성벽력만 내리쳤다.

　멈출 줄 모르고 흘러나오는 악기의 귀곡성은 어느덧 대전의 대들보와 궁전의 높은 돌담에도 옮겨 붙었다.

　송현의 말처럼.

　궁궐은 어느덧 지옥이 되어 있었다.

*　　　*　　　*

　송현이 궁을 떠나고 얼마 되지 않은 시간.

이장명이 돌아왔다.

송현의 걱정과 달리 이장명은 무사한 모습이었다.

"죄송합니다."

송현은 그런 이장명을 향해 고개를 숙였다.

"괜찮다. 이미 예상했던 일이니……."

이장명은 그런 송현의 사과에 고개를 가로 젓는다.

"궁에서도 이런 일은 처음이라 많이 혼란스러운 듯하더구나. 하기야……. 궐 안에 생지옥이 펼쳐졌으니 어찌 혼란스럽지 않았겠느냐. 덕분에 무사히 걸어 나올 수 있게 되었다."

송현이 거문고를 되찾기 위해 황제를 만나려 할 때.

이장명은 이러한 상황을 이미 예상하고 있었다.

당연한 일이다.

황제는 송현을 붙잡아 두려할 것이고, 송현은 궁궐에 갇혀 있을 수는 없었으니까.

이런 식으로 사단이 날 것이라고는 예상하지 못했을 뿐이었다.

이장명의 예상을 훌쩍 넘는 사단을 일으킨 송현 때문에 궁궐 내에서도 말이 많았다. 송현을 잡아 황실을 능멸한 것에 대한 일벌백계를 해야 한다고는 하나, 그야말로 고양이 목에 방울 달기나 다름없는 상황이다.

이미 송현이 부리는 기이한 힘을 확인한 뒤라 황제도 문무백관도 괜한 불똥이 튈까 몸을 사리는 듯했다.

덕분에 이장명도 별 탈 없이 궁을 빠져나올 수 있었다.

"하지만……."

그럼에도 송현은 좀 채 죄송스런 마음을 가눌 길이 없었다.

당장은 혼란스러워서 넘어갔다고는 하나 당장 다음이 문제였다.

당장 내일부터 출궁이 문제였다.

또 언제까지 황제가 가만히 있을지도 알 수 없었다.

그런 송현의 마음에 이장명은 그저 웃음을 지을 뿐이었다.

"괜찮다. 어차피 자리를 만들면서부터 떠날 결심을 하고 있었으니."

"떠나신다니요?"

송현이 놀라 물었다.

"하면, 내일 아무런 일도 없었다는 듯 다시 입궁할 수 있겠느냐? 동쪽으로 가볼까 하는구나. 요동을 넘어가면 네 거문고가 시작된 나라가 나온다 하였으니, 그곳의 예악을 견문하는 것도 나쁘진 않을 게야."

이장명은 허허롭게 웃었다.

이미 송현이 황제를 배알할 수 있는 자리를 만들면서 교방의 악정이란 직위를 내려놓을 것임을 결심하고 있었다.

"나만 꼿꼿하면 괜찮을 것으로 생각했다. 그저 음악만 탐하면 그만이라 여겼었지. 잘못된 생각이더구나. 어느덧 물들어 있었어. 어느 순간부터 나의 음악이 아닌 먹고사는 문제를 걱정하고 있었더구나. 너무 오래 안주하고 있었던 게지. 어쩌면 차라리 잘된 일일는지도 모르겠구나."

이미 마음을 정리한 탓일까.

이장명 표정과 말투에서는 전혀 거리낌이 엿보이지 않았다.

이장명의 몸에 묻은 이야기를 통해서 송현도 그 이유를 어렴풋이 짐작할 수 있었다.

소연 공주가 송현을 궁으로 데려오라 했다.

이장명은 그것이 송현에게 결코 좋은 일이 아님을 알면서도 그 자리에서 거절하지 못했고, 그 탓에 괴로워했었다.

송현이 이장명을 찾아간 날.

그날 오전의 일이었다.

스스로를 되돌아보고 궁을 떠나기로 마음먹었던 것은 그때부터였던 듯했다.

"나야 이 나라를 떠나면 그만이라 하지만……. 너는 이제 어찌하려는 게야?"

이장명이 물었다.

이장명과 송현은 다르다. 이장명은 이 나라를 떠나려 하지만, 송현은 이 나라를 떠날 수 없었다.

먼 미래에는 어찌 될지는 모르겠지만, 당장은 그러했다.

사라진 천권호무대의 소재를 찾는 것이 우선이었으니까.

그전까진 송현은 결코 중원을 벗어날 수 없다.

문제는 송현이 오늘 황궁을 생지옥으로 만들어 버렸다는 것이었다.

당장의 대응은 없었으나, 그것이 언제까지고 계속될 리는 없다.

결국, 대응할 것이다.

황권의 권위를 위해서라도 묵과 하고 있을 수만은 없는 일이었으니까. 그렇게 되면 송현의 행동에도 제약이 생길 수밖에 없었다.

송현은 웃었다.

"감수해야지요. 일단은······."

그리고 고개를 들어 먼 곳을 응시했다.

무언가를 보기 위한 행동이라기보단 생각을 정리하기 위한 행동이었다.

그리고 다시 이장명을 바라보며 웃는다.

"일단은 떠나야겠지요."

이장명의 거처에 머무는 시간이 길어질수록 이장명이 위험해짐을 안다.

그럼에도 이곳에서 머물렀던 것은 이장명이 무사히 퇴궐하는 것을 확인하기 위함이었을 뿐이다.

"조심하십시오."

송현은 꾸벅 이장명을 향해 인사를 올렸다.

그리고 자리에서 일어나 방을 나섰다.

다시 만난 이장명을 떠난다는 사실 때문일까. 괜히 헛헛해지는 마음에 송현은 고개를 들어 하늘을 올려다보았다.

자욱하게 낀 구름에 달빛마저 비치지 않는 밤이다.

"조심하거라."

먼 길을 떠나는 송현을 배웅하는 이장명의 목소리만이 밤길을 밝혀주고 있었다.

* * *

저벅. 저벅.

북경의 밤길을 홀로 걷는다.

대낮에만 해도 거리를 가득 채웠던 인파는 이제 찾아볼 수가 없었다.

홀로 밤길을 걷는 송현의 발걸음 소리만이 거리를 가득 채우고 있었다.

우뚝.

그러다 걸음을 멈춘다.

송현의 시선이 한쪽으로 향했다.

"이제 그만 나오시지요."

송현의 시선은 골목 모퉁이에서 떨어질 줄을 모르고 고정 되어 있었다.

이장명을 떠나오기 전부터 느꼈던 기척이다.

부러 서둘러 이장명의 거처를 나선 이유 중에 하나도 그것 때문이었다.

"……."

고정된 송현의 시선이 머문 곳.

어둠 속에서 누군가 모습을 드러냈다.

단정한 차림에 머리를 질끈 묶은 여무인.

"우리 구면이지요?"

송현은 그녀를 보고 웃었다.

몇 번 마주한 얼굴이다. 처음부터 그녀의 존재를 느끼고 그녀의 정체를 느끼고 있었다.

나인 효인.

숨어 있던 모습을 드러낸 그녀의 정체는 그것이었다.

그녀는 송현을 향해 꾸벅 고개를 숙였다.

이전의 권위적이리만큼 고자세였던 모습과는 너무나 대비되는 모습이었다.

"공주님께서 찾으십니다. 따라오시지요."

그녀는 송현을 안내했다.

*   *   *

"으스스한 곳이군요."

나인 효인이 안내한 곳은 관제묘였다.

촉나라 장수이자 후에는 무신으로 추앙받는 관우(關羽)의 위패를 모시는 사당은 밝은 대낮과는 전혀 다른 모습이었다.

불어오는 밤바람에 삐걱대는 관제묘의 낡은 문이, 은연중에 흘러나오는 서늘한 분위기가 괜히 소름을 돋게 한다.

마치 허락되지 않은 금지에 들어선 것과 같은 착각이 들 정도였다.

"잠시만 기다리십시오."

송현의 감상을 뒤로하고 나인 효인은 꾸벅 고개를 숙인 후 어디론가 걸음을 옮겨 사라졌다.

잠시 뒤.

"오랜만이구나."

사라진 효인 대신 소연 공주가 관제묘 뒤에서 모습을 드러냈다.

"그간 무탈하셨습니까."

송현은 그런 소연 공주를 향해 예를 갖추었다.

"오늘은 지나쳤다. 폐하이시다. 폐하께서 머무시는 궁궐이다. 어찌 무례하게 그와 같은 일을 저지를 수 있단 말이더냐."

소연 공주는 송현을 나무랐다.

오늘 송현이 궁궐을 아수라장으로 만들어버린 것을 탓하는 것이다.

그것이 비록 환영일 뿐인 지옥이었으나, 결코 황제의 앞에서, 황제가 머무는 궁궐에서 벌어져서는 안 되는 일이기도 했다.

국법대로 하자면 송현은 능지처참의 형벌을 받아도 할 말이 없는 대역죄를 저지른 셈이었다.

"그랬습니까?"

송현은 웃으며 머리를 긁적였다.

"사죄하지는 않는구나."

하지만 사과하지는 않는다.

소연 공주는 그런 송현의 행동을 꿰뚫어 보고 있었다.

"그대는 자신의 잘못을 인정하지 않는 것이겠지."

"……."

송현은 대답하지 않았고 그저 웃었다.

그러다 문득 입을 연다.

"혈천패를 만난 이후 죽은 무림맹주 유건극과 대화를 나눈 일이 있었습니다. 맹주는 무림의 뒤편에 미지의 존재가 있다고 했습니다. '그'라고 부르더군요. 그의 힘은 거대하고 은밀해서 오랫동안 무림의 흥망을 좌우하면서도 '그'가 어디에 있는지 '그'의 영향력이 어디까지 미쳐 있는지는 알 수 없다고 했습니다. 그런데……."

송현은 잠시 말을 멈추었다.

소연 공주를 지그시 바라본다.

"'그'의 손이 미치는 곳은 무림만이 아니었군요."

송현의 눈빛이 가라앉았다.

"……."

소연 공주는 입을 꼭 다물어 버렸다.

긍정도 부정도 않는다.

그러나 송현에겐 이미 그녀의 대답이 필요 없었다.

이미 황제와 대면하였을 때부터 송현은 '그'의 존재를 다시 한 번 접했다.

그리고 지금.

소연 공주의 몸에 묻은 이야기를 통해 더욱더 상세하게 '그'에 대해 엿들을 수 있었다.

"안 그렇습니까? 황조?"

송현의 고개가 돌아갔다.

그곳에.

낯선 사내가 있었다.

곤룡포를 차려입은 사내는 옥으로 빚은 듯 잘생긴 외모를 자랑하고 있었다.

구름에 가리어져 달도 뜨지 않았건만, 그는 스스로 빛을 발하는 듯했다. 도갑 없이 허리에 덜렁거리는 금도(金刀). 그리고 손에 들려 핏빛 혈광을 번뜩이는 혈검(血劍).

'그'다.

죽은 유건극이 가리키던 '그'다. 소연 공주가 '그'를 호칭하는 황조다.

"너는… 반선(半仙)이로구나."

'그', 아니, 황조는 송현의 시선에 무심히 입을 열었다.

고저가 섞이지 않은 그 무심한 말투는 송현을 평가하고 있었다.

"화, 황조……."

소연 공주는 모습을 드러낸 황조를 보며 말을 더듬었다.

황조의 시선이 공주를 향해 돌아갔다.

"돌아가거라. 이야기는 나중에 하지."

"하오나 송 악사는……."

"사감을 갖는 게냐?"

무심한 물음.

칠흑보다 어두운 황조의 무심한 눈빛이 소연 공주의 전신을 짓눌렀다.

그 무심함에 소연 공주는 모골이 송연함을 느껴야만 했다.

"돌아가라."

황조가 명령한다.

"명을… 따르겠사옵니다."

소연 공주는 예를 취하고 걸음을 돌려야만 했다.

그녀는, 아니, 그녀가 아는 모든 존재는 황조의 명령을 거부할 수 없다.

돌아서는 소연 공주의 시선이 마지막으로 송현을 스쳤다.

그녀의 두 눈에 담긴 감정.

"걱정하지 마십시오."

송현은 그녀를 보며 웃었다.

그녀의 몸에서 흘러나오는 가락이 그녀가 지금 두려워하고 있음을, 그리고 지금 송현을 걱정하고 있음을 이야기해 주고 있다.

그만큼 소연 공주의 몸에서 흘러나오는 가락은 강렬했다.

"누, 누가 걱정을 한다는 것이냐! 무, 무엄하구나."

소연 공주는 그런 송현을 향해 버럭 소리를 질렀다. 하지만 그 목소리도 이내 잦아든다.

"저는 그럼……."

그리고 이내 관제묘 뒤로 사라졌다.

'암로가 있구나.'

송현은 비록 그녀가 사라지는 모습을 모두 볼 수 없었지만, 그녀의 가락이 사라지는 것은 확연히 느끼고 있었다.

겉보기에는 별다를 것 없는 관제묘인 듯했으나, 실상 그 뒤에는 다른 어딘가로 통하는 길이 숨겨진 기관인 듯했다.

"만물의 가락을 읽고, 이야기를 듣는다. 음으로 풍운조화를 부리고 이능(異能)을 부린다. 독특한 힘이군."

그런 송현의 뒤로 황조의 무심한 목소리가 들려왔다.

황조는 송현의 능력을 낱낱이 꿰뚫어 보고 있었다.

"알고 계셨습니까?"

송현이 그를 보며 물었다.

처음부터 송현이 가진 능력을 알고 있었던 가에 대한 질문이었다.

"알고 있었던 것도… 오늘 확인한 것도 있었지."

"오늘 확인한 것이라면……."

"들리지 않는 이야기를 듣는 것. 울림에 담긴 의(意)를 듣는 것이니 언(言)을 듣는다고 해도 되겠군."

"……."

송현은 입을 다물었다.

송현의 힘은 보통의 것과는 다르다. 특히나 만물에 묻은 이야기를 듣는 것은 송현이 나서 설명하지 않는다면 결코 먼저 알지 못할 일이었다.

"어찌… 아셨습니까?"

"보이더군."

송현의 물음에 황조는 너무나 쉽게 대답했다.

보인다고 한다.

대체 어떠한 방식으로 그것이 보이는지 송현은 감히 짐작기도 어려웠다.

'그리고 보니……!'

경각심을 갖고 나니 황조가 달라 보인다.

황조에게서는 아무것도 느껴지지 않았다.

그에게는 몸에 묻은 이야기도 없고, 흘러나오는 가락도 없다.

유건극을 대했을 때 느꼈던 것과 닮아 있다.

하지만.

달랐다.

경각심을 갖기 전까지 송현은 황조에게서 아무런 이상한 점도 느끼지 못했다.

아니, 처음부터 가장 경계해야 할 존재가 모습을 드러냈음에도 전혀 경계심을 갖지 않고 있었다.

'자연스러워.'

유건극의 가락을 읽지 못하고 이야기를 읽지 못했던 것에 인위가 느껴졌다면, 황조에게서 아무것도 읽지 못한 것에는 인위가 느껴지지 않는다.

당연한 것처럼.

마치 원래가 그러했다는 것처럼 자연스럽다.

가늠할 수가 없다.

황조가 얼마나 대단한 사람인지, 얼마나 무서운 존재인지 제단할 수가 없다.

아니, 지금에 와서는 그가 진정 사람인지도 의심스럽다.

눈앞에 존재하건만, 전혀 그 존재를 알 수가 없다.

'그가 이곳에 있다는 것을 알게 된 것도 결국 그의 의도한 것이로구나.'

송현은 그제야 깨달았다.

처음 그가 이곳에 있음을 알았던 것도, 송현의 능력 탓이 아니었다.

그가 스스로 자신을 드러냈을 뿐이다.

"제단하려 하지 마라. 너는 반선이나, 나도 반선이다. 너는 아직 여물지 못하였으나, 나는 셀 수 없는 세월 속에서 반선으로 여물었다."

"반선이란 무엇입니까?"

"선인의 능력을 얻었음에도 등선하지 못한 이를 말한다."

"제가… 반선이란 말씀이십니까?"

"그렇다."

황조는 송현이 반선이라 했다.

신선의 능력을 얻었으나 등선은 하지 못하였다고 한다.

"저는 도사가 아닙니다."

송현은 고개를 가로저었다.

악사다.

악사가 등선을 할 리 만무하고, 신선이 될 리 만무하다.

애초에 송현은 도가의 공부조차 진지하게 임해 본 적이 없다.

하지만.

"나도 도사가 아니다."

황조는 너무나 태연히 그렇게 이야기했다.

그도 도사가 아니다.

하지만 그도 반선이고, 송현도 반선이다.

"선인이라는 것은 그저 표현이다. 한계를 넘었는가 넘지 못하였는가를 표현하는 일부에 불과하다. 또한, 도가도비상도 명가명비상명. 도가에서는 제법 유명한 말이지. 도사만이 신선이 되는 것은 아니다. 초야악선도 신선이 되었지."

황조의 이야기 중 유독 귀에 박히는 이야기가 있었다.

"할아버지를… 알고 계십니까?"

초야악선에 대한 언급이었다.

괜한 불안감이 들었다.

하지만.

"질문은 여기까지."

황조는 더는 송현의 질문을 허락하지 않았다.

그리고 묻는다.

"너는 무림인인가?"

너무나 간단한 질문이었다.

하지만 황조의 시선을 정면에서 받아야 하는 송현은 그 질문이 그저 간단하기만 한 질문으로 들리지 않았다.

송현은 고개를 저었다.

"아닙니다. 저는 악사입니다."

"그렇군."

송현의 대답에 황조가 고개를 끄덕인다.

그리고 말했다. 아니, 명령했다.

"그렇다면 더는 무림의 일에 관여하려 하지 마라."

"…제가… 왜 그래야만 합니까?"

송현이 무거운 입술을 떼고 물었다.

무림의 일에 관여하려 하지 말라는 황조의 말을 그냥 흘려듣고 넘길 수는 없는 일이었다.

더욱이.

무림에는 천권호무대가 있다.

그런 송현의 물음에 답하는 황조의 목소리가 무겁게 내리깔린다.

"그럼 너는 죽는다."

"당신이 저를 죽이시겠다는 말씀이십니까?"

"그래야만 한다면."

지독하리만큼 무심한.

마치 아무런 일도 아니라는 듯 대답하는 황조의 모습을 보고 있노라면 이상한 착각이 들었다.

지금 눈앞의 황조라면 정말 그럴 수 있을 것만 같았다.

아니, 그럴 수 있을 것이다.

황조는 송현을 꿰뚫어 보았으나, 송현은 황조의 무엇도 알아보지 못하고 있었으니까.

송현이 물었다.

"그래서 저를 이곳에 불렀습니까? 제게 그 경고를 하기 위해서요?"

"너는 그 경고를 듣기 위해 황궁에 지옥도를 펼쳤지."

황조가 대답했다.

송현이 황제를 압박하고 황궁에 지옥도를 펼쳐낸 또 다른 이유.

황제의 뒤편에 존재하는 지금의 황조를 불러내기 위함이었다. 그리고 안다. 황조 또한 송현을 보기 위해 그를 황궁에 들이려 했음을.

황제에게서, 그리고 소연 공주에게서 묻은 이야기가 그것을 말해주었으니까.

"맹주님이 돌아가셨다고 들었습니다."

"그렇다. 그 자리에 나도 있었지."

"그곳에서 사라진 천권호무대는 아직 모습을 드러내지 않고 있습니다. 그들도 당신이……."

송현은 차마 말을 잇지 못했다.

황조라면 가능할 것이다.

천권호무대 전원을 흔적조차 남기지 않고 이 땅에서 사라지게 할 능력이 있었을 것이다.

"나는 내 손으로 누구의 피도 묻히지 않았다."

"그럼?"

"살아 있다. 천권호무대는."

"아……!"

송현의 입에서 안도의 한숨이 터져 나왔다.

그를 마주하고 가장 먼저 걱정했던 것이 그것이다. 그가 굳이 그럴 이유가 없음에도 불안해했다. 그에겐 그런 능력이 있었고, 송현에게 그들은 소중한 사람들이었으니까.

송현은 황조의 두 눈을 응시했다.

밤하늘보다 어두운 그의 두 눈동자를 보고 있노라면 덜컥 불안감이 엄습해 온다.

마치 저 밤하늘에 홀로 부유하는 것 같은 느낌이다.

망망대해보다 넓은 공간에 티끌만 한 점조차 되지 못하는 존재로 발버둥 치는 듯했다. 그러면서도 끝끝내 발버둥은 발버둥에 그치고 서서히 잠식해 들어가는 것만 같았다.

그 막연한 두려움.

송현은 그 막연한 두려움에 마주 섰다.

입술을 연다. 하나, 그 입술이 마치 천근보다 무거운 바위처럼 좀처럼 떨어지지 않으려 한다.

그러나 이야기해야 한다.

"당신의 말을… 따르겠습니다."

어렵게 정말 어렵게 입을 열어 한 말이었다.

"옳은 선택이었다."

황조는 송현이 그 말을 하기 위해 얼마나 많은 정신을 쏟아야 했는지는 관심도 없는 듯 예의 무심한 짧은 말로 대답을 대신했다.

"대신! 조건이 있습니다."

송현은 그런 황조에게 단서를 달았다.

"들어보지."

"천권호무대를 손대지 마십시오. 그들의 털끝 하나 다치게 해서도 안 됩니다. 모두 무사히, 무사히 돌아올 수 있게 해주십시오. 그렇게만 해주신다면 더는 무림에 관심을 두지 않겠습니다."

송현은 말했다.

그 절박함이 목소리에 고스란히 드러났다.

'비겁하지만……'

비겁하다.

오늘 낮에는 백성의 희생을 외면하는 황제를 향해 불같이 화를 냈다.

그리고 지금.

송현은 황조의 계획으로 이유도 모른 채 희생되어야 할 백성의 희생을 외면하고 있었다.

비겁하고 치졸하다.

하지만 그래도 상관없었다.

'누군가 내게 손가락질하고 비난한다 해도 상관없어.'

송현에게는 천권호무대와 유서린의 안전이 무엇보다 가장 중요했다.

또한 절실했다.

하지만.

"불가하다."

황조는 고민의 여지도 없이 송현의 요구를 외면했다.

"…왜?"

아연해진 송현이 물었다.

그는 송현이 무림에 개입하지 않기를 원했다. 그리고 송현은 그러겠노라 했다. 스스로 비겁함과 치졸함조차 외면한 채 그러겠노라 했다.

다만 천권호무대의 안전만 책임져 달라는 것이 송현의 요구조건의 전부였을 뿐이다.

황조에게 있어 그것은 그리 어려운 문제가 아닐 것임이 분명한데도 말이다.

"유건극이 죽기 전, 그가 가장 먼저 한 일은 천권호무대에게 퇴각 명령을 내린 것이었다. 정작 유건극 본인은 악착같이 달려들더군. 이해하기 어려웠다. 그 모습은 마치 천권호무대가 무사히 도망칠 수 있도록 시간을 벌려는 것처럼 보였으니까. 그 이유를 이제야 알겠군."

유건극은 황조에게도 특별한 존재였다.

오랜 세월 무림을 암중에서 조율해 온 황조였으나, 유건극은 그의 계책을 몇 번이나 흔들어 놓았었다.

마치 황조의 계획을 모두 알고 있었다는 듯이.

그리고.

마지막 순간까지 유건극은 황조의 계획을 무산시켰다.

그런 그가 천권호무대를 지키려 했다.

그리고 이제야 그 이유를 알 수 있었다.

"물고기는 물 밖에서 살 수 없는 법. 그렇기에 물고기는 물 밖으로 나가려 하지 않는다. 천권호무대를 살려둔다면 그들은 다시금 무림에 발을 디딜 것이다. 그리고 그들이 있는 한 너도 무림에 무심할 수 없을 터. 결국, 너를 살려두는 것은 내겐 무용한 일이 되어버린다."

천권호무대가 존재하는 한.

무림과 송현의 끈은 끊어진 것이 아니다.

유건극도 그것을 알기에 천권호무대를 살리려 했을 것이다.

"유건극도 참 지독한 인간이군."

망자를 향한 무심한 감상.

제 목숨을 제물 삼아 끝까지 황조의 계획을 흐트러뜨리려 했으니, 백 년도 살지 못하는 인간치고는 참 지독한 사람이었다.

"……."

송현은 말이 없었다.

천권호무대를 살려둘 수 없다 했다.

그렇다면 대답은 하나다.

"그렇다면 저는 당신을 막아서겠습니다."

"귀한 목숨이다. 소중히 여겨라."

"그들의 목숨 또한 제겐 소중합니다."

송현의 목소리에 단호함이 깃들었다.

더는 번뇌와 갈등은 없었다. 비겁하고 치졸한 인간이 되어서라도 지키려 했던 그들을 지킬 수 없다면 고민할 것도 갈등할 것도 없다.

그저 처음 생각 그대로 황조를 막아서면 된다.

"네 조부는 너를 지키기 위해 전부를 희생했다."

멈칫!

하지만 그 굳건했던 결의도 황조의 그 말 앞에서는 흔들릴 수밖에 없었다.

그러나 흔들림일 뿐이다.

잠시간의 흔들림은 오히려 송현의 결의를 강하게 만들었다.

"그렇기에 더더욱 당신을 막아설 것입니다. 할아버지께서 저를 지키기 위해 전부를 희생하셨듯, 저 또한 저의 소중한 이들을 위해 전부를 걸겠습니다."

그 굳은 결의에 황조가 한마디 감상을 내뱉었다.

"어리석군."

금도가 움직인다.

쿵!

지축이 뒤흔들렸다.

조용했던 관제묘에는 인세의 것이 아닌 일들이 펼쳐졌다.

지진이라도 난 듯 지축이 흔들린다.

불길이 치솟고, 하늘에서는 뇌성벽력이 내려친다. 불어오는 광풍은 천년거목을 휩쓸고 지나갈 듯하다.

그리고 그 중심에 송현과 황조가 있었다.

'이것이 황조……!'

송현은 황조의 존재감을 뼈저리게 느끼고 있었다.

거문고는 완벽했다.

기대했던 것 이상으로 송현의 마음을 담아낸다.

여섯 개의 현이 만들어내는 음률은 풍부하고, 울림통은 그 거대한 울림을 굳건히 버텨내고 숙성시킨다. 용두는 견고하게 음률의 흐트러짐을 막고 음조를 지켜낸다.

그 모든 것이 합쳐져 송현의 결의에 찬 마음이 더해졌다.

완전무결했다.

그럼에도 무용하다.

송현이 만들어낸 힘은 황조에게는 전혀 통하지 않았다.

송현이 불러온 광풍은 황조의 몸에도 닿지 못한 채 사그라져 흩어졌다. 업화의 불길은 황조의 혈검 앞에 가로막혀 나아가지 못했다.

번쩍!

벼락이 내리쳤다.

송현이 만들어낸 벼락이다.

황조의 머리 위로 떨어져 내리는 낙뢰는 푸른 섬광을 터뜨린다.

하지만.

그것마저도 무용했다.

천지간의 기운 중 가장 강력하다는 뇌기(雷氣)조차 황조의 몸에 닿지 않았다.

내리친 벼락은 황조가 들어 올린 금도에 가로막혔다.

그리고 머무른다.

스윽.

황조는 머리 위로 치켜들었던 금도를 천천히 송현을 향해 겨누었다.

순간.

금도에 머물렀던 뇌기가 송현을 향해 쏘아져 나아간다.

콰화화화아!

대지를 스치듯 쏘아져 오는 뇌기가 만들어내는 굉음이 섬뜩한 경고를 전해온다.

"흡!"

가부좌를 틀고 거문고를 연주하던 송현의 입에서 신음성이 터졌다.

그리고.

땅―!

거문고 소리가 울린다.

지금까지의 그 어느 것보다 큰 울림이 터져 나왔다.

파지지지직!

쏘아져 오던 뇌력이 보이지 않는 벽에 가로막힌 듯 멈춰 섰다.

'유현……!'

송현은 멈춰 버린 뇌기를 향한 시선을 떼지 않았다.

그런 송현의 무릎 위에 올려진 거문고.

현이 다섯 개다.

육현(六絃) 중 가장 가는 현이었던 유현을 끊고서야 쏘아져 오던 뇌력을 멈추어 세울 수 있었던 것이다.

유현이 끊어지며 만들어낸 울림이 송현을 덮치려는 뇌력과 팽팽히 맞선다.

대기가 일그러지고 붉게 달아올랐다.

그리고.

흩어진다.

가로막힌 보이지 않는 벽에 성난 호랑이처럼 요동치던 뇌력이 서서히 흩어져 사라져 간다.

'결국, 이것인가……'

송현은 안도하면서도 탄식했다.

풍운조화를 부리고, 화염을 불러내는 능력은 황조에게 통하지 않는다.

결국.

송현이 황조를 상대로 낼 수 있는 가장 큰 힘은 혈천패를 무릎 굽혔던 것과 같이 거문고의 여섯 현을 끊어 내는 것이었다.

한계가 있는 힘.

여섯 개의 현을 모두 소진하고도 황조를 무력화시킬 수 없다면 결국 당하는 것은 송현이 된다.

"폭주로군."

황조는 그렇게 중얼거렸다.

"현이 터지면서 그 속에 담긴 것들도 함께 터져 나오지. 너는 그 힘을 토대로 한계 이상의 힘을 쏟아내고, 마음의 폭주, 아니, 감정의 폭주라 하는 것이 맞을 것이다."

송현이 내보인 힘.

황조는 그것 또한 꿰뚫어 보고 있었다.

그리고 말했다.

"하지만 그것은 내게는 불통하겠군. 더불어 네가 영원히 반선조차 되지 못하는 존재임을 나타내는 증거일 뿐이다."

사악!

혈검이 움직였다.

핏빛 섬광이 대기를 가르고 송현을 향해 날아들었다.

그 예리한 기운은 모순되게도 짙고 끈적거렸다. 삽시간에 주위를 핏빛으로 물들인다.

핏빛 섬광이 지나간 자리는 땅도, 하늘도 온통 핏빛으로 물들어갔다.

'혈천패와 같은 기운!'

송현은 자신을 향해 다가오는 기운의 정체를 알아냈다.

'아니, 아니야. 보다 근원적인……'

혈천패가 보인 혈기보다 짙고 원초적이다. 하지만 그렇기에 더욱 순수하다.

마치 혈천패의 기운이, 지금 황조가 쏘아낸 기운을 흉내 낸 모작과도 같은 느낌이었다.

어찌 되었든 좋은 것은 없다.

아니, 오히려 더욱 위험했다.

따— 앙!

송현은 또다시 현을 끊어내야만 했다.

당장 닥쳐오는 기운을 막아내야 했으니까.

싸움은 본격적인 양상으로 흘러갔다.

마치 지금까지는 그저 서로의 힘을 알아보기 위한 전초전이었다는 듯했다.

거문고 소리가 날 때마다.

대기가 요동치고 일그러졌다.

금빛 섬광은 요동치는 대기를 잠재우고, 핏빛 혈광은 세상을 가르고 핏빛으로 물들였다.

송현은 어디에든 있었다. 어디에든 나타났다.

높은 허공에 모습을 드러내기도 하고, 관제묘 저 먼 곳에서 불쑥 나타나기도 했다.

어디에도 있고, 어디에도 없다.

이형환위, 허공답보가 동시에 펼쳐내는 신위였다.

밤하늘에는 뇌성벽력이 가득하고, 대지는 금방이라도 치솟을 듯 거친 굉음을 쏟아낸다. 천지간에 거문고 소리가 가득하고, 하늘과 땅 사이에는 섬광이 가득했다.

전력을 쏟아내는 싸움.

하지만 그 싸움은 이내 마지막으로 향해 치달아 가고 있었다.

'앞으로 둘!'

허공에 모습을 드러낸 송현은 남은 거문고 현의 숫자를 헤아렸다.

가장 굵은 대현과, 문현만이 남았다.

고개를 아래로 향한다.

그곳에 황조가 무심히 서서 송현을 응시하고 있었다.

'무심(無心).'

송현은 새삼 그의 눈빛이 무심함을 느꼈다.

이상한 일이다.

그 무심함이 황조의 전부인 듯한 착각이 든다.

또한, 그 무심함이 어느덧 주위를 뒤덮고 있음을 깨달았다.

황조가 말했다.

혼잣말과 다를 없는 작은 목소리였지만, 송현은 그 소리를 들을 수 있었다.

그리고.

황조 또한 송현이 그 소리를 들을 수 있으리라 예상한 듯했다.

"한계를 넘고, 또한 그 한계 속의 선을 넘는 순간 미망(迷妄)은 사라진다. 이 거대한 세상의 눈으로 바라보면, 모든 것이 먼지와 같다. 무용하지. 경중은 사라지고, 선악은 경계가 없다. 태산과 조약돌이 같아지고, 나무와 동물이 같아진다. 원한도 분노도 애정도 사라진다. 모든 것이 덧없는 것임을 알기 때문이다. 그와 같은 눈으로 세상을 바라볼 때 비로소 신선이 될 수 있는 자격을 얻는다. 하늘의 문을 지날 자격을 얻는다."

"무심……."

송현은 자신도 모르게 중얼거렸다.

황조를 보며 느꼈던 것.

그리고 지금 황조가 스스로 이야기하는 것.

무심이다.

아득한 벽이 송현과 황조의 사이에 새로이 생겨나는 듯했다.

그것은 송현과 황조의 경계다.

송혀은 소중한 이들을 위해 목숨을 걸었으나, 황조에게는 애초 그런 것이 없었다.

황조에게는 소중함이란 없으니까.

그에게는 철천지원수도, 등을 맞댔던 동료도, 피를 나눈 혈육도 그에게는 모두 같은 존재에 불과했다.

그 망연한 존재감이 송현을 덮쳐왔다.

"거짓말… 당신은 스스로 반선이라……."

신선은 등선하는 존재라 했다. 황조는 지금 송현의 눈앞에 존재하고 있다.

그러니 아니다. 아닐 것이다.

송현은 애써 자신의 느낌을 부정했다.

하지만 황조의 무심함은 송현의 간절한 바람을 처참히 짓밟았다.

"이 땅에 남았을 뿐이다. 그렇기에 나는 반선이나, 너와 다른 것이다."

황조의 정의한 바에 의하면 송현은 반선이다.

인간의 한계를 넘어선 영역의 힘을 부린다. 풍운조화를 일으킨다.

하지만 송현과 황조는 달랐다.

송현이 반선이 된 것은 그저 그가 가진 능력 탓이었다면, 황조는 이미 힘도 능력도 정신도 반선을 능가하고 있었다.

그는 하늘 아래에 존재하는 신선이었다.

"끝내지."

황조가 말했다.

그의 말은 마치 선고처럼 송현의 뇌리에 틀어박혔다.

금도를 든다.

그리고 휘두른다.

"……."

아무런 일도 벌어지지 않았다.

혈검을 든다.

그리고 휘두른다.

"……."

이번에도 역시 아무런 일도 벌어지지 않았다.

하지만 황조를 말한다.

"보라. 이것이 거대한 세상이다."

쿠구구구궁!

구름이 사라졌다. 머리 위에 가득하던 뇌성벽력은 아득히 멀어진다.

열십(十)자로 하늘이 갈라지고.

송현의 머리 위로 우주가 펼쳐졌다.

그리고.

'떨어져 내린다!'

송현은 속으로 소리쳤다.

그 말 그대로다.

열십자로 열린 하늘의 문을 통하여 우주가 쏟아져 들어오고 있었다. 밤하늘에 반짝이던 별들이 긴 꼬리를 그리며 유성우처럼 송현의 머리 위로 떨어져 내리고 있었다.

크나큰 우주에서 보면 어쩌면 그것은 티끌보다 못한 크기일 것이다. 하지만 송현에게 있어 그것은 하늘이 떨어져 내리는 일이었다.

'막을 수 있을까……?'

덜컥 겁부터 났다.

하지만 송현에게 남은 선택의 여지는 없었다.

'막지 않으면……. 그땐 정말 끝일 뿐!'

모든 것이 끝이 날 것이다.

안다.

쿠구구구궁!

저 우주가 떨어져 내리는 소리는, 그 소리에 담긴 가락은 그 것이 이 땅에 내려앉았을 때 어떤 일이 벌어질 것인지를 너무나 선명히 알려주고 있었다.

지옥이 펼쳐질 것이다.

적어도 이 북경은 흔적도 없이 사라져 버릴 것이 분명했다.

막아야 했다.

"으득!"

송현은 이를 악물었다.

우우우웅!

남은 두 현 중 하나.

문현에 술대를 걸었다.

마음을 담는다. 열린 하늘이 닫히기를, 쏟아져 내리는 우주가 다시 원래의 모습으로 돌아가기를 기원한다.

그 마음을 잴 수 있다면 그 크기는 얼마나 될까.

그 크기가 과연 지금 쏟아져 내리는 우주의 크기에 비하면 얼 마나 될까.

모기의 날갯짓 소리도 되지 못할 것이다.

그렇기에 더욱더 마음을 담아야 한다. 쏟아낼 수 있는 모든 마음을 쏟아내야 한다.

들릴 수 있도록.

드드드드드득!

술대에 의해 문현이 팽팽해질수록.

문현은 금방이라도 끊어져 버릴 것만 같은 비명을 내질렀다.

'아직. 아직이야!'

송현은 그것으로도 부족하다고 했다.

이마에는 굵은 땀이 비 오듯 쏟아졌다. 눈앞이 빙글 도는 현기증마저 느껴졌다.

심력(心力)을 쏟는 일이다.

그리고 마침내.

술대가 현을 끊었다.

"……."

하지만 아무런 소리도 울리지 않았다.

고요함 속에 이제 막 하늘 문을 넘는 별무리의 풍경이 펼쳐진다.

"표정을 보아하니 실패했나 보군."

송현의 발아래에서 황조의 목소리가 들려왔다.

떨어져 내리는 하늘을 보면서도 황조는 마치 다른 세상에 와있는 것처럼 태연하기만 했다.

송현이 말했다.

"소리는 언제나 늦는 법이죠."

뚜— 웅!

뒤늦게 거문고 소리가 울린다.

거문고 소리는 열십자로 열린 문을 통해 쏟아져 내려오는 하늘을 향해 뻗어갔다.

파문이 일었다.

송현의 눈에는 커다란.

하지만 우주의 시선으로 보면 너무나도 미약한.

마치 망망대해에 던져진 조약돌이 만들어낸 파문과도 같은 미약한 파문이었다.

하지만.

"……."

쏟아져 내려오던 하늘이 멈춰 섰다.

긴 꼬리를 그리며 떨어져 내리던 유성우도 멈춰 섰다.

마치 시간이 멈추어버린 것만 같은 착각이 들 정도였다.

짧은 순간의 일이었다.

하지만 송현에게는 그 짧은 시간이 영원처럼 느껴졌다.

'원래의 자리로 돌아가 줘. 제발!'

송현은 기원했다.

그리고 그 기원이 끝이 났을 때.

쿠구구구궁!

멈춰 섰던 하늘이 다시 움직이기 시작했다.

열린 문을 거쳐서 다시 하늘을 향해 올라간다.

그 장엄한 광경에 송현은 눈을 뗄 수 없었다.

"기어이 돌려보냈군."

그런 송현의 귓가로 황조의 목소리가 들려왔다.

그리고 동시에.

"컥!"

송현은 자신의 목을 움켜쥔 황조의 모습을 확인할 수 있었다. 저 아래에 있던 황조는 어느새 송현에게로 이동해 목을 움켜쥔 것이다.

"여전히 미망에서 벗어나질 못했군."

황조는 송현을 보며 말했다.

"너라면 가능했다. 저 하늘이 떨어져 내리기 전에 북경 밖으로 피신하는 일은. 하지만 그렇게 하지 않았지. 이 북경에 사는 이들을 염려한 탓이다. 그리고 그 때문에 나는 이렇게 쉽게 너를 잡았다."

'결국, 이것도 시험이었나?'

송현은 목을 틀어쥔 황조의 손을 떨쳐내려 발버둥 치면서도 생각했다.

그는 처음부터 이 상황을 노리고 있었다.

발버둥 치는 송현을 잡기보단, 힘을 모두 소진한 송현을 잡을 목적이었다.

그편이 수월하니까.

그러기 위해서 이 북경을 인질로 삼았다.

"당신은 참 무서운 사람이군요."

"사람이라… 그렇게 불렸던 적이 언제인지도 모르겠군. 내게는 한 명의 사람의 목숨도, 만 명의 사람의 목숨도 다르지 않다. 그것들 모두 덧없기는 마찬가지다."

황조는 무심했다.

자신이 얼마나 많은 목숨을 가지고 위협했는지 전혀 감흥을 느끼지 못하는 듯했다.

"그런 사람이 왜 그렇게 무림에는 집착하는 것입니까?"

송현은 황조를 노려보며 물었다.

황조의 눈에 비친 모든 것이 덧없고 미약하다.

그렇다면 그에게는 세상 그 무엇도 의미가 될 수가 없다. 그런데도 그는 무림에 집착한다.

오랜 세월 무림의 그림자에 서서 무림을 주물러 왔다.

그것은 모순이다.

"……."

지금껏 한 번도 망설이지 않았던 황조다.

그런 황조가 송현의 질문에 덜컥 말을 잇지 못했다.

황조는 송현을 뚫어지게 바라보았다.

파문.

심연과 같이 검은 황조의 눈동자에 처음으로 흔들림이 생겼다.

아주 미미한 흔들림이었다.

"네 조부와 같은 질문을 하는군."

황조는 그렇게 혼잣말을 중얼거렸다.

'만난 적 있어!'

송현은 그의 혼잣말에 확신했다.

황조는 송현의 할아버지와 마주한 적이 있다.

죽기 전 혈천패가 처음으로 송현의 할아버지를 언급했고, 황조와 마주했을 때도 황조는 심심치 않게 송현의 할아버지에 대해서 언급했다.

송현이 질문을 던지려던 차에.

황조의 입이 다시 열렸다.

"의무다. 약속이다. 나는 약속하였고, 지켰다. 또한, 지켜가고 있다."

"…무엇에 대한 약속이었습니까?"

송현이 물었다.

"관과 무림은 서로의 영역을 침범하지 않는다. 그 약속을 지키기 위해 나는 이 땅에 남아 있다."

이 땅에 무림이란 또 다른 세상이 자리 잡으면서 이어져 온 불문율.

황조가 하늘 아래에 존재하는 이유는 그 약속 때문이었다.

"마지막이다."

황조가 혈검을 들었다.

목줄을 틀어 잡힌 송현이 피할 수 있는 곳은 어디에도 없었다.

혈검의 검극이 송현의 양미간 사이를 향한다.

그때.

뚜― 웅!

거문고 소리가 울렸다.

대현의 울림이다.

쿠후훙!

큰 충격파가 일어났다.

송현의 목을 틀어쥐고 있던 황조가 튕겨 나가고, 송현 또한 튕겨져 나갔다.

모든 심력과 힘을 쏟아 낸 송현에겐 더 이상 어떠한 여력도 존재하지 않았다.

튕겨져 나간 몸이 바닥에 처박혔다.

이미 혼절해 버린 송현은 비명조차 흘리지 못했다.

그때.

멀리서 말발굽 소리가 울려왔다.

2장

악정위불유(樂定爲不尤)

시연위불단(始演爲不斷)

전력으로 내달리는 말이 만들어낸 먼지 구름이 길게 꼬리를 남겼다.

황조는 멀리 사라지는 송현의 모습을 가만히 지켜보았다.

갑자기 나타난 말.

그 위에 타고 있는 이는 놀랍게도 이장명이었다. 이장명은 그 대로 기절해 버린 송현을 품에 안고 자리를 도망쳐 버렸다.

"어차피 부질없는 짓."

황조는 그런 이장명의 행동이 부질없는 짓이라 했다.

제아무리 말이 달린다 한들, 그 말 또한 피륙으로 이루어진 생물이다.

황조의 한 걸음이면 금세 따라잡을 속도다.

하지만 황조는 걸음을 내딛지 않았다. 아니, 내디딜 수가 없었다.

주룩!

입가에 선혈이 흘러내린다.

황조의 몸엔 어느새 투명한 기운이 그를 옭아매고 있었다.

"초야악선의 기운이 아직 남아 있을 줄은 몰랐군."

초야악선.

송현의 조부가 송현을 지키기 위해 남겼던 기운.

그것은 오래전 이초가 송현의 몸에서 본 선기와 같은 것이었다.

그 선기가 황조의 운신을 방해한다.

예상하지 못했기에 대비하지도 못했다. 옮겨 붙은 선기를 떨쳐내는 일도, 갑작스러운 선기로 인해 입은 상처를 수습하는 일도 단기간에 끝낼 수 있는 일은 아니었다.

"초야악선이여. 그대는 신선이 되었음에도 혈육을 지키려는 것인가?"

황조가 하늘을 올려다보며 물었다.

돌아오지 않을 대답임을 안다.

결국, 황조는 송현을 제압까지 하고서도 죽이지 못했다.

그럼에도 서두르지 않는다.

그럴 필요가 없었다.

"황궁이 내게 있는 한 달라지는 것은 없는 것을."

황궁이 황조의 명을 따른다.

관문관문을 검색할 것이고, 송현과 송현을 낚아 챈 이장명이 어디로 향했는지 알아낼 것이다.

그러니 서두를 것 없다.

"잠시 미루어진 것뿐이다."

그렇기에 황조는 무리하지 않았다.

*　　　　*　　　　*

말이 대로를 달린다.

말 위에는 송현과 이장명이 있었다. 이미 혼절해 버린 송현을 등에 업은 채 말을 몰아야 하는 이장명의 얼굴에는 식은땀이 가득했다.

젊었을 적을 제외한다면 평생을 교방의 악사로 지내온 이장명이다.

이렇게 전력으로 말을 몰아 본 일도 참으로 오랜만의 일이다.

"조금만 참거라. 조금만 참으면 곧 살길이 열릴 것이니!"

이장명은 혼절 한 송현을 향해 중얼거렸다. 어쩌면 자기 자신을 다독이는 말이었을지도 모른다.

그렇게 이장명이 쉬지 않고 말을 몰아 도착한 곳은 북경에서 그리 떨어지지 않은 강가였다.

포구의 강물은 천진을 지나 바다로 이어져 있다.

그리고 그곳에는 미리 정해진 약속이 있었다.

"공주마마를 뵙습니다."

약속된 장소에 도착한 이장명이 말에 내리자마자 예를 취한다.

이장명의 앞에 소연 공주가 서 있었다.

그녀는 미리 마련된 암로를 통해 먼저 약속된 장소에 도착해 있었다.

"예를 받을 시간이 없습니다. 서두르세요."

소연 공주는 이장명을 독촉했다.

"예!"

이장명은 소연 공주의 명을 받고 미리 준비된 작은 조각배에 송현을 실었다.

뱃사공도 손님도 없는 배다.

그 조그마한 배에 송현이 뉘이니 자리가 꽉 차버린다.

소연 공주는 손을 뻗어 송현의 맥을 쟀다.

"어, 어떻습니까? 많이 안 좋은 것입니까?"

불안한 마음에 이장명이 감히 질문했다.

황조가 당분간 송현의 뒤를 쫓을 수 없음을 알지 못하는 것은 이장명이나 소연 공주나 마찬가지다.

사실 여기까지 따라잡히지 않고 도착한 것 자체가 두 사람에게는 커다란 도박이나 다름없는 일이었다.

다만, 이장명이 본 것이라고는 혼절한 채 튕겨 나가 바닥에 처박히는 송현의 마지막 모습이 전부였다.

그렇기에 더욱 불안하다.

"골절상과 타박상은 있으나 생명에 지장을 줄 정도는 아니에요. 다만 맥이 너무 약하군요."

소연 공주는 그렇게 말하며 품안에서 작은 단약을 꺼내 입에 물었다.

그리고 씹는다.

"마, 마마!"

그 모습에 이장명이 놀라 소리쳤다.

단약을 어느 정도 입으로 씹던 소연 공주가 돌연 송현의 입에 입술을 포개는 것이다.

소연 공주는 잠시 뒤 송현과 맞닿았던 입술을 거두었다.

"소생단(蘇生丹)이에요. 다만 송 악사가 혼절해 있어 약기운을 흡수하지 못할까 한 일일 뿐입니다."

소연 공주가 설명한다.

"괜찮겠습니까?"

이장명이 물었다.

그것은 송현과 입을 맞춘 소연 공주를 향한 질문인지, 송현의 상태에 대한 질문인지 모호한 질문이었다.

소연 공주는 그것을 송현의 상태에 대한 질문이라 여겼다.

"할 수 있는데까지 다 했습니다. 나머지는 운에 맡겨야지요. 다만……."

"다만?"

"황조의 이목을 흐트러뜨려야 합니다. 다행히 황조께선 천리를 내다보는 힘은 없으시니 추격에 혼선을 주는 것으로도 족할 것이에요. 황조께서는 궁의 힘을 빌리실 것이니, 당분간은 제가 그 시선을 가릴 수 있을 것입니다."

"……."

이장명은 감히 말을 하지 못했다.

소연 공주의 말은 그리 쉬운 일이 아니었다. 먼발치에서나마 황조의 힘을 보았다. 아무것도 없는 허공에 홀로 서 있던 자다. 황궁에서 단신으로 그 난리를 피운 송현조차도 상처 하나 내지 못한 상대다.

인간 같지 않은 인간을 혼란시키는 일이다.

그것이 가능할지도 미지수였으나, 설혹 그것이 가능하다 한들 나중에 발각되고 난 이후의 여파도 결코 녹록치는 않을 것이다.

그 일을 소연 공주가 자청했다.

"그, 그것으로 괜찮으시겠습니까?"

"예? 악정께선 무슨 말씀을 하시는 거죠?"

"공주마마께서 안으로 그의 눈을 가린다 하셨습니다. 하나, 그것만으로 족하겠느냐는 질문이옵니다."

공주가 황조의 눈을 가리는 데에는 한계가 있다. 어쩔 수가 없다. 공주에게서 들은 황조라는 존재는 비단 황궁에만 손을 뻗친 존재가 아니었으니까.

무림 어딘 가에도 그의 눈이 뻗어 있을 것이다.

"하오면?"

공주가 물었다.

"제가 미끼가 되겠사옵니다. 그도 제가 송현이와 함께 도망친 것을 보았으니, 잠깐의 눈속임은 되지 않겠사옵니까."

이장명의 이야기.

소연 공주는 눈을 크게 치켜떴다.

"위험한 일입니다. 황조는 악정을 죽일 거예요. 황조께서는 사람의 목숨을 거두는 일을 망설이지 않으십니다."

"허허허. 그러니 송현이를 죽이려 하지 않았겠습니까."

놀란 소연 공주의 말에 이장명은 허허롭게 웃었다.

스스로 죽음을 자처한다.

그것도 무인이 아닌 한낱 교방의 악정이.

"대체 왜 그런 위험을 자초하시는 건가요?"

소연 공주는 그것이 궁금했다.

무엇 때문에 스스로 목숨을 내놓으면서까지 송현을 지키려 하는 것일까.

"하오면 공주마마께서는 어찌하여 송현이를 위해 이런 일을 벌이신 것이옵니까?"

하나, 이장명은 오히려 되물었다.

이장명은 스스로의 목숨을 걸었다. 하지만 그것은 소연 공주 또한 마찬가지다. 황조의 손을 잡은 황궁의 사람인 그녀가 황조의 눈을 가렸음을 밝혀진다면 아무리 그녀라 한들 무사할 수만은 없을 것이다.

이장명은 자신의 물음에 설명을 덧붙였다.

"마마께서 말씀하신 그의 성정대로라면 공주마마의 목숨 또한 무사치는 않으실 것이 아닙니까."

"……."

소연 공주는 쉬 입을 열지 못했다.

꽈악!

소연 공주는 주먹을 말아 쥐었다.

"어느 쪽이 되어도 좋기 때문입니다."

"어느 쪽이 되어도 말입니까?"

"예, 황조께서는 우리 황가에게 있어 든든한 지지대입니다. 그분이 계시기에 황가는 무림의 성세가 국운을 좌우할까 걱정하지 않아도 되는 것이지요. 하지만! 그렇기에 황조께선 우리 황가를 가로막는 벽입니다. 천자께서도 감히 넘지 못할 벽이지요."

관과 무림의 불가침.

그 불가침이 황조의 원칙이다.

그것을 어기는 것은 무림이든 황가의 사람이든 상관치 않고 가로막는다. 아니, 그 싹을 잘라 버린다.

그렇기에 황제조차 황조의 눈치를 볼 수밖에 없는 형국.

그것이 현 황가의 처지였다.

"송 악사가 정말 황조를 굴복시킬 수 있다면 그것은 그것대로 좋은 것입니다. 그럼으로써 황제폐하께서는 비로소 천하의 주인이 되시는 것이니까요. 반대의 경우도 마찬가지죠. 황조께서는 저의 목숨을 거두실지언정 황가를 버리시지는 않으실 것입니다. 그러니 황가는 지금까지 그래 왔던 것처럼 무림이 황권을 침범하지 못함을 알고 안심하겠지요."

그렇기에 어느 것이든 좋다.

그렇기에 공주는 목숨을 걸었다.

공주의 이야기는 지극히 실리적인 이유를 들고 있었다.

하지만.

"허허허. 마마께서는 거짓말이 서투십니다."

이장명은 허허로운 웃음을 흘리며 고개를 저었다.

"자! 이제 송현이를 보내야 하지 않겠습니까."

그리고 기절한 송현을 태운 나룻배를 밀었다.

배가 강 중심을 향해 나아가더니 이내 물살을 타고 강 아래로 흘러가기 시작한다.

이후 이장명은 말에 올랐다.

감히 말에 올라 공주를 내려다보는 무례를 범했다.

"마마께서는 왜 제게 목숨을 거시는가 물으셨었지요?"

그리고 묻는다.

끄덕.

공주는 침묵하며 고개를 끄덕였다.

"저기 저 배를 타고 흘러가는 아이가 다른 누구도 아닌 송현이기에 그랬사옵니다. 저 척박한 황궁에서 살아온 소신이 감히 단 한 명에게 정을 주었으니, 그가 바로 송현입니다. 저 아이 덕분에 지금껏 웃는 법을 잊지 않고, 사람의 정을 살아왔습니다. 하오니 송현이 저 아이를 살리기 위해 이 늙은 목숨을 걸어볼 만하지 않겠어옵니까?"

"……."

이장명의 솔직한 대답에 소연 공주는 아무런 말도 하지 못했다. 웃는 이장명의 눈빛을 응시하는 소연 공주의 눈빛이 흔들린다.

그러나 그 시간조차 길다.

"늦겠사옵니다. 소신은 이만 가보겠습니다. 부디, 보중하십시오."

이장명이 꾸벅 고개를 숙이며 예를 취했다.

마지막 예다.

궁인의 한 사람으로서, 백성의 한 사람으로서 공주에게 올리는 마지막 예다.

이제 두 사람 간에는 후일은 없으니까.

두 사람 모두 살아남는다 한들 이장명은 다시 공주를 볼 일이 없을 것이고, 둘 모두 살아남지 못한다면 더는 예를 취할 수도 없다.

"이럇!"

이장명이 말을 몰고 떠났다.

소연 공주는 홀로 남아 멀리 사라지는 이장명을 바라보았다.

"정을 나누었기 때문이라……."

어쩌면 소연 공주가 대답하지 못한 진짜 이유 또한 이장명과 다를 바 없는지도 몰랐다.

*　　　　*　　　　*

꿈을 꾸었다.

세상이 온통 새하얗다. 수북이 내려앉은 눈에 나무둥치가 사라져 버렸다. 쌓인 무게를 이기지 못한 노송의 나뭇가지가 부러져 내렸다.

송현은 꿈속으로 보이는 설경에도 아름다움을 느끼기보다는 막연한 두려움을 느꼈다.

하늘은 쉴 새 없이 눈을 퍼붓는다.

이미 장정의 허리까지 차오른 눈에 산짐승조차 옴짝달싹하지 못할 정도였다.

어디선가 들려오는 아련한 거문고 소리가 아니었다면 송현은 진즉 두 눈을 감고 눈앞에 펼쳐진 광경을 외면해 버렸을 지경이었다.

그곳에.

황조가 있었다.

황조는 눈 덮인 산을 걸어 올라가고 있었다.

황조가 지나간 자리에는 발자국이 남지 않는다.

답설무흔(踏雪無痕).

~~눈을 밟아도 흔적이 남지 않는다.~~

황조는 예의 무심한 표정으로 산길을 올랐다. 그리 힘들이지도 않았건만 황조가 한 발을 내디딜 때마다 그의 신형은 훌쩍 저 앞으로 나아가고 있었다.

그 모습은 마치 경공술이라기보단 전설에 나오는 축지법(縮地法)에 가까웠다.

그렇게 설산을 오른 황조의 발길이 멈춘 곳은 산 중턱의 작은 모옥 앞이었다.

싸리나무로 둘러친 형식뿐인 벽은 이미 내린 눈에 파묻혀 빼곡히 가지 끝만을 내밀고 있었다.

모옥은 밝게 불이 켜져 있었다.

황조는 그 앞에 서서 아무런 말도 하지 않았다.

그리고.

덜컥.

문이 열림과 동시에 낯익은 목소리가 흘러나왔다.

"뉘신데 이 험한 산중에 찾아오셨는지요?"

'할아버지!'

꿈에서라도 듣고 싶었던 목소리. 그 간절한 바람에도 근 몇 년간 꿈속에 찾아오지 않았던 이의 목소리.

초야악선.

송현의 할아버지의 목소리였다.

열린 방문을 통하여 방 안의 풍경이 송현의 눈에도 훤히 들어왔다.

'저건… 나로구나.'

방문을 열어 황조를 맞이한 할아버지의 무릎 가에 누워 곤히 잠든 아이.

조막만 한 얼굴, 조막만 한 입술.

그것은 송현도 기억하지 못하는 어렸을 적의 송현이었다.

어린 송현의 옆에는 아직 다 먹지 않은 찐 보리 반 그릇과 이미 새하얀 재만 남은 화로가 자리하고 있었다.

"신선의 소리를 듣고 찾아왔지."

황조가 송현의 할아버지의 물음에 답했다.

'역시, 할아버지의 거문고 소리였구나. 하지만 왜?'

송현은 처음부터 들려온 이 거문고 연주 소리가 할아버지의 것임을 새삼 확인했다.

그리고 의문이 들었다.

황조는 왜 할아버지를 찾아왔을까.

그는 왜 굳이 연주 소리를 듣고 찾아왔다 말하였을까.

"허! 어찌 제게 신선이라 하시는지요. 또한, 손님께선 어찌 저를 신선이라 믿고 찾아오셨는지요?"

황조의 대답에 할아버지는 허허로운 웃음을 지으며 되물었다.

황조는 답했다.

"천문이 열렸다."

"아!"

그 짧은 대답에 할아버지의 입에서 옅은 탄식이 흘러나왔다. 할아버지의 탄식에는 안타까움이 짙게 베어 나왔다.

"하오면 손님께선 하늘의 사람인지요?"

"아니, 이 땅의 사람이다. 그대보다 먼저 천문을 열었으나 이곳에 남은 사람이다. 그렇기에 나는 반선이다."

"허허! 그러셨습니까."

할아버지가 고개를 끄덕인다.

잠시나마 할아버지의 얼굴에는 안도가 깃들었다.

하지만.

"미망을 벗은 그대는 왜 이곳을 떠나지 않았나."

다시 시작된 황조의 물음에 할아버지의 얼굴에는 다시 수심이 드리워졌다.

"역시, 손님께서는 저를 하늘로 올려 보내기 위해 찾아오신 분이셨나 봅니다."

"……"

할아버지의 그 말에 황조는 침묵으로 대답을 대신했다.

그 침묵이 무엇을 의미하는지 할아버지는 모르지 않았다.

"하오나, 그러는 손님께서는 어찌하여 하늘을 오르지 않으셨는지 여쭈어보아도 되겠는지요?"

"지킬 것이 있었다."

"허허! 그러시다면 이 늙은 악사의 사정 또한 이해해 주시겠습니다. 보시다시피 저는 홀몸이 아니옵니다. 제가 떠나고 나면 이 여린 아이는 어찌하겠는지요. 이 야속한 눈 속에서 살아남는 일이야 이 늙은이의 미약한 힘으로 지킬 수 있다고 하나, 제가 떠나고 난 뒤 남겨질 이 아이가 마주해야 할 모진 세상에서는 누가 이 아이를 지켜준단 말입니까."

할아버지는 걱정하고 있었다.

모질고 거친 세상 속에서 홀로 남겨진 어린 송현을 말이다.

"봄이 오면 사람이 올 것이다. 그 아이는 그대의 후광을 등에 업고 황궁에 들 것이고, 그곳에서 그대의 뒤를 이어 음악을 익힐 것이다. 저 아이가 장성하는 동안 사는 데 부족함이 없을 것이다."

황조의 말.

'이건······!'

송현은 경악했다.

황조가 지금 할아버지에게 하는 말은 송현이 직접 겪어야 했던 성장기였다.

초야악선의 기사. 그 기사로 인해 송현은 황궁 교방에 들어섰다. 그곳에서 악기를 배웠고, 음악을 익혔다.

황조의 말과 같다.

꿈임을 알면서도 섬뜩함에 몸서리칠 수밖에 없었다.

어쩌면 자신의 성장기가 황조의 의도로 이루어진 일들이란 생각 때문이었다.

송현이 경악하는 사이.

"허허허."

할아버지는 오히려 웃음을 터뜨렸다.

그리고 말했다.

"배려에 감사합니다. 하오나 어찌 그것으로 부족함이 없겠습니까. 홀로 남겨진 이 아이가 느껴야 할 외로움과 공허함이 있거늘 어찌 부족함이 없다 하시는지요."

"이상한 말을 하는군."

할아버지의 말에 황조가 무표정한 얼굴로 고개를 저었다.

"그대는 천문을 열고 세상의 눈으로 만물을 바라보았다. 모든 것이 무용함을. 정리(情理)도 덧없는 것임을. 그대는 이미 무심의 눈으로 그것을 보았고, 깨달았다. 또한, 그대 또한 무시함을 알 것이다."

"허허. 보았지요. 저 또한 이제 무심하게 되었지요. 맞는 말씀이십니다."

"그러니 헛된 말을 멈추어라. 내가 해줄 수 있는 것은 여기까지. 그 이상은 바라지 마라."

"허허. 손님도 저도 이미 무심한데 무엇을 바라겠는지요. 하오나……."

"떠나지 않으면!"

황조가 할아버지의 말을 잘랐다.

고저 없는 목소리였지만 황조의 말에는 무서운 무언가가 담겨 있었다.

"떠나게 할 것이다. 그대의 미망이 남은 저 아이 또한 무사하진 못한다."

경고였다.

황조는 어린 송현을 두고 협박하고 있었다.

"…진정이십니까?"

할아버지의 얼굴에 처음으로 서리가 내려앉았다.

"거짓이라 보이나?"

"…허허허. 손님이 찾아온 것이라 여겼건만, 이제, 보니 저승

차사셨습니다."

"나는 이미 오래전에 그대가 보았던 것을 보았다. 이 땅에 얼마나 많은 황조가 들어서고 몰락하였는지도 보았지. 그대는 이런 나를 막을 수 있으리라 보는가?"

황조를 중심으로 검은 기운이 넘실거렸다.

마치 화선지 위에 떨어진 먹물처럼 서서히 주위를 잠식해 나간다.

아니다. 황조를 중심으로 흘러나오는 그것은 검은 기운이라 할 수 없었다. 그것은 기운조차 존재하지 않는 것이었으니까.

거대한 공허.

상반되는 의미였음에도 그것을 설명할 수 있는 단어는 단 하나였다.

태허(太虛).

큰 비워짐은 검다. 황조만이 그 속에서 오롯이 자신의 색을 가지고 있을 뿐이었다.

어느덧.

황조의 양손에는 황도와 혈검이 쥐어졌다.

"마지막으로 묻겠다. 떠나겠는가?"

"허!"

태허는 어느덧 마루 위까지 침습해 와 있었다.

할아버지는 긴 탄식과 함께 황조를 바라보며 물었다.

"이 늙은 악사는 어찌 이렇게 손님께서 저를 떠나라 독촉하시는지 알 길이 없습니다."

"그대는 신선. 나의 제어를 벗어난 존재. 시간이 지날수록 그것은 더해질 터. 훗날 그대가 나의 반대편에 선다면 나는 내가 지키고자 하는 것을 지키기 어려움을 알기 때문이다."

"모순이로군요."

송현의 할아버지는 고개를 가로저었다.

황조는 지금 할아버지에게 미망을 버리고 천문을 건너라 한다. 그럼에도 정작 황조는 그 미망 때문에 할아버지를 독촉하고 있다.

지독한 모순이다.

같은 것으로 보고 경험하고 깨달았음에도 자신의 미망 때문에 할아버지의 미망을 강제로 버리게 하려 하고 있으니 말이다.

"결정하라."

하지만 황조는 흔들림 없이 할아버지를 압박할 뿐이다.

"……."

할아버지는 깊게 가라앉은 눈으로 황조를 응시했다.

"허! 허허허!"

그리고 웃었다.

"예, 떠나지요. 떠나야 하겠지요. 미욱한 저로서는 감히 손님을 상대할 능력이 없으니 말입니다. 그것이… 이 아이를 지키는 길이라면 그리 해야겠지요."

짙은 안타까움과 체념이 묻어나오는 목소리다.

잠든 어린 송현의 머리를 쓸어 넘기는 할아버지의 주름진 손길에는 정이 가득했다.

할아버지는 그렇게 한참을 어린 송현의 머리를 쓰다듬으며 마음을 가다듬었다.

그 심정이 굳이 말하지 않아도 전해진다.

그러다 문득.

"하오나!

할아버지는 고개를 들어 황조를 응시했다.

"황조께서는 저와 같은 시선으로 만물을 보았음에도 잊으셨나 봅니다. 무심이 무심이 아니고, 무용이 무용이 아님을 말입니다. 보이지 않는다 한들, 들리지 않는다 한들 그것이 없는 것이 아님을 말이지요."

"…무슨 뜻이지?"

황조가 묻는다.

하지만 할아버지는 그저 소리 없는 웃음을 지을 뿐이었다.

그리고.

"마지막으로 한 곡조쯤은 괜찮지 않겠습니까."

할아버지는 거문고를 끌어당겨 무릎 위에 올려놓았다.

뚜둥.

거문고 소리가 산중에 울린다.

숨죽인 숲을 깨우고, 마루 위까지 침범한 태허를 밀어낸다.

아니, 그것은 채움이었다.

어둠이 씻겨 나가고 그 위에 새순이 싹을 틔웠다.

봄이 오려거든 아직 한참이나 남았거늘, 싹 틔운 생명은 무럭무럭 자라난다. 그러나 할아버지의 시선은 자신이 만들어낸 기사에 머물러 있지 않았다.

따스함이 가득한 눈동자가 향하는 곳은 어린 송현의 얼굴이었다.

말하고 있었다.

"괜찮으니, 괜찮으니. 이 할아버지가 있으니 괜찮으니. 할애비가 떠나도 할아버지의 음률은 네게 남아 있으니 괜찮으니. 그러니 걱정치 마라. 홀로 남겨졌다 서러워하지 말거라."

노래가 아닌 다독거림이다.

세상 그 무엇보다 포근하고 든든했던 속삭임이었다.

그리고.

할아버지는 사라졌다.

마치 저 사막에나 볼 수 있다던 신기루처럼 스르르 사라져 버렸다.

남겨진 것은 거문고와 잠든 어린 송현. 그리고 이미 식어버린 화로가 전부.

거문고는 연주하는 이 없이 저 스스로 음률을 뽑아내고 있었다.

그 음률이 부드럽게 송현을 감싼다.

새하얀 백무(白霧)가 송현을 어루만지고 포근히 감싸 안아준다.

그것은 송현의 몸에 남아 있던 할아버지의 선기였다.

그리고 또 하나.

남아 있는 사람이 있었다.

"……."

황조였다.

황조는 말없이 남겨진 어린 송현의 얼굴을 응시했다.

저벅.

발길을 돌린다.

처음으로 그의 발자국이 바닥에 새겨졌다.

탁.

그리고 문이 닫힌다.

꿈이 끝나가고 있었다.

＊　　　＊　　　＊

송현을 조각배에 실어 보낸 지 사흘.

이장명은 사흘 동안 한시도 쉬지 않고 말을 몰아 동북쪽을 향해 달려나갔다.

지쳐 달리지 못하는 말을 새로 갈아탄 것만 벌써 다섯 번째다.

"멀리까지 왔군."

막 요녕의 중심인 심양을 빠져나오는 길이었다.

어느덧 그의 앞에는 황조가 서서 이장명을 가만히 응시하고 있었다.

두 손에는 각각 황도와 혈검이 들려진 채로.

"허! 이리도 빨리 따라 잡힐 것이라고는 예상치 못하였는데……."

이장명은 허탈한 웃음을 지었다.

말을 멈춰 세웠다.

이 이상 말을 달리는 일은 소용이 없음을 알고 있었다.

"송현은 없군."

황조는 그런 이장명을 보며 물었다.

죽음을 각오했기 때문일까.

이장명은 황조와 마주하고도 두려움에 떨지 않았다.

"언젠간 따라 잡히리라 생각했습니다. 그러니 어찌 그 아이와 동행하겠습니까. 지금쯤 그 아이는 저 멀리 어딘가에 있겠지요."

"그렇겠군."

황조는 고개를 끄덕인다.

자신이 뒤쫓던 송현이 이곳에 없음을 알았음에도 그는 전혀 분노하지 않았다.

"자! 이제 저를 어찌하실 생각이십니까?"

말에서 내려 황조의 앞에 당당히 선 이장명이 물었다.

어차피 결과는 알고 있었다.

그저 마지막 확인일 뿐이다.

"죽일 것이다. 너를 내버려 두면 또다시 내 일을 방해할 것이니."

펄럭!

이장명의 옷자락이 펄럭거렸다.

넓게 두 팔을 활짝 편 이장명은 훤히 제 몸을 고스란히 내놓고 있었다.

"자! 원하는 대로 하시지요."

순순히 목숨을 내놓는다.

그 기개에 감탄할 만하건만 황조는 그저 고개를 한번 끄덕일 뿐이다.

스확!

핏빛 혈광이 번뜩였다가 사라졌다.

"큭!"

이장명의 입에서 삼킨 비명이 터진 것도 그와 동시의 일이었다.

펼친 이장명의 가슴에서 복부까지 붉은 혈선이 사선으로 가로지르고 있었다.

핏물이 옷자락에 묻어나온다. 이내 폭포수처럼 핏물이 쏟아져 나왔다. 사선으로 갈린 상처가 벌어지면서 베어진 오장육부가 흘러나왔다.

거울의 면처럼 예리하게 베고 지나간 상처에 이장명의 상체가 사선으로 서서히 미끄러져 내렸다.

"……."

황조는 그런 이장명을 물끄러미 바라보았다.

칼이 사람의 몸을 사선으로 가르고 지나갔으니 죽지 않을 도리가 없다. 하지만 황조의 혈검이 지나간 자리는 너무나 깔끔하다. 그렇기에 오히려 죽음은 늦게 찾아오는 법이다.

그 늦은 죽음만큼이나 몰려드는 고통과 공포는 더욱 더해질 뿐이다.

일을 귀찮게 만든 이장명에게 내리는 벌이었다. 자신을 속인 일에는 분노하지 않지만, 덕분에 일이 효율에서 벗어났음은 사실이었으니까.

때문에, 군이 혈검에 피를 묻히는 수고까지 마다치 않았다.

그런데.

"……."

처음의 짧은 비명을 제외하고는 이장명은 다시는 비명을 지르지 않았다.

가만히 눈을 감고 다가오는 죽음을 기다릴 뿐이다.

오히려 입가에는 작은 미소마저 어린다.

문득.

황조가 입을 열어 물었다.

"왜지?"

너무나 추상적인 물음.

무엇에 대한 이유를 묻는 것인지 짐작하기에는 황조의 질문은 너무나 짧고 포괄적이었다.

하지만 그 질문에 답을 내놓아야 할 이장명의 입가에 걸린 미소는 더욱 또렷해질 뿐이었다.

"이상한 일입니다. 듣기로 당신은 무심하다 하였거늘, 궁금한 것이 다 있나 봅니다."

혼잣말 같은 이장명의 그 말에 황조의 몸이 일순 굳었다가 풀어졌다.

"그저 인과(因果)를 알고자 함이다."

이장명은 고개를 저었다.

"마음을 알고 싶었던 것은 아니고 말입니까? 허! 이런, 대답은 해드리지 못할 것… 같습니다."

이장명의 목소리에 생기가 사라졌다.

빠른 속도로 사라지는 생기.

힘이 풀리고 고개가 휘청거린다.

이미 죽음이란 녀석은 이장명을 삼키고 있었다.

턱!

황조는 그런 이장명의 목을 잡아 쥐었다.

＊　　　＊　　　＊

"인과다! 답하라. 왜지?"

황조의 물음.

황실에 마련된 심처에는 소연 공주가 있었다.

황조가 모든 사실을 알았다. 소연 공주에 의해 정보가 조작되었음을 알았고, 이제 그 대가를 치르게 하려 찾아왔다.

소연 공주의 입에서는 녹아버린 내장이 섞인 핏물이 왈칵 쏟아져 나왔다.

황조가 한 일이 아니었다.

황조가 찾아왔을 때 이미 소연 공주는 스스로 음독(飮毒)을 한 뒤였다.

황조는 그런 소연 공주를 내려다보며 묻고 있었다.

"답하라. 왜 나를 배신했지? 죽음을 알면서도? 이 모든 일이 너희 황가에 도움이 됨을 알면서도?"

황조가 거듭 묻는다.

소연 공주는 황조를 보며 웃었다.

"조급해 보이십니다."

"……."

황조는 입을 다물었다.

그녀는 그런 황조의 모습을 보며 차갑게 웃었다.

"두려웠사옵니다."

"두렵다?"

"예, 모든 것이 두려웠사옵니다. 황조께서 가지신 무심이 두려웠고, 송 악사가 희생되는 것이 두려웠사옵니다. 그런 황조가 만드신 세상이 두려웠사옵니다."

"감상적이군. 너의 말은 상리에 맞지 않다."

"그리 보이시옵니까?"

"그렇다. 이 세상을 지켜온 것은 무심이었다."

황조의 말에 소연 공주는 고개를 끄덕였다.

"예, 그랬지요. 세상을 지켜온 것은 무심이었사옵니다. 무심하였기에 치우침이 없고, 무심하였기에 휘둘림이 없었지요. 언제나 철저할 수 있었던 것도, 완벽할 수 있었던 것도 그 무심 때문이었지요. 무심하기에 욕심도 없고, 무심하기에 경시가 없었으니 말이옵니다."

황조의 무심이 지금의 세상을 만들었다.

무림은 무림의 세상에서, 국가는 국가의 세상에서 살아간다.

황조가 무심치 않았다면, 감정에 휘둘렸다면 지금의 세상은 진즉에 사라져 버리고 말았을 것이다.

관과 무림의 경계가 사라지고, 도처에서 힘있는 이들의 발호가 끊이지 않았을 것이다. 그 옛날 전국 시대처럼 중원은 하루에도 수십의 국가가 탄생하고 멸망하길 반복했을 것이다.

질서는 사라지고 황권은 미약해져 언제 습격을 받을까 두려워하는 처지에 놓였을 것이다.

"하지만 황조시여."

그럼에도 유서린은 황조의 무심이 두려웠다.

"그것이 과연 누구의 세상이옵니까. 황조께서 지켜온 이 세상에서는 과연 무엇이 소용이겠습니까."

작금의 세상은 황조에 의해 오랜 시간 설계되어 만들어진 세상이다. 지금 이 순간에도, 그리고 앞으로도 세상은 황조의 무심으로 돌아갈 것이다.

그곳에서는 모든 것이 무용하다.

개인이 아무리 절실하고 절박하다 한들 그것이 황조의 계획에 어긋난 것이라면 모두 소용없는 일이다.

황조는 그 절박함과 절실함을 짓밟을 것이다.

그런 세상이다.

지금의 세상은.

"황조께서 지켜온 세상엔 과연 소중한 것이란 게 존재하시옵니까? 아니, 황조께서는 소중히 여기시는 것이 있긴 하시옵니까?"

"……."

황조는 대답하지 못했다.

"무림이라 말씀하실 줄 알았는데… 그 대답마저 하지 못하시는 것이옵니까?"

소연 공주가 웃었다.

입가에 흐르는 피는 그녀의 웃음을 더욱 처연하게 만들었다.

그것이 그녀의 마지막 웃음이었다.

그녀가 쓰러진다.

호흡이 멎어지고, 심장이 멈춘다.

황조는 그런 그녀의 마지막을 지켜보고 있었다.

모로 꺾인 공주의 두 눈이 향한 곳은 황조였다.

두 사람의 눈이 마주친다.

"…그런 눈으로 나를 보지 마라."

황조는 그녀가 죽어가면서 마지막으로 남긴 눈빛을 참을 수 없었다.

궁중의 밤은 조용하다.

궁중을 밝히는 소리라고는 정해진 시간마다 지나는 금의위의 순시 소리가 전부였다.

그러나 오늘은 달랐다.

쿠당탕탕!

황제가 머무는 중화전에 때아닌 소리가 흘러나왔다.

그러나.

고요한 궁중의 밤을 깨우는 소리에도 금의위 중 누구도 감히 중화전의 상황을 확인하려 하지 못했다.

그저 못 보고 못 들은 척. 아무런 일도 없다는 듯 순시를 계속한다.

모두가 외면한 중화전.

그 속에 황제는 공포에 떨고 있었다.

"끄어어억!"

보이지 않는 손에 매달려 허공에 떠오른 황제의 두 다리가 애꿎은 허공을 찬다.

살기 위한 발버둥.

그리고.

상석에는 황조가 그런 황제를 무심히 응시하고 있었다.

"황상께서는 더는 본인과 대계를 함께할 마음이 없으신가 봅니다."

황조의 무미건조한 말.

그 말에 황제는 필사적으로 고개를 휘저었다.

그리고 말한다.

"부, 부디 용서를……."

털썩!

황제가 목숨을 구걸 하고서야 황조는 황제를 놓아주었다.

힘없이 바닥으로 떨어져 내린 황제는 마른기침을 토하며 급히 숨을 들이켰다.

"더는 이와 같은 일은 없어야 될 것이오."

"아, 알겠습니다."

황조의 조용한 경고에 황제가 급히 고개를 끄덕인다.

그리고 급히 말한다.

"송현이란 놈을 잡아들이는 데 총력을 기울이겠습니다. 지금 즉시 금의위와 동창의 전력을 동원하겠습니다. 당장 어지를 내려 송현을 수배하겠습니다. 놈이 어디에 있던 짐의 땅 위에 존재하는 한 결코 벗어나지 못할 것입니다. 그러니 부디……."

황제는 자신이 할 수 있는 전부를 하겠다 약속했다.

그렇게 해서라도 황조의 믿음을 되찾아야 한다. 황조가 마음만 먹는다면 황제는 용상에 앉을 수가 없어진다.

용상에 앉을 수 없는 황제의 말로는 나락으로 떨어질 수밖에 없다.

"군대라도 동원하실 작정이십니까?"

황조가 물었다.

"그, 그것은……."

"그 말은 관과 무림의 불가침을 깨뜨리겠다 하시는 말씀과 같이 들리오만?"

황조의 물음.

황제의 이마에는 식은땀이 흘렀다.

송현을 잡기 위해서는 대군을 동원해야 한다. 그렇지 않고서는 송현의 발을 붙잡기란 불가능 한 일이다.

하지만 그것은 실수였다.

"지, 짐은 그저 황조와 뜻을 함께하겠다는 의미로……."

"황상의 의지는 알겠습니다. 하나, 그러기에는 서로의 믿음이 사라진 뒤이지 않겠습니까."

"그, 그것은 짐의 의도와는 전혀……."

이미 한번 소연 공주가 황조를 배신했다.

그 탓에 송현을 놓쳤고, 소연 공주는 스스로 목숨을 끊었다.

황조와 황실의 공조는 깨어졌다.

그런 상황에서 황제의 명을 받은 대군이 무림을 돌아다닌다는 것을 황조가 허락할 리 없었다. 황제가 다른 마음을 갖는다면 그것은 곳 무림을 정벌하기 위한 군대로 돌변할 것이기 때문이다.

"침묵하십시오. 앞으로 일어날 무림과 연관된 어떠한 일에 대해서도 반응하지 마십시오. 그것이 황상께서 자리를 지키실 수 있는 유일한 길입니다."

황조의 경고.

황제는 그것이 결코 허언이 아님을 알고 있었다.

용상에 앉으려는 자는 많다. 황조가 마음만 먹는다면 얼마든지 용상의 주인은 바뀔 수가 있다.

"아, 알겠습니다."

황제는 고개를 끄덕였다.

'이것으로 되었다.'

황조는 그런 황제의 대답에 속으로 고개를 끄덕였다.

황제는 아직 이용가치가 남아 있었다. 작금의 황제처럼 다루기 쉬운 상대도 없었으니까. 소연 공주는 배신을 해도, 황제는 감히 황조를 배신하지 못한다.

황조가 없는 한 황제도 지금의 용상을 지킬 능력이 없기 때문이다.

그럼에도 황제의 관여를 끊은 것은 일종의 경각심을 심어주기 위한 경고였을 뿐이다.

"할 이야기는 이것이 전부인 듯합니다. 저는 이만 가보지요."

황조는 무릎 꿇은 황제를 지나쳐 중화전의 문을 활짝 열어젖혔다.

황조의 고개가 하늘로 향한다.

'허공에 화살을 쏘아 올린다 한들, 그 화살이 하늘에 박히는 것은 아니거늘⋯⋯.'

하늘은 언제나 무심하다.

그 하늘이 야속하다 하여 화살을 쏘아 올린들, 화살은 언제고 땅으로 떨어져 내리게 마련이다.

결국 헛된 행동일 뿐이었다.

하늘은 여전히 무심히 비를 내리고, 볕을 내린다.

땅 위에 남은 사람은 그 하늘에 순응하고 저마다 살기 위해 발버둥 치는 법이다.

'알겠는가? 네 행동이 얼마나 덧없는 것이었는지를? 변하는 것은 없다…….'

죽은 소연 공주에게 하는 말이다.

오늘 이 자리에서조차 황제는 소연 공주의 죽음에 감히 분노하지 못했다.

오히려 황조의 마음이 자신에게 떠날까 두려워했을 뿐이다.

닿지 않을 하늘을 향해 쏘아진 화살.

소연 공주의 죽음은 결국 그처럼 무용한 것에 불과했다.

*   *   *

"헉!"

송현이 다시 정신을 차린 것은 나흘이 지난 뒤의 일이었다.

송현을 태운 조각배는 강물을 타고 망망대해로까지 닿아 있었다. 주위로 고개를 돌려 보아도 보이는 것은 푸른 바다뿐이었다.

"허억! 허억! 허억!"

의식을 차린 송현은 거듭 거친 숨을 몰아쉬었다.

꿈에서 할아버지를 만났다. 그곳에 황조가 있었다.

'그저 꿈이었을까?'

송현은 스스로에게 되물었다.

그러다 이내 고개를 젓는다.

"꿈이 아니야."

꿈속의 허구가 아니다. 꿈으로 마주한 진실이었다.

송현은 제 몸에 남은 할아버지의 기운을 살폈다.

항상 몸에 배어 있던 할아버지의 선기는 더 이상 남아 있지 않았다.

'그러고 보니 마지막에……'

마지막 순간 할아버지가 송현에게 남겨 주었던 선기가 황조를 공격했었다.

송현을 지키기 위해서였다.

그리고.

아득한 기억 속에서 땅으로 곤두박질친 자신을 향해 달려오던 인마가 떠올랐다.

"선생님!"

달려오던 말 위에 타고 있었던 이는 이장명이었다.

그제야 이야기가 들려온다.

자그마한 조각배가 기억하는 이야기, 저 멀리서 불러온 바람이 전해주는 이야기.

"……"

송현은 좀처럼 입을 열지 못했다.

감정이 수습되지 않는다.

"지금이라도!"

한참 뒤에야 송현은 자리에서 벌떡 일어났다.

이장명과 소연 공주. 그 두 사람이 나눈 이야기를 들었다. 그리고 저 먼 곳에서 불러오는 바람이 이장명과 소연 공주의 죽음을 암시하고 있었다.

그것을 보면 배는 아직 뭍에서 멀리 흘러져 나오지는 않았을 것이다.

설혹 이장명과 소연 공주의 죽음이 사실이더라도.

송현은 그것을 모른 척할 수 없었다.

자신을 살리기 위해 스스로 죽음을 각오한 이들이다. 그런 이들을 외면할 만큼 송현은 모질지도 독하지도 못했다.

최소한 그 시신이라도 수습해야 한다.

하지만.

툭.

막 일어서던 송현의 품 안에서 무언가가 떨어져 내렸다.

어설프게 찢어진 헝겊엔 여기저기 핏자국이 묻어 있었다. 아니, 피로 써진 글씨가 남아 있었다.

악정위불유(樂定爲不尤).

시연위불단(始演爲不斷).

곡을 정하였으면 망설임이 없고,

연주를 시작하였으면 끊어짐이 없어야 할 것이다.

정되된 필체.

특출난 명필이라 할 수 없었지만, 동시에 어디 하나 모자란 데도 없는 필체로 적힌 글자.

송현은 그 서체를 보는 순간 누가 이 글을 남겼는지 알 수 있었다.

이장명이다.

이장명의 서체였고, 교방의 악정으로 지낸 이장명이기에 할 수 있는 말이었다.

'제가 어떤 생각을 하실지도 생각하셨단 말씀이신가요?'

송현은 공허하게 웃었다.

이장명이 굳이 이 글을 전한 이유가 무엇인지 어렴풋이 짐작할 수 있었다.

송현은 이장명에게 천권호무대와 유서린을 구하겠다고 했었다. 그 확고한 의지를 보여주었었다.

이장명은 그 결정에 망설이지 말라고 한다.

정하였으면 망설이지 말고, 시작하였으면 멈추지 말라는 뜻이다.

그리고 그것은.

이장명을 향해 가려 했던 송현을 멈춰 세우는 말이기도 했다.

천권호무대를 구하기로 했으니, 다른 곳에는 눈을 돌리지 말아야 한다는 의미이기도 했으니까.

"이제 나는……."

송현은 멀리 보이지 않는 뭍을 향해 시선을 두었다.

지금부터 해야 할 일이 있었다.

*   *   *

송현이 황궁을 방문하고 황조와의 싸움에서 패해 의식을 잃고 있던 사이.

재천회는 빠른 속도로 강북을 집어삼켰다.

급속도로 팽창한 세력과 힘.

재천회가 해야 할 일은 더욱 많아졌다.

"여기 정리할 무파들의 목록입니다."

삼 사신 중 일인이자 백마신궁 좌호법의 자리에 있었던 공열이 내민 서류에 단호영은 눈살을 찌푸렸다.

"많군요."

두루마리로 말려 있는 서류를 펼치니 그 끝이 감히 가늠이 가지 않는다.

이 일을 모두 처리한다는 것은 꽤나 성가신 일이었다.

"그분께서 명하신 일입니다."

"알겠습니다. 따로 전력을 편성하도록 하죠. 다만, 이만한 무파를 일거에 정리하려거든 명문이 필요할 텐데……."

"그분께서는 그러실 필요가 없다 하셨습니다. 대세가 재천회에 있고 힘을 가진 지금은 누구도 일의 정당성과 명분을 따지지 않을 것이라 하셨지요."

재천회가 대세를 잡았다.

강북은 물론, 아직 무림맹의 세력이 버티고 있는 강남에서도 재천회에 줄을 대기 위해 혈안이 되어 있었다. 하물며, 현재 재천회에 맞서고 있는 무림맹의 수좌인 사마중걸조차 재천회와 같은 배를 탄 처지이지 않은가.

작금의 강호에서 명분이니 정의니 하는 이유로 재천회의 행사에 반발할 만한 이들은 남아 있지 않았다. 아니, 그런 이들이 있다 한들 신경 쓸 가치조차 없다는 것이 맞는 말이다.

"그런 것은 편하군요. 그런데……."

"말씀하시지요. 회주."

"천권호무대는? 아직인가 봅니다?"

단호영은 잠적해 버린 천권호무대를 입에 올렸다.

무림맹주의 자살로, 단호영은 자신이 재천회의 회주이자 무림의 패자가 될 자격이 있음을 증명해 보이지 못했다.

당장은 문제가 없다.

하지만, 재천회가 무림을 일통하고 난 뒤에는 잡음이 생길 수밖에 없는 일이었다.

안팎에서 단호영의 자질을 의심하는 이들이 생겨날 것이다. 그리고 종례에는 단호영의 자리를 노리고 일어서는 이들 또한 생길 것이다.

강함이라는 무림에서의 전통성을 얻지 못한 단호영이기 때문이었다.

천권호무대는 단호영에게 있어 원래부터 열등감을 지니고 있던 조직이었다. 더욱이, 지금에 와서는 죽어서조차 단호영의 전통성을 앗아가 버린 무림맹주 유건극의 흔적이 남아 있는 조직이기도 했다.

무림맹은 이미 손안에 들어온 것이나 마찬가지다. 남은 것은 천권호무대가 전부다.

그렇기에 단호영은 다른 어떤 사안보다 천권호무대에 집착할 수밖에 없었다.

"그분께서도 천권호무대를 추적하라 명하셨습니다. 무림맹에서도 그 뜻을 받았을 것이니 곧 그들의 흔적을 쫓을 수 있을 것입니다."

"그분께서 말입니까?"

단호영은 그분이란 말에 관심을 보였다.

단호영은 황조의 얼굴을 본 적이 없었다. 황조의 이름조차 알지 못한다.

하지만 그의 종이다.

그의 종을 자처하였기에 지금의 재천회주의 자리에 올라 있을 수 있었다.

그런 그의 주인이 천권호무대에 관심을 보이고 있으니 의문이 드는 것도 당연한 일이었다.

단호영은 고개를 주억거렸다.

"서둘러야겠군요."

"예, 또한, 이번 무림맹과의 싸움에서는……."

공열은 고개를 한 번 숙인 이후로 계속해 이야기를 나아갔다.

재천회가 온전히 무림을 일통하기 전까지는 사마중걸은 무림맹의 임시 맹주의 자리에서 내려오면 안 된다.

의도된 소모전과 의도된 크고 작은 패배를 거듭하며 무림맹을 몰아넣어야 한다.

그것은 모두 약속된 싸움이다.

그 약속된 싸움에 관해서 이야기하고 있는 것이다.

'황조께서 왜 천권호무대에 관심을 기울이는 것이지?'

하지만 단호영은 그런 공열의 이야기가 이제는 귀에 들어오지 않았다.

어차피 정해진 싸움이다.

단호영이 굳이 관심을 두지 않는다 하여도 삼 사신이 알아서 그 싸움을 준비하고 주도해 나갈 것이다.

다만.

단호영의 지금 이 순간 단호영의 관심을 끌고 있는 것은 단 하나였다.

지금껏 천권호무대에 대해서는 별다른 언급이 없었던 그의 주인이 천권호무대에 관심을 보이기 시작했다는 것이다.

골똘히 생각했지만, 그렇다고 답이 나오지는 않는 법이다.

단호영은 피식 웃음을 지었다.

'뭐, 어느 쪽이든 나쁘지 않은 일이야.'

재천회와 그 중심축을 이루는 삼 사신이 단호영의 명을 받든다고 하나, 그들은 단호영의 사람이 아니다.

때문에 지금껏 천권호무대를 찾는 일은 항상 뒷전일 수밖에 없다.

하지만 지금은 다르다.

그들의 주인인 그가 관심을 보인 이상 삼 사신도 지금까지의 미온적인 태도를 고수할 수는 없을 것이다.

'천권호무대는 곧 잡힌다!'

단호영은 확신했다.

3장
무림맹으로

팽가는 오랜 세월 무가로서 무림을 지켜온 정도문파였다.

한때는 하북을 아우르는 거대 무림세가로서의 영광을 누렸으나, 지금은 그저 자신들의 세가가 자리 잡은 북경의 무문으로 남아 있을 수밖에 없는 처지였다.

그러나 그렇다고 약자가 된 것은 아니다.

누대에 걸쳐 이룩해 놓은 힘은 결코 가벼운 것은 아니었다. 지금도 하북에서는 열 손가락 안에는 꼽힐 만한 무림세가의 전력을 자랑하고 있었다.

더욱이 하북팽가의 저력은 여기서 끝이 아니었다.

하북팽가에는 과거 영광을 얻었던 가전 무공들이 고스란히 남아 있었다. 비록, 자질 있는 인재가 나타나지 않아 누구도 익히지 못한 것일 뿐, 언제고 다시 재능 있는 인재가 팽가에 나타난다면 팽가는 얼마든지 과거의 영광을 되찾을 수 있을 만한 저력을 갖추고 있었다.

또한, 하북팽가는 언제고 찾아올 그날을 위해 지금껏 정도의 길을 걸으며 민심을 잃지 않기 위해 노력해 오고 있었다.

그러나 그 노력도 이제 모두 부질없는 처지에 놓이게 되었다.

"이게 대체 무슨 짓이란 말이오!"

팽가의 가주 팽도걸은 분노에 찬 일갈을 터뜨렸다.

그런 팽도걸의 앞에는 재천회에서 보내온 무사대들이 가득 버티고 서 있었다.

칼 든 무사만 어림잡아도 이백에 가깝다.

있을 수 없는 일이다.

이곳은 북경이다.

황제가 거하는 궁궐이 자리한 곳이다. 관과 무림은 서로의 영역을 침범하지 않는다. 하지만 이곳만큼은 예외인 곳이다.

이백이나 되는 숫자의 무림인들이 한데 뭉쳐 마음껏 활개 칠 수 없는 곳이다.

하지만 눈앞엔 재천회의 무사 이백이 버티고 서 있었다.

그리고 칼을 빼어 든 그들의 모습은 결코 호의가 아니었다.

'오늘로 우리 팽가는 명운을 다 하겠구나!'

당장 재천회의 무사들에 맞서 싸울 수 있는 팽가의 전력이라고 해보아야 오십이 전부다.

그것도 이제 겨우 칼을 잡은 식솔들까지 동원해야 가능한 숫자였다.

악의를 품고 찾아온 손님으로부터 가문을 지키기에는 너무나 역부족이었다.

"팽가는 그간 저질러온 패악의 죄업을 받으시게."

분노한 팽 가주의 앞으로 누군가 걸어 나왔다.

"독시궁 사 장로 능사엄!"

팽 가주는 그의 이름을 또박또박 입으로 씹어 삼켰다.

이백에 달하는 재천회의 무사들을 이끌고 팽가를 찾아온 이는 한때 사마세력을 대표하는 독시궁의 사 장로인 능사엄이었다.

자신을 노려보는 팽 가주의 시선에 능사엄은 웃음을 지었다. 녹아내린 능사엄의 코의 흔적이 흉하게 일그러지며 더욱 기괴한 몰골을 만들어낸다.

"흘흘흘! 아직도 나를 그리 부르는 자가 있었는가?"

독시궁 사 장로라는 자리는 한때는 영광의 자리였을지 모르나, 지금은 능사엄의 심기를 거스르는 칭호에 불과했다.

불편한 기분을 숨김없이 드러내는 능사엄을 향해 팽 가주는 대갈했다.

"놈! 대체 본가가 무슨 패악을 저질렀다는 말이더냐! 본가가 정도를 벗어난 것은 너의 재천회의 발호를 알면서도 침묵하였다는 것뿐! 지금껏 단 한 번도 하늘 아래 부끄러운 일을 행한 적이 없음이다!"

재천회는 표면적으로 정의를 표방한다.

정의와 대의를 내세워 싸움하고, 심판했다.

하지만 정작 그 재천회의 축이 되는 면면을 살펴보면 그것은 정의나 대의와는 거리가 멀었다.

재천회를 이루는 대부분 무사는 옛 사마세력의 잔존 무사들이다. 또한, 회주를 제외한 실질적인 재천회를 이끄는 중추라 할 수 있는 세 명 또한 각각 사마세력의 고위 인사들이었다.

처음에야 그들이 하는 행동에 열광하였고, 재천회의 구성원을 알게 된 이후에는 그들의 힘이 두려워 침묵하였을 뿐이다.

팽씨세가 또한 마찬가지였다.

재천회의 중축이 되는 이들의 정체를 알고 있었음에도 팽씨세가는 무림맹의 편에 서지 못했다.

강북에서 발호한 그들이 지척에 존재하는 이상 무림맹의 편에 든다는 것은 너무나 위험한 발상이었기 때문이다.

그것이 오늘만큼 후회스러웠던 적이 없었다.

비겁한 침묵의 대가가 결국 이것이었으니까 말이다.

"말해보시오! 대체 본가가 무슨 패악을 저질렀는지!"

팽 가주가 몰아쳤다.

팽가는 삿된 이익을 좇지 않는다. 힘있음에 과신하지 않고, 이를 함부로 휘두르지 않는다.

팽 가주의 팽가는 그런 곳이었다.

모두가 그렇게 하기 위해 노력했고, 또한 그렇게 할 수 있도록 가문을 이끌어왔다.

당당한 팽 가주의 물음에 능사엄은 히쭉 웃음을 지었다.

"그거야 모르지."

"뭐, 뭣이라?"

"모른다 하였네. 하여, 이제부터 차근차근 알아보려 하네. 세상사 털어서 먼지 하나 없는 곳이 어디 있다던가."

결국, 능사엄이 원하는 것은 단 하나였다.

팽가의 멸문.

그 이유는 알 수 없었지만, 그것을 그냥 두고만 보고 있을 팽 가주가 아니었다.

"이놈!"

팽 가주가 거도를 뽑아 들었다.

대대로 팽가의 장정들은 기골이 장대하고 신력이 장사에 버금간다 했다. 팽가의 무사들이 휘두르는 도가 유독 거대한 것도 그 때문이었다.

그리고 팽 가주 팽도걸은 그러한 팽가에서도 손꼽히는 고수였다.

성난 맹수처럼 퍼붓는 도초에 도광이 번뜩인다.

"팽가의 오호단문도는 강호 일절이라더니 그 말이 그리 틀리지는 않는구나!"

뛰쳐 오는 팽 가주를 마주하는 능사엄은 여유를 잃지 않았다.

그리고는 검게 빛나는 손바닥을 펼쳐 팽 가주를 향해 몸을 날렸다.

도광과 장공이 번뜩이며 서로를 노린다.

하지만 결과는 그리 오래지 않아 결정되었다.

"큭! 비겁한!"

팽도걸이 가슴을 부여잡으며 뒷걸음질 쳤다.

"끌끌끌! 이 능사엄의 장기가 독이란 사실을 잊었는가? 생사를 다투는 싸움에 비겁함을 찾다니 참으로 어리석구나. 이기는 자가 정의요, 살아남는 자가 강자임을 잊었나 보구나!"

능사엄이 기세등등하게 웃음을 지었다.

팽도걸의 얼굴이 보랏빛으로 물들었다.

언제인지도 모를 순간에 하독한 능사엄의 절독에 중독된 것이다.

"큭!"

능사엄을 노려보던 팽도걸이 비틀거리다 이내 무릎을 꿇었다.

'내기가 막혔구나!'

내공을 움직이지 않는다.

무리해 내력을 끌어 올릴 때마다 단전 어림이 찢어지는 것만 같은 고통이 밀려든다.

"섭하다 생각지 말거라. 네 식솔들도 곧 네 뒤를 따를 것이니."

"이, 이놈!"

분노해 소리치지만, 팽도걸의 목소리에는 전과 같은 힘이 실리지 않았다.

이대로 당할 수만은 없었다.

"팽가의 무사들은 들으라!"

팽도걸이 소리쳤다.

"팽가의 식솔이 가주님의 명을 받듭니다!"

팽도걸의 뒤로 물러서 있던 팽가의 무사들이 답했다.

오십.

그중에 정예라 부를 수 있는 이들이라고는 고작 스물 남짓. 나머지는 한 사람의 몫을 감당하기에는 무리가 있는 이들이 전부였다.

하지만 선택의 여지는 없었다.

"팽가의 가주의 이름으로 명하노니! 팽가의 무사들은 목숨을 바치거라! 오늘 이 자리에 죽어 가문의 명맥을 지키게 하거라!"

팽가의 무사들이 싸움을 포기하면.

그 뒤는 팽가의 식솔들이다.

아직 무공을 익히지 못한 팽씨 성의 아이들과, 팽가의 여인들이 적의 수중에 고스란히 노출되게 된다.

그럴 수는 없었다.

목숨을 바치는 한이 있더라도 눈앞의 재천회를 막아 세워야 한다. 아니, 최소한 팽가의 식솔이 도망칠 시간만큼은 벌어야만 했다.

팽도걸의 명령에 팽가의 무사들이 고개를 숙였다.

"가주의 명을 받듭니다!"

그리고 순식간에 앞으로 뛰쳐나갔다.

"끌끌끌! 어리석은지고! 차라리 계란으로 바위를 치지 그러느냐! 뭣들 하느냐! 어서 저 무모한 것들을 잠재우지 않고!"

능사엄은 그런 팽도걸을 향해 혀를 차고는 이내 수하들에게 명령을 내렸다.

재천회의 무사들도 팽가를 향해 몸을 날리기 시작한다.

이백에 달하는 재천회의 무사들. 그들을 향해 뛰어드는 팽가 무사들의 모습은 능사엄의 말처럼 계란으로 바위를 치는 것만큼이나 무모하게만 보였다.

"끅!"

팽가의 어린 무사의 목이 떨어진다.

압도적인 전력의 차이. 거기에 무위의 차이까지 드러나고 있었다. 능사엄의 예상과 같이 상황은 재천회의 승리로 돌아가고 있었다.

"이제 네놈도 그만 목숨을 내어 놓아야 하지 않겠느냐?"

능사엄은 무릎 꿇은 팽 가주를 향해 다가갔다.

"악독한 놈 같으니……!"

분기를 참지 못하는 팽 가주의 말은 그저 공허한 메아리에 불과 했다.

그때였다.

뚜— 둥!

어디선가 거문고 소리가 들려왔다.

그러자 일순 기류가 바뀌었다.

평범한 거문고 소리가 만들어낸 변화를 마냥 평범하게 볼 수 있는 사람은 이곳에 없었다.

팽 가주를 향해 걸어가던 능사엄이 걸음을 멈추고 소리쳤다.

"어느 놈이냐! 어느 놈이 감히 본령의 행사에 장난치는 것이냐!"

팽 가주의 시선도 능사엄을 좇았다.

팽가의 용마루 위.

그곳에 누군가 있었다.

"네, 네놈은!"

지금껏 기세등등하던 능사엄의 얼굴이 딱딱하게 굳은 것도 그때부터였다.

싸움이 끝이 났다.

"…네놈이 어찌 여기에……!"

재천회의 무사들을 이끌던 능사엄의 얼굴에서는 작금의 상황을 믿을 수 없다는 빛이 역력했다.

하지만 그것은 중요치 않았다.

능사엄의 믿음이 어떻든 간에 현실이 그러했으니까.

둥—!

"컥!"

또다시 거문고 소리가 울리자 능사엄이 칠공에서 피를 뿜으며 쓰러졌다.

좀 전까지만 해도 거칠게 들썩이던 가슴도 어느덧 움직임을 멈춘다.

절명한 것이다.

다른 곳도 상황은 마찬가지다.

팽가의 무사들을 베어 나가던 재천회의 무사 중 살아 있는 이는 얼마 되지 않았다. 그나마 살아 있는 자들도 목숨을 부지하기 위해 뿔뿔이 흩어진 지 오래.

남아 있는 것은 망연한 표정을 짓고 있는 팽가의 무사들과 팽가주 팽도걸뿐이었다.

"허, 허공답보!"

팽가의 무사들 중 누군가의 입에서 흘러나온 말이다.

팽도걸은 고개를 들어 하늘을 올려다보았다.

단신으로 재천회의 세 개의 기둥 중 하나라는 능사엄을 죽이고, 그가 이끌고 온 이백의 무사를 패퇴시킨 존재.

그 존재가 허공을 걸어서 내려오고 있었다.

팽가의 무사 중 누군가 중얼거렸던 것과 같이 그것은 분명 허공답보였다.

"푸, 풍류선인이시오?"

팽도걸이 물었다.

음률을 통하여 이 같은 일이 가능케 할 수 있는 사람은 풍류선인을 제외하고는 아무도 없었다.

"안녕하십니까. 송현이라 합니다."

그러한 물음에 송현이 답했다.

재천회의 움직임을 들었다. 그 이야기를 쫓아 도착한 곳이 팽가였고, 팽가를 도왔다.

"감사하오! 팽가는 오늘의 은혜를 결코, 잊지 않을 것이외다. 훗날 은공께서 팽가의 도움이 필요타 하신다면 기꺼이 목숨을 다해 오늘의 은혜를 갚을 것을 약속드리오!"

팽도걸은 고개를 숙였다.

이마를 땅에 찧으며 송현이 베푼 은혜에 감사를 표시했다.

격렬한 표현이다. 이는 호방하고 화통한 팽가 특유의 기질에 기인한 탓이기도 했지만, 그만큼 팽도걸의 지금의 심경이 격정적이기 때문이기도 했다.

송현은 그런 팽도걸을 일으켜 세웠다.

그리고 고개를 젓는다.

"그저 도울 수 있어 도왔을 뿐입니다. 이 이상은 제가 감당할 예가 아닙니다."

"하나, 이렇게라도 하지 않으면 이 감사한 마음을 어찌 표한 단 말이오!"

"그보다 먼저 몸을 수습하시는 것이 우선일 듯싶습니다."

송현은 고개를 저어 팽도걸의 예를 물리고는 그의 몸을 걱정했다.

팽도걸의 손끝이 녹아내리고 있었다.

호목과도 같은 두 눈에도 핏기가 어리고, 코와 입에서는 걸쭉한 핏물이 흘러나온다.

능사엄은 죽고, 재천회의 무사들은 도망쳤으나 능사엄이 팽도걸의 몸에 심은 독기마저 사라진 것은 아니다.

팽도걸은 웃었다.

"하하하하! 소용없는 일입니다. 독시궁의 독은 그 지독함으로 한때 무림을 손에 거머쥐었던 곳입니다. 그곳의 장로였던 능사엄이 하독한 독인데 능사엄 본인이 아닌 이상, 사람의 힘으로 이것을 해독할 수 있겠소이까."

호방한 웃음이었다.

멸족의 위기를 피한 마당이니 자신의 목숨 따윈 전혀 아깝지 않다는 듯했다.

"잠시만 기다리십시오."

그러나 송현은 그런 팽도걸을 그냥 두고만 볼 수는 없었다.

팽도걸의 단전 어림에 손을 가져다 댄다.

인체의 혈도이니 혈맥이니 하는 것은 모른다. 운기를 해본 적도 없거니와, 팽가의 내공심법이 어떠한 것인지도 알지 못한다.

다만.

어쩌면 가능할지도 몰랐다.

"윽!"

단전 어림에 가져다 댄 송현의 손바닥에서 느껴지는 뜨거움에 팽도걸은 저도 모르게 신음을 삼켰다.

그리고.

"헛! 이게, 이게 대체 어찌 된 일이오?"

팽도걸의 눈이 화등잔처럼 커졌다.

독기가 가셨다. 마치 증발해 버린 것처럼 순식간에 일어난 일이다.

"독은 화기에 약하다 들었습니다. 해서 해본 것일 뿐입니다."

송현은 그런 팽도걸을 향해 설명했다.

"그러나 그것은… 아니, 아니외다. 이미 눈으로 보고도 믿기 어려운 광경을 경험하였거늘, 이것이 무슨 대수겠소이까."

팽도걸은 이내 허탈하게 웃어버렸다.

송현은 화기로 팽도걸의 몸에 잠식한 독기를 태워 버렸다고 했다.

하지만 그것은 말처럼 쉬운 일이 아니다.

순식간에 그 지독한 독기를 태우기 위해서는 얼마나 많은 화기가 필요한지는 둘째치고서라도, 팽도걸은 정작 자신의 몸에 돌아다녔을 화기를 느끼지 못했다.

화기가 독기를 태웠다면 분명 혈도를 따라 움직였어야 함이 맞는 것인데, 송현의 손에서 느껴진 뜨거운 기운을 제외하고는 그냥 몸이 잠시 뜨거워졌다가 식어버린 느낌이 전부였다.

상식에 맞지 않는다.

팽도걸이 가지고 있는 무공지식으로는 도저히 설명할 수 없는 일이었다.

그럼에도 팽도걸이 굳이 의문을 표하지 않고 수긍할 수 있는 것은 그 상대가 송현이었기 때문이다.

이미 보지 않았는가.

눈앞에서 송현이 단지 거문고 연주만으로 능사엄의 목숨을 거두고, 재천회 이백의 무사를 패퇴시키는 능력을.

"하하! 이 팽모가 평생 써야 할 행운을 오늘 대인을 만나는 데 모두 쓴 것 같소이다."

팽도걸은 신인과 같은 능력을 보이는 이를 만나 가문을 구함받고 목숨을 구명받았으니 보통의 행운으로는 어림도 없는 일이라 평했다.

"아닙니다. 그보다 가주님."

"말씀하십시오! 내 대인의 말씀이라면 불구덩이에라도 뛰어들 것이니!"

"이곳을 떠나십시오."

"……"

화기애애했던 분위기가 일순 얼어붙었다.

무림세가에게 있어 그들의 세가가 존재하는 터전은 각별한 의미가 있었다. 그것은 그들의 세가가 가지는 역사인 동시에, 세가의 힘이 건재함을 나타내는 상징이기도 했다.

무엇보다 무림에서 세가의 터전을 떠난다는 것은 세가를 포기한다는 의미이기도 했다.

그것은 무림문파의 봉문(封門)과 같은 의미다.

"연유를… 말씀해 주시겠소?"

팽도걸은 신중했다.

송현의 말은 받아들이기에 따라 모욕으로 느낄 수도 있다. 하지만 팽도걸은 송현이 팽가를 모욕할 이유가 없음을 안다.

송현은 답했다.

"이번은 저들이 물러났으나, 다음은 장담할 수 없기 때문입니다."

송현의 대답은 간단했다.

하지만 그만큼 명확하기도 했다.

당장은 송현으로 인해 가문의 명운을 지켜낼 수 있었다. 하지만 송현이 떠난 뒤에는 팽가의 안위를 장담할 수 없었다.

재천회에서 가만히 있지만은 않을 것임을 모를 만큼 팽도걸은 무지하지 않았다.

"…좋소!"

팽도걸은 고개를 끄덕였다.

있을 수 없는 일임은 안다. 하지만, 이 자리에서 그저 다가올 몰락을 기다릴 수만은 없었다.

오욕과 멸시를 감수하는 한 이 있더라도 세가는 지켜져야 한다. 세가에는 팽가의 다음 세대를 이어갈 미래가 존재하고 있었으니까.

"이 팽모걸! 대인의 뜻을 따르겠소. 대인의 뜻을 따라 이곳 북경을 떠나 무림맹에 합류하겠소. 그리하여 저 재천회를 물리쳐 다시 이곳에 돌아올 것임을 약속드리겠소이다!"

"가주!"

"가주님!"

결의에 찬 팽도걸의 선언에 팽가의 무사들이 놀라 소리쳤다.

그만큼 팽도걸의 결정은 충격적이었다.

"아닙니다."

하지만 송현은 오히려 고개를 저었다.

"아니라니? 그것은 또 무슨 말씀이시오?"

"무림맹에 합류하여서는 안 됩니다."

"하면? 어찌하길 바라시는 것이오?"

"그저 재천회의 손길이 닿지 않는 곳에서 세가의 식솔들을 지키십시오."

"지금 대인께서는 우리 팽가를 겁쟁이로 만드실 참이시오? 스스로 훗날을 기약할 각오도 없이 어찌 이곳을 떠나라 하시는 것이오!"

팽도걸이 처음으로 목소리를 높였다.

세가의 본거지를 버리고 떠나는 것만으로도 충분히 오욕이고 치욕이다.

하물며, 그 본거지를 되찾기 위해 아무런 노력조차 하지 않는 것은 두말할 나위가 없다.

그것은 더는 무림의 세가로서 존재할 가치조차 없는 일이었다.

팽가의 가주로서 그것은 결코 있어서는 안 될 일이었다.

"아무것도 하지 않고 겁쟁이로 살 바에는 차라리 이곳에서 목숨을 다하겠소. 우리 팽가의 선조께서 묻히신 이곳에서 나 또한 숨을 다하는 것이 나을 것이오!"

팽도걸의 굳은 의지에 송현은 다시 한번 고개를 저었다.

"그저 숨으란 말이 아닙니다. 다만 때를 기다려 달란 말씀입니다."

"때를 기다려 달라니? 그건 대체 무슨 뜻이오?"

팽도걸은 송현의 말에 이상함을 느꼈다.

그 기묘한 이상함.

송현의 말을 곰곰이 생각해 보면 그 답은 금방 찾을 수 있었다.

"그렇다면? 무림맹은 그 때가 되어주지 못한단 말씀이시오?"

"그렇습니다."

송현이 고개를 끄덕였다.

"무림맹은 재천회를 막을 수 없습니다."

"무슨 그런⋯⋯."

송현의 확고한 대답에 팽도걸은 어안이 벙벙한 표정이 되어버렸다. 풍류선인 송현은 한때나마 무림맹에 몸을 담았던 사람이다.

그런 그가 무림맹을 부정하고 있었다.

"⋯좋소."

팽도걸은 고개를 끄덕였다.

극단적인 송현의 이야기에도 더는 의심을 품지 않았다.

"무림맹에 직접 몸을 담았던 대인께서 그리 말씀하시는 것은 쉬 이해가 되지 않으나, 오히려 그렇기에 그런 말씀을 하실 수 있는 것이라 볼 수 있으니⋯ 그것은 되었소."

무림맹의 일원이었던 송현이었다.

그렇기에 송현이 무림맹의 능력을 부정하는 것이 이해되지 않지만, 반대로 그렇기에 믿을 수 있었다.

모순적이지만 그것은 사실이었다.

지금 이 자리에 송현 만큼 직접 무림맹을 보고 겪은 이는 없었으니까.

"그럼 그 때라는 것은 언제가 될 것이오?"

팽도걸이 물었다.

그에게 있어서는 무엇보다 중요한 질문이었다.

언제가 될지 기약할 수 없는 때를 기다리기 위해 터전을 버리고 몸을 숨겨야 하는 것은 있을 수 없는 일이었다.

그것은 송현 또한 알고 있었다.

송현은 입을 열었다.

"무림맹이… 아니, 현 무림맹 임시 맹주 사마중걸의 목숨이 다하는 순간입니다."

*   *   *

사흘 뒤.

팽가의 흔적은 북경에서 사라졌다.

사람의 힘으로는 옮길 수 없는 세가의 건물들만이 남아 팽가가 살았음을 증명하고 있을 뿐이었다.

그리고.

무림은 또 다른 소문으로 들썩였다.

다시 무림에 모습을 드러낸 풍류선인 송현에 대한 소문이었다.

단신으로 모습을 드러낸 송현은 이백에 달하는 재천회의 무사들을 패퇴시키고, 한때 독시궁의 사장로의 자리에 있었던 능사엄의 목숨까지 거두었다고 했다.

단 일인이 내보인 신위.

그것은 능히 천외사천에 비견하기 충분한 것이었다.

그리고.

그러한 송현은 등장은 단지 그의 무위를 평하고 말 만큼 간단한 것이 아니었다.

송현이 재천회의 행사를 가로막았다.

이는 송현이 재천회에 대립하겠다는 의지를 공식적으로 표명한 것으로 해석될 수도 있었다.

강호의 흐름은 새로운 국면을 마주하고 있었다.

"소, 송현이다!"

재천회의 평무사 중 하나가 소리쳤다.

하늘 위에서 들려오는 거문고 소리.

그와 함께 허공을 밟고 내려오는 한 사람.

송현이었다.

송현의 등장에 재천회의 무사들의 얼굴엔 공포가 어렸다.

"제, 젠장!"

무사들 중 누군가가 저도 모르게 욕지거리를 내뱉었다.

이번에만 벌써 여덟 번째다.

상부의 명령을 받고 인근의 무림문파를 정리하기 위해 나서야 하는 재천회 무사들의 처지에서는 송현의 등장은 곧 죽음을 의미했다.

"무, 무엇하느냐! 어서 저놈을 잡지 않고!"

무사들을 이끄는 우두머리가 대갈하며 정신을 일깨운다.

하지만.

그것은 모두 소용없는 일이었다.

쿠르르르릉!

갑자기 지축이 뒤흔들린다.

"어어어어!"

당황한 무사들은 중심을 잡기 위해 팔을 허우적거렸다.

그리고.

뚱—!

모든 것을 꿰뚫는 거문고의 일음(一音).

"모, 몸이!"

그 일음에 대기는 돌처럼 딱딱히 굳어버렸다.

굳어버린 대기 속에서는 몸을 움직일 수가 없다. 무사들은 마치 마혈을 짚힌 것처럼 비명을 내지르면서도 손가락 하나 까딱하지 못한 채 공포에 떨어야 했다.

저벅. 저벅.

송현이 그들을 향해 걸어온다.

화륵!

송현의 몸이 불길에 휩싸였다.

"으… 으아아아아아!"

무사들의 비명을 뒤로 한 채.

송현의 몸을 휘감은 붉은 화염은 재천회의 무사들을 뒤덮어

버렸다.

　"……."
　사위는 쥐 죽은 듯 조용했다.
　지옥과 같았던 비명도 이제는 울리지 않는다.
　업화에 의해 생기가 모두 불타 버린 재천회의 무사들은 모두
바닥을 기고 있었다.
　젊은 무사들의 피부는 늙은 노인의 그것과 같이 주름이 자글
자글하고 퍼석해졌으며, 굳건했던 근육도 사라진 지 오래다. 힘
의 원천이라 할 수 있는 내력 또한 더는 남아 있지 않았다.
　목숨에는 지장이 없을지 모르나, 무인으로서의 삶은 끝이 났
다.
　송현은 그런 그들을 물끄러미 내려다보았다.
　'이것으로 부족한 것입니까?'
　굳이 모습을 드러냈다.
　황조의 존재를 알고 있는 송현은 지금 자신의 행동이 얼마나
위험한 행동인지 알고 있었다.
　자칫 황조와 마주칠 수도 있다.
　그 위험마저 감수하며 행한 일이다.
　알리기 위해서였다.
　'대체 어디에 계시는 것입니까?'
　송현은 안타까운 마음에 하늘을 바라보며 속으로 탄식했다.
　모습을 숨긴 천권호무대.
　송현이 이같이 모습을 드러내고, 재천회를 행사를 번번이 가

로막은 것은 그 천권호무대 때문이었다.

자신의 존재를.

자신이 다시 강호에 돌아왔음을 알리기 위해서였다.

그렇게 그들을 불러내지 않고서는 천권호무대를 찾기란 요원한 일이었으니까.

또한, 이러한 행동의 일면에는 천권호무대를 지키기 위한 목적도 숨어 있었다.

재천회와 강호의 시선이 자신에게 집중될수록 천권호무대를 향한 추적이 무뎌질 것이기 때문이다.

하지만 아직도 천권호무대의 소식은 요원하기만 하다.

송현은 남쪽을 향해 몸을 돌렸다.

저벅. 저벅.

걸음을 옮긴다.

전투력을 상실한 재천회의 무사들을 뒤로한 채 나아가는 송현의 얼굴은 무겁게 가라앉았다.

'괜찮아… 어차피 예정된 일이었으니까.'

스스로를 다독인다.

＊　　　＊　　　＊

장강을 중심으로 두고 재천회와 무림맹의 싸움은 한창이었다.

밀고 내려오는 재천회를 상대로 무림맹의 무사들은 여기저기 함정을 파고 매복을 펼쳐 국지적인 전투를 전개하며 재천회의 발목을 붙잡았다.

아직 무림맹주 유건극의 죽음이 가져온 후유증을 수습하지 못한 무림맹에서 할 수 있는 가장 최선의 대응책은 이것이 전부였다.

하지만 그마저도 상황이 여의치가 않다.

"후퇴하라!"

한때 무림맹의 본거지였던 형문산에 매복을 하고 재천회를 기다렸던 무림맹 외맹소속 무력부대인 봉문숭검대(奉門崇劍隊)의 대주 장문선은 빠르게 후퇴를 명령했다.

장문선의 명령에 수하 대원들은 곧장 몸을 날린다.

장문선이 후퇴를 시작한 것은 수하들이 모두 이곳을 빠져나온 뒤의 일이었다.

장문선의 얼굴은 무섭게 굳어 있었다.

'정보가 샜다!'

처음부터 계획은 틀어졌다.

재천회에게 있어 형문산에서 가장 중요한 것은 무림맹의 옛 터라고 생각했다.

무림맹이 자리했던 곳은 그만큼 커다란 의미를 지녔으니까.

그 때문에 무림맹에 남아 있던 외맹의 사람들마저 대피하게 하였고, 내맹외맹 할 것 없이 밑으로 폭약을 매설해 두었다.

'가장 먼저 무림맹을 접수하려 할 것이라는 예상은 처음부터 틀어졌다!'

재천회는 가장 먼저 무림맹을 점령해야 했다.

하지만 그러지 않았다.

오히려 폭약이 폭발하고 난 뒤 혼란에 빠진 재천회를 공격하기 위해 형문산 인근에 매복해 있던 봉문숭검대를 직접적으로 공격해 왔다.

마치 처음부터 매복의 존재를 알고 있었다는 듯 그들의 행동은 노골적이었고, 또한 정확했다.

계획이 유출되지 않고서는 설명이 되지 않는 상황이다.

"어떻게든 알려야 한다!"

내부에 첩자가 있음을 맹에 보고해야 한다는 생각에 장문선은 이를 악물었다.

가장 늦게 후퇴를 시작했지만, 장문선은 어느덧 후퇴하는 행렬의 중심에까지 도달해 있었다.

그때였다.

휘리리리릭!

기묘한 휘파람 소리가 울렸다.

그리고.

픽!

도망치는 장문선의 반장 옆 나무 기둥에 무언가가 틀어 박혔다.

그 거력(巨力)에 커다란 나무가 통째로 뒤흔들린다.

나무에 틀어와 박힌 그것은 커다란 도끼였다.

장문선의 고개가 급히 뒤로 돌아간다.

"이런!"

뒤를 확인한 장문선의 얼굴이 일그러졌다.

어느덧 후미에는 재천회의 무사들의 모습이 보였다.

나무숲을 헤치며 빠르게 거리를 좁혀오는 그들의 숫자는 봉문숭검대의 숫자를 웃돌았고, 그들이 보이는 신법은 감히 무림맹 외맹무사들로 구성된 봉문숭검대의 상대가 아니었다.

　이렇게 된 이상 어쩔 수 없는 선택을 해야만 했다.

　"산개해라! 누구라도 좋다! 누구든 살아남아 맹에 정보가 유출되었음을 알려라!"

　흩어지게 되면 재천회의 무사들을 상대로 반항할 기회조차 사라져 버린다.

　하지만 지금으로서는 그것이 최선이었다.

　피해는 극심할 테지만, 반대로 사방으로 흩어져 도망치기 때문에 한 명이라도 더 살아 돌아갈 수 있을 것이다.

　계획이 유출되었음을 알리는 것이 우선 과제였다.

　장문선의 명령이 떨어지기 무섭게 대원들은 사방으로 산개해 도망치기 시작했다.

　장문선도 이를 악물고 속도를 높였다.

　금방이라도 부딪칠 것만 같은 나무숲을 지나는 일은 결코 쉬운 일이 아니었다.

　그렇게 얼마나 시간이 흘렀을까.

　"으아아악!"

　멀리서 비명이 들려왔다.

　장문선은 그것이 봉문숭검대원의 비명성임을 직감했다.

　그것이 시작이었다.

　비명은 연이어 터져 나왔다. 처음에는 후방에서 들려오던 것이 어느 순간부터 좌우로, 또 전방에서 들려오기 시작한다.

'실패인가……!'

장문선은 이를 악물었다.

재천회의 무사들은 이미 전력으로 내달리는 장문선마저 앞질렀다.

대주인 그가 그럴 것인데, 다른 대원들이라고 사정이 다르지는 않을 것이다.

휘리리릭!

장문선이 낙심한 사이.

뒤에서 파공성이 들려왔다.

장문선은 머리가 쭈뼛 서는 살기를 느꼈다. 급히 바닥을 굴렀다.

"큭!"

입에서는 억눌린 신음이 터져 흘러나왔다.

산중에서 전력으로 달리다 몸을 굴렸으니 몸이 마음처럼 되지 않았다.

돌부리에 튕기고, 나무등치에 치이며 장문선의 몸은 산 아래로 굴러 내려갔다.

속절없이 굴러가는 장문선의 시선으로 힐끔 그를 향해 달려오고 있는 재천회의 무사들이 보였다.

그들의 빼어 든 검이 장문선을 향한다.

'끝이로구나!'

장문선은 자신의 명이 여기서 다 했다고 여겼다.

한스러움은 있었으나, 그렇다고 지금 그가 할 수 있는 일은 아무것도 없었다.

그때였다.

"읍!"

갑자기 몸이 아래로 푹 꺼져 나간다.

조금 전까지 자신을 향해 검을 날리던 재천회의 무사가 멍하니 아래를 바라보는 모습이 눈에 들어왔다.

산중에 굴렀던 몸은 어느새 낭떠러지에까지 닿아 있었던 것이다.

퍽!

"컥!"

급히 신형을 비틀어 중심을 잡으려 했지만, 이미 늦은 뒤다.

허리에서 극심한 충격이 전해졌다.

허리가 활처럼 휘어지고 입에서는 비명이 터져 나온다.

그리고 다리에 힘이 탁하고 풀려 버렸다.

다행인 점은 다리에 감각이 남아 있음이다. 하반신이 마비되는 것은 피한 듯했다. 하지만 그것도 마냥 다행이라 여길 수 없었다.

당장 몸을 움직일 수가 없다.

'일어나야 한다!'

의지는 있었으나 장문선은 결국 일어서지 못했다.

대신 바닥을 기었다.

당장은 이 자리를 벗어나는 것이 우선이었다. 한 명이라도 살아서 오늘의 일을 보고 해야 한다는 생각이 그의 머릿속을 가득 채웠다.

그렇게 얼마나 바닥을 기었을까.

장문선은 어느덧 무림맹의 외맹과 가까워져 있었다.

그리고.

"……."

장문선의 앞을 가로막는 발이 보였다.

꿀꺽.

긴장감에 마른침을 삼키는 장문선의 목울대가 꿈틀거렸다.

'재천회인가……!'

눈앞을 가로막은 발의 주인이 재천회의 사람이라면 모든 것
은 여기서 끝이 난다.

장문선의 발버둥도 결국 아무런 의미 없는 발버둥으로 끝이
날 판이다.

장문선의 고개가 발을 따라 정강이로, 무릎으로, 그리고 허벅
지로 천천히 위로 올라간다.

"많이 다치신 듯합니다. 괜찮으신지요?"

"…아!"

귓가에 들려오는 목소리.

그 목소리의 주인을 확인한 장문선의 입에서 옅은 안도의 한
숨이 흘러나왔다.

비록 먼발치에서였으나 무림맹에서 몇 번 본 바 있는 얼굴이
었다.

"송 악사님!"

괜한 반가움에 장문선의 목소리가 커졌다.

'이런!'

그러나 이내 스스로의 경솔함을 깨닫고 얼굴을 굳혔다.

송현이 눈앞에 있다.

하지만 뒤에는 재천회의 무사들이 그를 뒤쫓고 있다.

지금 이 순간에도 그의 대원들은 재천회의 칼날에 쓰러져 가고 있다. 그리고 장문선 본인은 절벽에서 떨어질 때의 충격으로 다리에 힘이 풀려 거동이 어려웠다.

생각은 짧았고, 결정은 단호했다.

"어서 자리를 피하십시오! 무림맹 본타는 호북 형산(衡山)으로 옮겼습니다. 그러니 지금 즉시 그곳으로 가서 임시 맹주님께……!"

"아니요. 말씀하실 필요는 없으십니다."

장문선의 다급한 말을 가로막은 이는 송현이었다.

할 말이 많았던 장문선이었다. 뒤에는 재천회의 무사들이 가득하다는 사실을 이야기해야 하고, 호북 형산으로 본타를 옮긴 무림맹에서 기다리고 있을 임시 맹주 사마중걸에게 맹의 정보가 유출되었음을 대신 전해달라고 부탁도 해야 했다.

"알고 있습니다. 무슨 말씀을 하려 하시는지는."

하지만 송현은 이미 알고 있다는 듯 고개를 끄덕이며 장문선을 진정시켰다.

그리고 말했다.

"하지만 보고는 직접 하시는 편이 낫지 않겠습니까?"

송현의 그 말에 장문선은 와락 인상을 찌푸렸다.

"지금 상황이……!"

직접 보고를 할 수 있는 상황이 아니었다.

당장 오늘 목숨을 내놓아야 할 판이다.

그런 상황에서 송현이 말은 마냥 태평하고 안이하게만 들리는 것은 어쩔 수가 없었다.

답답한 마음에 또다시 소리를 높이는 장문선이었으나, 그의 말은 이번에도 끝까지 이어지지 못했다.

"걱정하지 마시지요. 걱정하시는 일은 일어나지 않을 겁니다."

송현의 이 말 때문이었다.

"그, 그게 무슨……?"

그 이유도 모른 채 단지 송현이 말하는 그 분위기에 압도된 장문선이 멍하니 송현을 바라본다.

"여기서 잠시만 기다리세요."

송현은 그런 장문선을 내버려 둔 채 걸음을 옮겼다.

조금 전까지 장문선이 기어서 도망쳐 왔던 그 길을 향해 걸어간다.

"그곳에는……."

장문선이 급히 송현을 불러 경각심을 심어주려 했지만, 그것도 소용없는 일이었다.

후— 웅.

송현이 손을 내젓자 대기가 기묘한 울림을 토해낸다.

등에 비껴 멘 거문고는 꺼내지도 않았다.

하지만.

그것으로도 충분했다.

촤라라라라라라라라!

어디선가 소리가 들려오고.

이내 은빛 기둥이 송현의 주위를 휘감았다.

이곳은 무림맹의 옛터.

재천회의 공세를 막기 위해 급히 이곳을 비우며 미처 챙기지 못하고 두고 갔던 병장기가 즐비하게 넘쳐나는 곳.

그 병장기가 모두 송현의 주위에 모여 은빛 기둥을 만들어 내었다.

그 모습이 마치 산란시기에 강을 거슬러 올라가는 은어 떼의 움직임과 닮아 있었다.

장문선은 멀어져 가는 송현의 뒷모습과 그런 송현의 몸을 감싼 채 하늘 높이 치솟은 은빛 기둥을 보며 중얼거렸다.

잊고 있었던 것을 깨달았다.

"호국염왕……!"

단신으로 절강을 어지럽힌 왜구를 막아내었던 이름.

그 이름의 주인이 누구였는지 이제야 기억이 났다.

*　　　　*　　　　*

은빛 궤적이 허공을 가를 때마다 붉은 핏줄기가 흩뿌려졌다.

일인군단(一人軍團).

만부부당(萬夫不當).

지금 송현을 표현할 수 있는 말 중 이보다 적합한 말은 없었다.

"대장, 괜찮으십니까?"

송현의 등장 이후 재천회의 무사들은 더 이상 위협이 되지 않았다.

후퇴하다 합류한 수하 대원 중 하나가 장문선을 부축하며 물었다.

"……."

하지만 장문선은 그런 수하의 물음에 대답할 수 없었다.

수하의 부축을 받은 채로 재천회의 무사들을 상대하는 송현을 지켜보고 있는 것만으로도 여력이 부족했다.

"맹주님께서……."

한참을 멍하니 송현의 활약을 지켜보던 장문선이 어렵게 입을 열었다.

"맹주님께서 살아계셨다면 저렇게 할 수 있으셨을까?"

고개를 돌려 자신을 부축하고 있는 수하를 향해 질문을 던진다.

"그, 그건… 아니, 그래도 천외사천의 한 분이셨으니까……."

수하가 어렵게 입을 연다.

스스로도 확신이 없는 목소리다.

장문선은 고개를 저었다.

"아니, 불가능하다."

비록 외맹무사였으나, 장문선이 무림맹에서 보내온 세월은 결코 가벼운 것이 아니었다.

무림의 흐름을 좌우할 중요한 대전에는 참여했었다. 비록 그것이 단순히 머릿수를 채우기 위해서라 하지만, 어찌 되었든 그는 그 자리에 있었고 맹주의 활약을 직접 두 눈으로 목격한 사람이었다.

무림맹주 유건극은 강했다.

군계일학이 무엇인지를 몸소 보여주었고, 스스로의 강함을 입증했다. 압도적인 힘을 내세워 저돌적으로 달려들어 가장 위험한 곳에, 가장 강력한 상대가 있는 곳에 항상 그가 있었다.

다른 하늘 아래 존재한다는 것이 무엇인지 장문선은 그때 처음으로 깨달았다.

그리고.

지금 송현을 보면서.

장문선은 지금껏 그가 보지 못했던 또 다른 하늘이 존재함을 확인하고 있었다.

죽은 무림맹주 유건극도 감히 꿈꾸지 못할 일이다.

홀로 수많은 적을 상대한다.

그 적의 실력 또한 강호 어디를 가던 결코 약자라 칭해질 수 없는 이들을 상대한다.

그럼에도 상황은 송현을 중심으로 돌아가고 있었다.

송현이 부리는 수십, 수백의 병장기가 적의 숨통을 끊어 놓는다.

그것은 장문선이 지금껏 상상도 하지 못했던 광경이었다.

'어쩌면 유명무실해진 천외사천의 이름 위에 또 다른 이름을 올려 두어야 할지도 모르겠구나.'

천외사천 중 일인인 유건극은 죽었다.

남은 천외사천 중 삼 인은 그 생사조차 불분명하다.

하지만 송현은 지금 눈앞에 있다.

그 경이(驚異)로운 무위를 몸소 증명하고 있었다.

'저분이 무림맹과 함께하신다면……!'

잠시나마 상상했다.

무림맹의 편에 서서 재천회를 상대하는 송현의 모습을.

패퇴를 거듭하며 물러서기에 급급한 작금의 무림맹이 송현이란 사람 하나로 인해 바뀌어 갈 모습을.

부르르르!

단지 상상하는 것만으로도 짜릿한 전율이 일었다.

소문만 무성했을 뿐이었을 송현의 무위를 직접 목격한 바 없었던 장문선에게 있어서 송현이 보인 무력은 그만큼 대단한 것이었다.

"이 악마 같은 놈!"

마지막 남은 재천회의 무사가 송현을 향해 달려든다.

절벽에서 몸을 날리며 동귀어진을 펼친 무인의 모습은 악에 받친 모습이었다.

그 많던 동료도 모두 죽어나가고, 남은 자신마저도 목숨을 장담할 수 없는 상황이니 당연한 모습일지도 모른다.

그를 향해 은빛 궤적 하나가 쏘아져 나간다.

"흥! 이따위 잔재주 따위!"

쏟아지는 은빛 섬광 속에서도 지금껏 버텨낸 자신감일까.

무사는 자신을 향해 쏘아지는 은빛 궤적에도 움츠러들지 않았다.

오히려 검을 중단에 세우며 은빛 궤적의 길목을 가로막았다.

단번에 송현의 공격을 비틀어 낼 심산(心算)인 것이다.

하지만.

스스스스승!

은빛 궤적을 그리며 쏘아진 검신이 비틀어진다.

송현이 쏘아낸 검신(檢身)이 무사가 가로막은 검을 스치며 비틀고 지나가면서 섬뜩한 소리를 만들어낸다.

그리고.

퍽!

송현이 쏘아낸 검이 무사의 이마를 꿰뚫었다.

그것도 모자라 절벽 깊숙이 틀어박힌다.

챙그랑!

순식간에 목숨을 잃은 무사의 손에 들렸던 검이 힘없이 아래로 떨어져 내렸다.

"……."

사위가 쥐죽은 듯 조용해졌다.

그리고 송현이 신형을 돌려 장문선을 향했다.

"부탁드릴 것이 있습니다."

조용한 목소리.

"마, 말씀하시지요."

장문선이 화들짝 놀라 황급히 답했다.

송현이 말했다.

"새로 옮긴 무림맹으로 안내해 주실 수 있으시겠습니까?"

그것으로 송현의 다음 행선지가 정해졌다.

*　　　*　　　*

강북에서 강남으로 내려오면서도 송현은 재천회의 행사를 가로막는 것을 멈추지 않았다.

벌써 송현으로 인해 발길을 돌린 것도 쉰 번이 넘는다.

그리고 그런 송현이 형문산에서 무림맹 무사들의 안내를 받으며 형산으로 향하고 있다는 소식이 전해졌다.

강호가 뒤흔들렸다.

이제 무림에 살아가는 이들 중 송현의 이름을 모르는 이가 없다.

말 많은 이들은 이제 풍류선인 송현의 이름을 천외사천의 위에 올려놓기를 서슴지 않기도 했다.

번번이 패퇴를 거듭하던 무림맹의 입장에서는 송현의 합류소식은 가뭄에 만난 단비와 같은 의미였다.

사기가 떨어질 대로 떨어지고, 이탈자마저 생기고 있는 마당이다.

무림맹의 입장에서는 송현이 그간 증명해 보인 무위와, 송현이 무림맹에 합류할 것이란 소식을 어떻게든 크게 알려야만 했다.

그 노력이 마냥 헛되지만은 않았다.

강남에 위치한 곳 어디든, 사람이 둘 이상 모이면 항상 송현이 무림맹에 합류한다는 소식을 가지고 이야깃거리로 삼았다.

송현의 합류로 무림맹과 재천회의 싸움은 또 어떠한 양상으로 흘러갈 것이며, 그것이 과연 얼마나 큰 변화를 불러올 것인지에 대한 이야기가 주된 주제였다.

등 굽은 노인이 세월에 이기지 못해 휘청거리는 걸음으로 저 잣거리를 벗어나 길을 나섰다.

금방이라도 픽하고 쓰러질 것만 같이 기력이 쇠한 노인이었건만, 그는 좀처럼 걸음을 멈춰 쉬는 법이 없다. 길고 긴 길을 쉬지 않고 걸어간다. 그 긴 길은 마냥 편한 곳은 아니어서 험한 돌산을 건너고, 직접 나룻배의 노를 저어 가야 하는 길이었다.

그렇게 도착한 곳.

막 조각배를 정박한 노인이 혀를 찼다.

"쯧쯧쯧. 꼴이 말이 아니구만."

노인은 혀를 차며, 인근에 놓아두었던 낚싯대를 등에 걸쳐 멨다.

한때는 잠잘 때조차 몸에서 떨어뜨리지 않았던 낚싯대. 일평생을 함께했으니 이제는 신체 일부나 다름없는 것이기도 했다.

그래서 그것이 노인의 이름이 되기도 했었다.

죽조도인.

노인의 강호에서 노인을 부르는 이름이다.

그리고 그가 도착한 이곳은 신풍대의 추적을 피해 숨어든 그의 안가였다.

무림인으로 오랜 세월을 살아온 장사옹인만큼 쌓아온 은원 또한 결코, 적지 않다. 수적과 싸우고, 극악한 무림인과 싸워 왔다.

그러니 언제든 몸을 숨길 수 있는 안가쯤은 마련해 두는 것은 당연한 일이었다.

"거 올 때 술이나 좀 사오시지. 어찌 빈손으로 오셨소!"

그런 죽조도인의 안가에 오래전에 찾아와 아직도 떠나지 못하는 손님이 있었다.

"쯧쯧쯧. 어른이 다녀왔으면 인사부터 해야 할 생각을 해야지! 어찌 술부터 찾고 있느냐!"

가장 먼저 그를 발견한 손님의 인사에 죽조도인은 마음에 들지 않는다는 듯 혀를 찼다.

"천하에 천권호무대가 이제는 폐인이 다 되었구나! 할 말이 있으니 모두 모이거라!"

결국, 참지 못한 죽조도인이 버럭 소리를 내질렀다.

죽조도인의 안가에 머무는 손님.

그들은 무림에서 모습을 감춘 천권호무대였다.

"쯧쯧쯧. 모두 모였느냐?"

죽조도인은 연신 혀를 차며 주위를 둘러보았다.

죽조도인의 말에 천권호무대가 전원 모였다. 잠든 그의 손자를 무릎에 눕힌 채 토닥이는 유서린, 빈 술병을 아쉬운 듯 혀를 날름거리는 주찬. 집채만 한 덩칫값도 못하고 어깨를 움츠리고 순한 눈만 데굴데굴 굴리며 눈치를 살피는 소구. 입을 꾹 다문 채 애꿎은 두 자루 도만 닦아대는 위전보. 굳게 입을 다문 채 바닥만 뚫어지라 바라보는 진우군.

저마다 하는 짓은 달랐지만, 공통점은 있었다.

모두 두 눈에 초점이 없다. 정신이 나간 사람처럼 어딘가 모르게 몽롱하고, 손가락 까딱거리는 것에도 의욕을 찾아볼 수가 없다.

그저 기계적으로 몸에 밴 습관만 반복하고 있는 모습이다.

"네놈은 대장이란 놈이 어찌 그러고 있느냐!"

그 모습이 꼴 보기 싫었던 죽조도인의 분노가 향한 곳은 진우군이었다.

가장 먼저 정신을 차리고 대원들을 수습해야 할 진우군조차 정신 나간 사람처럼 굴고 있으니 보는 사람의 입장에서는 속에서 천불이 나는 것이다.

"……."

그런 죽조도인의 호통에도 진우군은 가타부타 말이 없다.

그 모습에 화가 나면서도, 또 한편으로는 이해가 간다.

'하긴 그런 일을 당하였는데 어찌 아무렇지 않을 수가 있겠는가.'

들어서 알고 있다.

사마중걸과 신풍대의 배신.

마지막 순간 무림맹주 유건극은 천권호무대의 퇴각을 명령했다.

그러나.

그들의 대주인 진우군은 그 명령을 거부했다.

아니, 수하들에게는 퇴각 명령을 내리고서는 그는 끝까지 유건극의 곁을 지키려 했다.

유건극을 향한 충성심이었을지도 모른다.

하지만 하나 확실한 것은 진우군에게 있어 유건극은 천권호무대가 존재할 수 있는 이유였다는 점이다. 천권호무대가 존재해야만 먼저 죽어간 동료들의 희생을 헛되게 하지 않을 수 있다는 점이었다.

하지만 결국 진우군은 유건극의 곁을 지키지 못했다.

위전보 때문이었다.

진우군이 유건극의 곁을 지키는 데에만 정신을 쏟는 사이 위전보가 진우군의 수혈(睡血)을 점했다. 전혀 예상치 못한 일이었기에, 진우군으로서는 미처 방비조차 하지 못한 일이었다.

이후 위전보의 지휘하에 후퇴했다.

갖은 고생 끝에 유서린과의 인연이 닿은 죽조도인의 도움으로 안가로 몸을 피할 수 있었다.

목숨은 건졌다.

하지만, 그뿐이다.

무림맹주 유건극은 죽었고, 재천회는 천권호무대를 찾기 위해 혈안이다. 돌아갈 곳도 없다. 무림맹은 유건극을 배신한 사마중걸의 수중에 들어가 버린 지 오래다.

복수나 설욕은커녕, 이제는 할 수 있는 일은 아무것도 없는 처지가 되어버린 것이다.

그 지독한 패배감과 무력감은 천권호무대가 감당하기에는 무리가 있었다.

책임감이 강한 진우군은 특히 그러했다.

그리고.

죽조도인의 시선이 한쪽으로 돌아갔다.

그의 손자의 머릿결을 쓸어 넘기는 유서린에게 시선이 멈춘다.

그녀의 도움으로 그와 그의 손자는 신풍대의 추적을 피해 안가에 숨어들 수 있었다.

구명지은(救命至恩)을 입은 것이다.

그런 그에게 있어 유건극은 그와 그의 손자를 해하려 했던 원수이다.

하지만 유서린에게는 다르다.

유서린은 천권호무대의 일원인 동시에 유건극의 혈육이기도 했다. 아무리 남보다 못한 사이로 지냈다 해도 혈육은 혈육이다.

유건극의 죽음이 가져온 상처는 다른 대원들보다도 더욱 깊었을 수밖에 없다.

"쯧쯧쯧! 일이 참 골치 아프게 되었구나."

그 마음을 알기에 죽조도인 장사용은 혀를 거듭 찼다.

그래도 계속 두고만 있을 수는 없는 일.

"언제까지 폐인처럼 지낼 것이냐. 이제 좀 사람답게 살아야 하지 않겠느냔 말이다."

죽조도인이 말문을 열었다.

"그러면 우리가 지금 무얼 할 수 있단 말이오! 사마중걸 그 염병할 놈이 잡고 있는 무림맹에 들 것이오? 아니면, 그냥 이대로 죽자고 그 재수없는 단호영 그 자식이 있는 재천회에 뛰어들겠소!"

주찬이 버럭 성을 냈다.

그 또한 답답하기는 마찬가지다.

다만 할 수 있는 일이 아무것도 없기에 그저 이렇게 지내고 있을 뿐이다.

자고로 목적을 잃고 방황하는 사람만큼 걸음이 힘겨운 자도 없는 법이다.

"차라리 지금이라도 송 악사를 찾아가서……."

답답한 마음에 송현을 입에 올린다.

"안 돼요!"

하지만 유서린이 그 말을 가로 막았다.

"그냥 답답해서 하는 말이외다. 답답해서……."

찔끔한 주찬이 유서린의 눈치를 살필 수밖에 없었다.

"우우……."

그것은 소구 또한 마찬가지다.

송현을 입에 올릴 때마다 유서린의 얼굴은 너무나 차갑다. 그 서릿발 같은 기세에 천권호무대는 송현을 입에 올리는 일조차 조심스러울 수밖에 없었다.

"말씀드렸었던 걸로 기억하는데요? 송 악사님은 무림을 떠났어요. 우리가 무슨 염치로 그런 송 악사님을 다시 무림으로 끌어낸단 말인가요."

"하지만 그렇다고 우리가 아주 남은 아니지 않소!"

주찬이 목소리를 높인다.

무력함에 속으로 분노만 쌓여가는 상황이다. 평소 유서린의 눈치만 살피던 주찬도 더는 참을 수 없는 모양인지 이번만큼은 지지 않고 할 말을 계속했다.

"유 소저께 다 들었소. 맹주… 아무튼 그분이 송 악사께 어떤 짓을 저질렀는지. 내 듣고 하도 놀라 잊지도 못하오. 송 악사의 양부를 살해한 범인이 그분일 줄 어찌 알았겠소. 그러니 더욱 염치가 없을 수밖에. 나라고 뭐 다른 줄 아시오!"

한 번 말문이 터진 주찬의 언사는 거침이 없었다.

유서린을 통해 유건극이 이초를 죽인 범인임을 들었다.

그것을 듣고 경악을 금치 못한 이는 천권호무대 내에서 아무도 없다.

그래서 더욱 유서린의 앞에서 송현의 이름을 언급하기 조심스러웠던 이유이기도 했다.

"하지만 우리만으로는 아무것도 할 수 있는 게 없지 않소. 송악사라도 함께 힘을 모아야 발버둥이라도 쳐볼 것이 아니오."

"우우!"

소구도 주찬의 말에 고개를 끄덕인다.

지금 천권호무대에서 유일하게 희망을 걸어 볼 수 있는 사람은 송현이 유일했다.

송현이 떠나고, 이렇게 천권호무대가 나락으로 떨어지고 나서야, 유건극의 마지막 날 마주한 황조를 보고 나서야 확신할 수 있었다.

송현이 있어야 한다.

그래야만 무엇이라도 시도해 볼 수 있다.

황조의 존재감에 맞설 수 있는 것은 주찬이 경험한 바로는 송현이 유일했다.

"……."

유서린도 그것은 부정하지 못했다.

그렇기에 그저 입을 꼭 다문 채 주찬을 노려볼 뿐이었다.

그러다 끝끝내 가슴속에 담아 두었던 금기를 입에 올렸다.

"맹··· 주께서 왜 우리를 살려보냈는지 생각지 못하시나요?"

맹주가 천권호무대에게 후퇴를 명령한 이유.

송현을 무림에 끌어들이기 위함이다. 모두가 말하지 않았지만, 그것을 어렴풋이 짐작하고 있었다.

송현의 성격상 천권호무대의 위험을 모른 척하지는 못할 것이니까.

결국, 맹주는 마지막 순간까지 송현을 이용하려 한 것이다.

"하지만 그래서 더······!"

주찬이 다시 무어라 주장을 펼치려 했다.

"···그만!"

그런 두 사람의 대립을 가로막은 것은 진우군이었다.

내내 고개를 떨구고 있던 진우군이었지만 그가 고개를 들자 살기가 확 하고 주위를 휘감았다.

유건극의 죽음 이후.

진우군에게서는 줄곧 살기가 터져 나오고 있었다.

"주찬!"

"예, 예!"

진우군의 살벌한 기세에 주찬은 저도 모르게 딱딱히 굳어 대답했다.

진우군은 그런 주찬을 응시하며 으르렁거리듯 말했다.

"송현에 관한 이야기는 삼가도록. 그는 무림을 떠났다. 무림을 떠난 이를 다시 무림으로 끌어들이는 것은 예가 아니다."

"···알겠습니다."

주찬이 진우군의 기세를 이기지 못하고 고개를 숙이고 말았다.

"후—!"

진우군이 한숨을 내쉬었다.

하루하루가 지날수록 천권호무대의 분위기는 더욱 엉망으로 치닫고 있었다. 그것을 수습해야 하는 본인조차도 스스로를 수습하지 못하는 상황이다.

악순환은 앞으로도 반복될 것이다.

진우군은 헛웃음을 터뜨렸다.

좀처럼 웃지 않던 그의 웃음이었지만, 그 웃음엔 허망함만 가득했다.

"차라리 그때 나는 죽었어야 했다."

가슴속에 내내 담아 두었던 말을 꺼냈다.

한 번도 속마음을 드러내는 법이 없었던 진우군의 고백이다.

"나는 대주다. 천권호무대의 모든 책임을 짊어져야 하는 존재지. 하지만 나는 결국 그러지 못했다. 천권호무대의 이름 아래에 먼저 죽어간 동료들의 희생에 관한 책임도, 남아 있는 천권호무대로서의 책임도 결국 지지 못했지."

그에게서 살기가 터져 나오는 이유.

그것은 스스로에 대한 분노였다.

무림맹 내에서도 손꼽히는 진우군이다. 그런 그가 온갖 멸시와 홀대를 견디면서도 천권호무대를 지켜왔던 것은 죽어간 동료들의 희생을 헛되이 되지 않게 하기 위해서였다.

그러나 그러지 못했다.

그것에 스스로 분노했고, 그 탓에 끓어오르는 분노를 잠재울 수 없었다.

"……."

그 솔직한 고백에 천권호무대의 분위기도 일순 가라앉았다.

진우군은 절대 무능하지 않다.

하지만 그런 진우군조차 무림맹의 지원을 기대할 수 없는 작금의 상황에서는 아무것도 할 수 없는 신세가 되어버렸다.

진우군과 천권호무대 만으로 어찌하기에는, 상황은 너무나 커져 버렸다.

탁!

그때 누군가 진우군의 뒤통수를 후려쳤다.

한껏 처졌던 분위기가 일순 반전됐다.

진우군의 뒤통수를 후려친 이는 죽조도인 장사옹이었다.

비록 연배는 장사옹이 한참 앞서지만, 무위로 보았을 때는 진우군과 호각이다.

하지만 장사옹은 스스로의 행동에 거침이 없었다.

"그게 어디 젊은 놈이 할 소리인 게냐! 살았으면 살아서 후일을 도모할 생각을 해야지. 어찌 죽지 못해 한스럽다는 소리나 짓거리고 있어!"

"아니, 선배는 지금껏 뭘 들은 것이오! 지금 우리 처지가……!"

주찬이 답답해서 장사옹을 향해 하소연하려 했지만, 장사옹은 주찬의 말을 가로막았다.

"그러니까 네놈들이 이렇게 죽치고 앉아 폐인처럼 있는 것이

할 수 있는 것이 없어서라는 것 아니냐!'

"맞소."

주찬이 고개를 끄덕인다.

"그리고 네놈들은 내심 송현이란 아이의 힘이 필요하다 여기는 듯하고?"

"그것도 맞소."

"다만, 이미 강호를 떠난 그를 다시 무림으로 끌어들이기가 염치없다 이것 아니냐?"

"거 제대로 알고 있소! 그러니 후일이니 뭐니 하는 것은……."

생각보다 정확히 지금의 상황을 인지하고 있는 장사옹의 모습에 주찬이 고개를 끄덕이며 또, 다시 말을 이어가려 한다.

"시끄럽다! 이것아! 네놈은 어찌 입만 열면 그치지를 않아!"

하지만 장사옹은 그런 주찬의 말을 이번에도 가로막았다.

그리고 말한다.

"그런 것이라면 쓸데없는 걱정을 하는 게다."

"…무슨 뜻이오? 그게?"

주찬이 고개를 갸웃거렸다.

"송현이란 아이가 무림맹에 합류하기 위해 이동하고 있다고 하더구나."

"…그게 무슨 말씀이신가요? 송 악사님이 왜 무림맹에 합류하는 거죠? 아니, 송 악사님이 왜 무림에……."

가장 먼저 유서린이 질문을 쏟아냈다.

그런 유서린을 보며 장사옹이 설명을 덧붙인다.

"송현은 이미 무림에 나왔다는 이야기다. 그뿐인 줄 아느냐? 밖에서 듣기로는 이미 강북에서는 재천회와 몇 번이나 부딪쳤다고 하더구나."

"송 악사님이 왜……?"

유서린은 장사옹의 말이 좀처럼 이해가 되지 않는 듯했다.

그것은 다른 이들 또한 마찬가지다.

송현에게 무림이란 곳은 그리 좋은 곳이 아니었다.

애초 그가 원해 무림이란 세상 속에 뛰어든 것이 아니었고, 그렇게 해서라도 지키고자 했던 이초는 무림맹주 유건극에 의해 살해당했다.

천권호무대가 송현의 행동을 이해하지 못하고 있을 때.

"가시지요."

지금껏 침묵하고 있던 위전보가 자리를 털고 일어섰다.

무기력했던 모습은 흔적도 없이 사라진 위전보의 시선이 진우군을 향했다.

"알고 있었나?"

진우군이 위전보를 보고 묻는다.

모두가 송현의 행보에 놀라움을 금치 못했다. 천권호무대 전원 이해하지 못한 것이다.

하지만 단 한 사람 예외가 있었다.

위전보다.

위전보는 송현이 다시 무림에 발을 디뎠음에 놀라지 않았다. 그러고 보면 처음부터 위전보는 맹주의 퇴각 명령에 망설임없이 따랐던 유일한 사람이었다.

위전보가 말했다.

"송 악사가 무림맹을 떠나던 날 이야기를 나누었습니다."

송현이 무림맹을 떠나던 날.

위전보는 그를 찾아 갔었다.

나눌 이야기가 있었기 때문이다.

그리고 대화를 나누었었다.

*　　　　*　　　　*

송현이 무림맹에 합류하기 위해 오고 있다.

그 소식 하나로 초상집과 다름없었던 무림맹의 분위기가 활기를 띠기 시작했다.

그리고.

죽은 무림맹주 유건극을 대신해 임시로 맹주의 자리에 앉은 사마중걸 또한 그 일을 가벼이 여길 수 없었다.

사마중걸의 집무실에는 각 문파에서 나온 고인들로 가득했다.

작금의 무림맹은 무림맹의 전력으로만 오롯이 유지되고 있는 것이 아니다. 각 문파에서 지원한 무인들 또한 무림맹의 전력을 구성하고 있는 중요한 축 중 하나였다.

사마중걸은 그중에서도 각각의 무리를 대표할 수 있는 이들과 회의를 통해서 모든 일을 결정해야 했다.

"풍류선인의 말이 맞았습니다. 따로 본가를 통해 알아본 정보에 의하면 재천회는 지금 그들이 점령한 지역의 무림문파를 정리하고 있는 모양이더군요."

복건(福建) 무이파의 장로 출신인 가창현이 입을 열었다.

복건이란 곳은 특이한 곳이다. 바다를 접한 곳인 동시에 산지로 가득한 곳이기도 했다. 평야가 적으니 식량의 수급이 어려울 수밖에 없다. 대신 소금과 목재와 같은 자원이 풍부한 곳이기도 했다.

그러다 보니 각 지역마다의 행동 양식 또한 극과 극을 이룬다.

어업에만 집중하는 곳이 있는가 하면, 계단식으로 논밭을 일구어 고립된 생활을 하는 곳도 있다. 또한, 생존과 이익을 위해 상행위에 집중하는 곳도 있었다.

무이파는 그런 복건에서도 손꼽히는 무림문파다.

문파를 이루는 문도의 숫자도 작지 않아서, 문파를 운영하기 위해서는 상단과의 연계가 중요했다.

상단 또한 산에는 산적으로, 바다에는 해적으로 가득 찬 복건의 지형적 특성상 무이산에 터를 잡은 무이파의 무력은 반드시 필요한 것이었다.

가창현은 그런 무이파에 연결된 상단을 통해 송현에게서 전해져 온 소식을 파악했다.

"맞습니다. 본문과 절강 무림문파가 합심하여 조사한 결과도 그와 같습니다. 재천회가 정리하는 무림문파는 제각각이지만, 한 가지 특이한 점이 조사되었습니다."

가창현의 말에 삼문문(三門門)의 대제자인 휘문이 동의했다.

"특이한 점이라니요? 그것이 무엇인지 여쭈어도 되겠습니까?"

휘문의 말에 사마중걸이 질문을 던진다.

휘문은 고개를 끄덕이며 이내 설명했다.

"정리되고 있는, 혹은 시도되고 있는 문파들 모두 현재는 그 성세와 규모가 제각각입니다. 그러나 과거에는 천하에 손꼽을 만한 성세를 자랑했던 곳이기도 합니다. 대표적으로 팽씨세가만 해도 그렇습니다. 팽씨세가는 한때 하북팽가라 불리우며 천하제일도가(天下第一刀家)라는 칭호까지 얻었던 곳입니다. 나머지 문파들 또한 그와 비슷한 성세를 구가했던 과거를 지니고 있던 곳입니다. 그리고……."

"그리고요?"

"그리고 그들 모두 과거 영광을 구가했던 시절의 무공을 소실하지 않고 간직하고 있는 곳이기도 합니다. 다만, 그 진전을 이어받을 자가 없을 뿐이지요. 걸출한 인물만 생겨난다면 얼마든지 과거의 영광을 되찾을 만한 저력을 갖추었단 말로 보아도 될 것입니다."

휘문의 설명에 사마중걸이 턱수염을 쓰다듬었다.

곰곰이 생각에 잠긴 듯하다가 이내 고개를 끄덕인다.

"거참 이해키 어려운 이유로군요. 그렇다고 마냥 아니라 부정할 수도 없으니……. 우선 그 일에 대해서는 조금 더 알아보기로 하지요."

"그리고."

"또 있습니까?"

"그중 대부분이 모습을 감추었다고 합니다. 아직 정확한 정보라 할 수 없지만 결코 가벼이 여길 일은 아닌 듯합니다."

"그렇군요. 그 또한 한번 알아 봐 주시겠습니까?"

"알겠습니다."

휘문이 고개를 끄덕이며 사마중걸의 부탁을 허락했다.

"……"

사마중걸은 그런 휘문을 가만히 응시하다가 이내 시선을 돌렸다.

"이제 본격적인 안건을 시작해 볼까 하는데……. 어떠하신지요?"

사마중걸이 좌중을 훑어보며 이야기했다.

송현을 통해 먼저 도착한 정보에 대해 이야기하는 것은 그저 본격적인 사안을 앞두고 나누는 정보교환에 불과했다.

이 자리에 이토록 많은 무림대표가 모인 것은 그 때문이 아니었다.

사마중걸은 좌중의 침묵을 동의로 받아들이고 이야기를 시작했다.

"풍류선인께서 무림맹에 합류하신다면 그 자리나 처우에 대해서 먼저 논의해 보지 않을 수가 없는 일이지요. 여기 모이신 동도 여러분께서는 이를 어찌해야 할지 함께 고심해 주시겠습니까?"

오늘 이 자리에 모인 가장 중요한 이유.

새로 합류할 송현에 대한 처우와 송현에게 내어줄 자리에 대한 문제였다.

"우리 복건의 입장은……"

가장 먼저 입을 연 이는 복건을 대표해 이 자리에 온 가창현이었다.

가창현을 시작으로 여기저기서 각각 자신의 의견을 밝힌다. 서로의 의견이 복잡하게 얽히고 대립한다.

송현의 합류는 반갑지만, 송현에게 과연 무엇을 줄 수 있는 가에 대해서는 서로의 시선과 입장이 다른 처지였으니 이는 당연한 일이었다.

그렇게 복잡하게 얽히는 의견을 지켜보는 사마중걸의 눈은 공허했다.

'모두 다 필요 없는 것을……'

송현에게 자리를 내어줄 일도, 그를 대우해 주는 일도 없을 것이다.

일이 어떻게 되든.

그저 지금의 이 자리는 형식상의 자리였을 뿐이다.

적어도 사마중걸에게는 그러했다.

사마중걸이 공허하게 회의를 지켜보고 있을 때였다.

집무실 밖 문풍지에 그림자가 드리워졌다.

"누구신지요?"

회의에 관심이 없었기 때문일까.

그것을 가장 먼저 알아차린 이는 사마중걸이었다.

사마중걸의 물음이 문풍지 너머에서 대답이 돌아왔다.

"특무대주 하후건입니다. 방금 풍류선인께서 도착하셨습니다."

사마중걸이 임시 맹주가 된 이후 창설한 사마중걸 직속 무력 대대의 대주인 하우건의 보고였다.

비록 그 이름은 달랐으나 특무대는 사마중걸에게 있어 유건 극의 천권호무대와 같은 존재였다.

송현이 무림맹에 도착했다.

"드디어……!"

사마중걸은 저도 모르게 속내가 새어 나왔다.

"회의는 다음으로 미루어야 할 것 같습니다. 귀한 손님이 찾 아오셨는데 응당 마중을 나가야 하지 않겠는지요?"

이어 회의를 중지시킨다.

풍류선인이란 이름이 이제는 가볍지가 않기에, 그의 방문을 마냥 뒷전으로 미루어 둘 수는 없는 일이었다.

끝나지 않은 회의는 송현을 마중한 뒤에 하여도 충분한 일이 었다.

"흠흠! 그러시십시다."

가장 크게 목소리를 높이던 가창현이 헛기침을 하며 사마중 걸의 의견에 동의했다.

"그래야겠지요. 풍류선인을 마냥 기다리게 할 수만은 없는 일이니……."

다른 무림대표들도 그와 의견을 함께했다.

사마중걸은 고개를 끄덕였다.

"먼저 나가시지요. 저는 아직 정리치 못한 서류를 정리하고 곧 나겠습니다."

사마중걸의 집무실에 모여 있던 무림대표들이 송현을 마중하 기 위해 밖으로 나선다.

이제 집무실에 남은 이는 사마중걸과 송현의 도착을 알리기 위해 찾아온 특무대주 하후건 두 사람뿐이었다.

"일러둔 일은……? 어찌 되었는지요?"

사마중걸이 조용히 묻는다.

"모든 준비를 마친 상태입니다. 그들은 지금……."

"아니, 말하지 마시지요. 대주께서는 마지막 순간까지 모습을 드러내지 말아야 함을 명심하십시오."

송현이 무림맹으로 온다.

사마중걸은 송현을 마중할 준비를 했다.

그 준비를 대신 한 이가 특무대주 하후건이었다.

"굳이… 그렇게까지 조심해야 하는 일입니까?"

하후건이 슬쩍 의문을 드러냈다.

송현을 맞이할 준비를 하는 사마중걸의 행동은 하후건이 보기에는 너무나 지나친 감이 있었다.

모든 준비를 완벽히 끝내 놓고도 그 기밀을 숨기기 위해 사마중걸조차 보고를 받길 피하고 있었다. 어디, 그뿐인가. 마지막 순간까지 사마중걸의 호위를 담당해야 할 하후건마저 몸을 피해 있으라고 한다.

"왜요? 겁쟁이처럼 보이시는지요?"

"……."

웃음 짓는 사마중걸의 물음에 하후건은 대답하지 않았다.

사마중걸의 물음이 정곡을 짚은 것이다.

"과하지 않습니다. 어쩌면 모자랄지도 모르지요. 한 치라도 일이 어긋나는 순간에는… 공과 본인이 한 약속 또한 지킬 길이 없음을 명심하십시오. 그리되면 필히 하후가의 멸문을 각오해야 할 일이지요."

"……."

하후건의 표정이 일변한다.

입을 굳게 다문 그의 표정은 아직도 사마중걸의 행동에 대한 이유를 납득하지 못한 듯했다.

다만.

오늘 송현의 방문이 앞으로의 그에게 얼마나 중요한 일인지는 확실히 인지할 수 있었다.

인생의, 아니, 가문의 기로였다.

"먼저 움직이시지요. 명심하십시오. 마지막 순간까지 절대 송현과 접촉하여서는 아니 될 일입니다."

"명을 받잡겠습니다."

하후건이 고개를 숙이며 읍한다.

그리고 사마중걸의 집무실을 벗어났다.

사마중걸은 열린 집무실 문밖으로 시선을 던졌다.

이 문밖에는 송현이 도착해 있을 것이다. 무림의 명숙이라 불리는 이들이 송현의 합류를 환영하고 있을 것이고, 연전연패를 거듭하며 사기를 잃었던 무사들은 희망을 품을 것이다.

사마중걸에게도, 송현을 환영하고 있을 그들에게도.

모두가 부질없는 일이다.

오늘 이 순간이 지나면 모든 상황은 달라져 있을 것이니까.

헛헛한 마음에 사마중걸은 웃어버렸다.

"사마가의 후인으로 나고 자라 처음으로 회한이 찾아오는구나!"

사마중걸은 그렇게 혼잣말을 흘려내고는 자리에서 일어났다.

탁.

문밖에 나서서 집무실의 문을 굳게 닫는다.

"오늘이야말로 대를 물려 전해진 그 지독한 악연을 끝낼 시간이다."

사마씨의 마지막 후손 사마중걸은.

오랜 세월 그와 그의 선조들을 괴롭혀 온 업보의 굴레를 끊을 작정이었다.

*　　　*　　　*

송현은 스스로 생각했던 것 이상으로 환영을 받으며 무림맹에 입성했다.

형산에 해가 뜨는 날은 한 해에 스무날도 되지 않는다고 한다.

그러나 오늘은 운이 좋았나 보다.

형산 중턱 위에 아슬아슬하게 자리 잡은 무림맹의 하늘에는 밝은 태양이 떠올라 형산을 비추고 있었다.

듣기로는 한때 이곳에 형산파라 하는 손꼽히는 도가 문파가 자리 잡고 있었다고 했다. 무림맹이 이곳으로 근거지를 옮긴 것 또한 멸문한 형산파의 전각과 흔적이 이곳에 남아 있어 복원이 용이하기 때문이라고 들었다.

송현의 방문으로 한바탕 잔치가 벌어졌다.

무림맹은, 그리고 이제는 무림맹의 중요한 축이 된 무림의 대표자들은 송현의 방문을 그냥 넘어가지 않았다.

추락할 대로 추락해 버린 무림맹의 사기를 끌어 올릴 기회로 삼았다.

오랜만에 벌어진 술판에, 그리고 어두웠던 현실에 비춘 새로운 희망.

연회에 참석한 무림맹의 말단 무사에서부터, 각 지역을 대표하는 무림의 명숙과 대표자들까지 모두 입가에 웃음이 가득하다.

그 화기애애한 분위기 속에서 송현은 함께였으나, 또한 따로였다.

웃으며 따라주는 술잔을 받아넘기는 송현이었으나, 이윽고 남몰래 어두워진 표정을 감추어야 했다.

'오늘이 지나면… 이분들은 이렇게 웃을 수 있을까?'

오늘 밤이 지나고 내일 아침이 되면.

아니, 어쩌면 오늘 밤이 지나기도 전일지도 모른다.

지금 이렇게 웃고 떠들며 희망의 불꽃을 지피는 이들이 과연 지금과 같이 웃을 수 있을까 하는 생각이 들었다.

그 생각에 마음이 자꾸만 무거워진다.

그렇게 송현은 해가 저물고 밤하늘에 달이 떠오를 때가 되어서야 연회에서 벗어날 수 있었다.

송현은 임시 맹주인 사마중걸의 부름을 받고 그의 집무실을 향했다.

그러는 동안에도 연회는 계속된다.

무림의 대표자들은 슬그머니 자리에서 벗어나 각자의 자리로 돌아가 밀린 업무를 처리했으나, 오랫동안 고생한 일반 무사들은 해가 저문 지금 이 순간에도 연회를 계속해 이어가고 있었다.

　탁!

　시끌벅적했던 연회장의 웃음소리는 사마중걸의 집무실 문이 닫히자 거짓말처럼 사라졌다.

　겉으로 보이기에는 허름한 곳이었으나, 그것은 그저 겉으로 보이는 것일 뿐임을 다시 한 번 확인할 수 있었다.

　'진법이로구나.'

　송현은 귓가로 들려오는 가락에 담긴 이질감을 느꼈다.

　몇 번 경험한 것이다.

　진법이다.

　송현은 그것을 알면서도 사마중걸과 마주 보며 앉았다.

　"……."

　가만히 입을 다문 두 사람 사이에서는 좀처럼 대화가 시작될 기미가 보이지 않았다.

　그러나 누군가는 먼저 입을 열어야 한다.

　그것이 대화의 시작이다.

　시작은 사마중걸이었다.

　"선인께서 마지막으로 무림맹을 찾으셨을 때, 그때 돌아가신 맹주님이 그러시더군요. 선인께서는 혈천패의 몸에 묻은 이야기를 들었다고 말이지요. 그 말이 사실인지 여쭈어도 되겠습니까?"

형문산 아래에 무림맹이 존재했을 때.

송현이 마지막으로 그곳에 찾아갔었다. 그리고 맹주 유건극을 만나 혈천패의 몸에 묻어 있던 이야기를 전했었다.

사마중걸은 그것을 전해 들은 것이다.

송현은 부정하지 않았다.

"사실입니다."

"허! 신기한 일이로군요."

사마중걸이 짐짓 감탄한 듯 입가에 미소를 머금는다.

송현은 그런 사마중걸을 가만히 응시했다.

"하오면 감히 질문을 드려도 되겠는지요?"

사마중걸이 재차 송현의 의향을 물어온다.

"하시지요."

"선인께서는 이미 알고 계셨을 텐데요? 그런데 어찌 그냥 돌아가셨습니까?"

"죽은 맹주가 제 아버지를 살해하였다는 것 말입니까?"

"……."

송현의 반문에 사마중걸은 말이 없다.

그저 씩 웃어 보일 뿐이었다.

"유 소저가 걱정되었습니다. 또한, 무림이 걱정되었지요. 솔직히 겁이 났습니다. 모든 것이… 그래서 그냥 돌아갔습니다. 헛된… 기대를 걸겠다고 스스로 속이면서요."

송현은 유서린을 연모한다. 그리고 무림맹주 유건극은 그런 유서린의 친부다. 이초를 해한 유건극에게 그 죗값을 목숨으로 받아낸다면 영영 유서린과의 인연도 끝이 나게 된다. 그 순간 송현은 유서린의 친부를 죽인 원수가 되는 것이었으니까.

그래서 겁이 났다.

그리고 당시에는 유건극이 필요하다고 생각했다. 송현은 재천회의 등장을, 그리고 그 모든 것을 조종하고 있는 황조의 존재를 알고 있었으니까.

홀로 그 모두를 상대하는 것은 불가능이라 여겼다.

유건극이 죽은 다음의 무림의 모습에 겁이 났다.

그 두려움 탓에 돌아섰다.

스스로 어쩔 수 없는 일이라 속이면서 말이다.

"허허! 그러셨군요."

"잘못된 일이었지요. 그 잘못을 깨달았기에 이렇게 다시 나선 것이고요."

유건극과 함께 싸울 수는 없다. 유건극은 누가 무어라 해도 송현의 양부인 이초와, 송현의 양형을 살해한 원수였으니까.

하지만 함께 싸우진 않더라도, 도망치지는 말았어야 했다.

그랬다면 천권호무대도, 유서린도 이처럼 숨어서 지낼 필요는 없는 일이었으니까.

은원은 그다음에 생각해도 늦지 않은 일이었다.

"질문을 달리 들려도 되겠습니까? 선인께서는 광릉산의 전설을 알고 계시는지요?"

고개를 끄덕이던 사마중걸이 다시 질문을 건넸다.

우뚝!

송현의 움직임이 일순 경직되었다.

가만히 사마중걸을 바라보는 송현의 눈동자가 깊게 가라앉왔다.

"그 옛날 죽림칠현이 있어 그중 혜강이란 사람이 연주하는 금(琴) 실력이 일품이라 명성이 자자하더라. 그러나 혜광은 언행에 있어 가림이 없고, 뛰어난 지혜를 가졌음에도 관직에 오르지 않았다. 그러니 그를 시기하는 자와, 그의 언행에 원한을 가진 이가 끊이지 않았다. 그러다 결국 그 거침없는 언행이 사마 씨의 분노를 사서 결국 참수형을 면치 못하게 되었다. 죽음을 앞에 둔 혜강은 죽음을 두려워하는 기색 없었다. 다만, 자신이 만든 곡이 후대에 전해지지 못할 것을 아쉬워하며 마지막으로 금을 탄주하였는데, 그 곡이 바로 광릉산이라 한다. 라는 전설 말인지요?"

한 번도 멈추는 법 없는 송현의 이야기에 사마중걸이 웃음을 흘렸다.

"허허! 알고 계셨습니까?"

"악사가 어찌 그 전설을 알지 못하겠습니까?"

"그럼 다시 묻겠습니다. 그렇다면 선인께서는 제가 그 혜강을 참한 사마씨의 후손임을 알고 계시는지요?"

"알고 있었습니다."

"하오면……."

사마중걸이 재차 질문을 던지려 한다.

하지만 이번엔 송현이 그의 질문에 앞서 답을 내놓았다.

"제 양부와 양형을 살해한 범인이 죽은 유건극이었다면, 그것을 뒤에서 조장한 이는 당신임을 알고 있습니다."

"…허… 허허허! 그러셨군요. 그러셨어요!"

사마중걸의 몸이 굳었다가 누그러진다. 그리고는 이내 풀리지 않은 해답을 찾아낸 것처럼 웃음을 터뜨린다.

사마중걸의 눈빛이 일변했다.

"그러면 왜 무림맹을 떠나던 그날 나를 죽이지 않으셨습니까?"

"사람의 몸에 묻은 이야기를 들을 수 있다고, 모든 것을 알 수 있는 건 아니었습니다. 제가 무림맹에서 들은 이야기는 당신이 맹주에게 제 양부를 살해하길 부추겼다는 것뿐이었습니다. 그것은 이상한 일이지만, 이해하지 못할 일도 아니었지요. 당신이 하는 일이 그런 것이었으니까요."

상대의 몸에 묻은 이야기를 들을 수 있다.

그것이 송현의 능력이다.

하지만 전능한 것은 아니다. 단편적일 뿐만 아니라, 그렇게 묻은 이야기를 들을 수 있는 것은 상대가 직접 경험하고 들은 이야기들이 전부다.

또한 사마중걸을 무턱대고 의심하기에는 애매한 것이 많았다.

맹주는 이초에게, 그리고 송현에게 일종의 위협감을 갖고 있었다. 사마중걸이 한 일은 그런 맹주가 느끼는 위기감을 부추기는 정도였다.

이상하나, 이상하지 않은 일이다.

맹주를 보필하는 총군사의 자리에 있었던 사마중걸이니 맹주를 위협할 만한, 혹은 맹주가 알아야 할 만한 정보를 보고하는 일은 전혀 이상하지 않은 일이었으니까.

그래서 송현은 애초에 사마중걸을 의심하지 않았다.

그것은 송현이 직접 그와 마주한 일도 그리 많지 않았던 탓도 있었다.

다만 송현이 사마중걸의 존재에 대해 의구심을 품게 된 것은.

맹주나 다른 이들이 아닌, 신풍대의 대주와 스쳐 지나가면서였다.

맹주의 새로운 직속 무력단체라고 알려진 것과 달리, 직접 마주한 그들은 너무나 이상한 구석이 많았으니까.

익힌 무공도 정파의 것이 아니었고, 그들이 가진 감정 또한 무림을 지키고자 하는 사명감과는 거리가 멀었으니까. 오히려 그들은 무림에 대한 분노를 품고 있었다. 그들의 충성이 향하는 곳에 있는 이는 무림맹주 유건극이 아닌, 사마중걸이었다.

그것을 알지 못했다면 처음부터 사마중걸에 대한 의구심은 갖지 못하였을 것이다.

송현은 웃었다.

그 웃음이 너무나 쓰기만 했다.

"그날 저는 세 가지 죄를 저질렀습니다. 울고 있던 유 소저를 안아주지 못한 죄, 죽은 맹주 유건극을 과신한 죄, 그리고 당신에 대한 의구심을 갖고도 두려움 때문에 이를 알아보지 못한 죄."

그 세 가지 죄가 맞물려 지금의 결과를 만들어냈다.

"지키려거든, 바꾸려거든 똥물을 뒤집어쓰고 진창에서 발버둥치게나. 아무것도 하지 않고 변하고 지킬 수 있는 세상이었다면, 애초에 창칼은 생겨나지도 않았을 것이네."

아직도 맹주와 마주했던 마지막 그날에 맹주가 쏟아낸 그 말이 호통처럼 귓가에 맴돈다.

맹주의 말은 틀리지 않았다.

결국 송현이 저지른 그날의 실수는 스스로 더럽혀지기를 망설였던, 스스로 세상이 변하기를 바랐던 안일함이 가져온 결과였다.

"당신이 황조의 간자로 맹주의 곁에 머물며 제 양부와 양형을 해한 또 다른 흉수일지도 모른다는 생각을 갖게 된 것은 그로부터 한참이 지나서였습니다."

사마중걸이 맹주를 배신하고 나서야 의구심이 의심이 되었다.

그의 배신에 대한 소식은 듣지 못하였으나, 유건극의 사망 소식을 들었고, 전멸한 신풍대. 그날 이후 무림에서는 모습을 감춘 채 잠적해 버린 천권신위대.

그러한 현장을 함께했음에도 다친 데 없이 무사했던 사마중걸.

그것이 의심이 되었다.

의구심이란 빈자리에 의심이란 조각이 채워졌다. 그리고 그 조각들은 하나둘 하나로 합쳐져 숨겨진 진실을 드러내기 시작했다.

그리고.

"당신이 양부와 양형을 해한 또 다른 흉수란 사실은 제가 무림맹으로 다시 돌아오기 전까지도 그저 의혹이었을 뿐이었습니다. 그것이 확신이 된 것은 당신을 마주한 뒤였습니다.”

사마중걸이 황조의 편을 든 간자임은 알고 있었다. 하지만 이초와 양형을 죽인 원수라는 의혹은 아직 찾지 못한 조각이었을 뿐이었다.

그 조각이 맞추어 진 것은 사마중걸과 마주한 그 순간이었다.

“허허허허! 이거 제가 자충수를 두었습니다!”

사마중걸을 웃음을 터뜨릴 수밖에 없었다.

결국 송현을 경계해서 한 일이 마지막까지 숨길 수 있었던 비밀마저 밝히는 일이 되어버렸다.

상대에 대한 모든 정보를 얻고 그 정보를 바탕으로 최악의 순간을 상정하여 계책을 꾸미는 사마중걸의 습관이 만들어낸 실수였다.

“묻고 싶은 것이 있습니다.”

내내 질문을 받기만 하던 송현이 처음으로 질문을 던졌다.

“이렇게 된 마당에 무엇을 숨기겠습니까. 얼마든지 질문하시지요.”

“왜 그러셨습니까?”

“…맹주께서 이 대인과 그 아들분을 살해하길 조장한 것을 말씀하시는 것이로군요?”

“…….”

송현은 대답하지 않았다.

그 침묵이 긍정임을 모를 사마중걸이 아니었다.

“그야 가문의 업보 때문이었지요.”

"단지 그뿐이셨습니까?"

"그럴 리가 있겠습니까. 그 과업의 의미가 틀리지 않았다 여겼기 때문입니다."

"과업의 의미? 무슨 뜻입니까?"

"사마가는 오랜 세월 혜강의 광릉산을 경계해 왔습니다. 대를 이어 부모에게서 자식에게로. 그저 가문의 사리사욕을 위해서였다면 이처럼 지독히 광릉산을 경계하지 않았겠지요."

"……."

송현은 말을 하지 않았다.

그저 침묵으로 사마중걸의 설명을 독촉할 뿐이었다.

사마중걸은 웃으며 잠시 멈추었던 이야기를 재개했다.

"광릉산이란 노래는 사람이 만들어낸 노래였으나, 사람의 노래가 아니었습니다. 광릉산의 근본은 감정, 그리고 그 광릉산을 연주하는 이 또한 악사지요. 세상에 예악을 하는 이만큼 감정에 솔직하고 풍부한 사람이 또 있을까요. 하나, 광릉산은 힘을 가지고 있었습니다."

광릉산이 가진 기이한 힘은 송현도 모르지 않았다.

지금 송현이 얻은 힘의 근본이 그곳에 있었으니까.

"감정으로 휘두르는 칼과 같습니다. 아주 강력하고 절대적인 칼이지요. 하오나, 그 칼을 움직이는 것은 감정입니다. 감정이란, 때론 너무나 위험한 것입니다. 감정이란 것은 곧잘 논리와 법도를 벗어나고, 이성과 합리를 앞지릅니다. 마치, 무림과 닮아 있는 곳이지요."

감정이란 것은 그 개념이 모호하다. 개개인마다 다르고, 그때 그때 상황에 따라 또다시 달라진다. 기준이 모호하다. 그 모호한 기준마저 항상 무시되기 일쑤다.

고정되지 못한 불안을 항상 내포되어 있는 것이다.

무림 또한 그와 닮아 있었다. 그저 말투 때문에 생사를 건 싸움이 일어나는 곳이다. 가벼운 어깨 부딪침에, 눈 마주침에 생사의 대적이 되고, 대를 이어 은원이 이어진다. 곧잘 원리와 원칙은 무시되고, 그러고도 그것이 정당화되는 곳이기도 했다.

"감정으로 휘두른 칼은 그래서 두려운 것입니다. 언제 어디로 향할지도, 언제 멈추어질지도 알지 못하니까요. 사마가의 과업을 업은 것도, 황조께 충성을 맹세한 것도 그 탓이지요. 세상을 지키고 유지하는 데에는 감정으로 칼을 휘두르는 절대자보다는 무심으로 세상을 조율하는 절대자가 더욱 적합하다 보았으니 말입니다."

송현은 사마중걸을 노려보았다.

"아버지께서는, 양형께서는 무림에 뜻을 두지 않았습니다."

"힘을 가진 자는 그 힘을 휘두를 수밖에 없게 되는 법입니다. 세상이 그리 녹록하지만은 않으니 말이지요."

"하지만 그것은 일어나지 않은 일이었습니다."

"만사에 가장 중요한 것은 예방이라 하지 않습니까."

사마중걸은 그런 송현의 눈빛도 태연히 받아 넘겼다.

묻는다.

"하오면 이제 모든 질문은 끝나셨습니까?"

가만히 입가에 미소마저 머금고 있었다.

마치 모든 것을 초탈한 사람처럼.

아니, 지금 눈앞의 송현을 전혀 두려워하지 않는 것처럼.

끄덕.

송현은 대답 대신 고개를 끄덕였다.

화륵!

송현의 두 눈에 푸른 귀화가 타오른다.

사마중걸은 그런 송현을 바라보며 은근히 물었다.

"그럼 이제 무엇을 하실 작정이신지요?"

송현이 대답했다.

"당신을 죽일 것입니다."

콰과과광!

사마중걸의 집무실이 터져 나갔다.

4장
드러나는 진실과 대반격

樂武林

"대체 이것이 무슨 짓이란 말이오!"

가창헌이 대노해서 소리쳤다.

사마중걸의 집무실 앞.

그곳엔 무림의 명숙이라 불리는, 그리고 작금의 무림맹에서 각 지역을 대표하는 대표자의 자격을 지닌 이들로 가득했다.

사마중걸과 약속이 있었다.

무림맹이 연회를 즐긴다고 한들, 재천회 또한 그러한 것은 아니다. 지금 이 순간에도 재천회는 무림맹을 위협하며 움직이고 있었다.

각 지역을 대표하는 이들로서 마냥 앉아 술에 취해 웃고 떠들기만 할 수는 없는 일이었다.

처리하지 못한 안건을 처리하고, 재천회를 상대할 방안을 찾기 위해 함께 머리를 맞대어야 했다.

미리 사마중걸과 약속되었던 자리였다.

그리고.

그 자리에서 가청현과 각 지역의 무림 대표들은 믿기 어려운 말을 들었다.

처음에는 그저 문이 열리지 않았다.

그리고 잠시 뒤 닫힌 문 너머로 들려오는 사마중걸의 목소리.

―그럼 이제 무엇을 할 작정이신지요?

뒤이어 들려오는 송현의 목소리.

―당신을 죽일 것입니다.

짧게 오간 두 사람의 대화.

그리고 터져 나가는 방문으로 튕겨져 나오는 사마중걸.

"총군사, 아니, 맹주를 보호해야 합니다!"

가창현이 급히 소리쳤다.

가창현의 외침에 이 자리에서 함께 두 사람의 대화를 들었던 무림의 대표들이 급히 사마중걸의 앞을 막아선다.

그리고.

저벅. 저벅.

터져 나간 방문 사이로 송현이 걸어 나왔다.

"역시… 이것을 노리셨습니까? 죽은 맹주와 같은 수법이로군요."

송현은 자신을 향해 무기를 겨누고 있는 무림의 대표들을 훑어보고는 사마중걸을 향해 낮게 중얼거렸다.

혼잣말처럼 작은 목소리였건만, 이 자리에서 그 목소리를 듣지 못한 이는 없었다.

"주, 죽은 맹주라니? 설마 풍류선인께서는 천권을 두고 그리 칭하신 것이란 말입니까!"

무림을 대표하는 이들 중 가장 젊은 휘문이었다.

절강에서도 손꼽히는 신진 고수인 휘문은, 그 젊은 나이만큼이나 패기가 넘쳤다.

재천회의 함정에 빠져 목숨을 잃은 천권 유건극이었으나, 이 무림맹에서 유건극을 그렇게 부를 수 있는 사람은 누구도 없었다.

더욱이 절강은 천권 유건극의 본가인 덕청유가가 자리한 곳이지 않은가.

누구보다 유건극에 대한 지지가 높았던 지역이 바로 절강이었다.

그러한 절강의 대표로 이 자리에 있는 휘문으로서는 송현의 말을 결코 가벼이 여길 수가 없는 일이었다.

"쿠, 쿨럭!"

그때 기침 소리가 터져 나왔다.

"괜찮으십니까?"

사마중걸의 기침 소리에 가창현이 급히 그를 부축해 일으켜 세웠다.

"예, 다행히 크게 상한 곳은 없는 듯합니다."

사마중걸은 사람 좋은 웃음을 지어 보이며 가창현의 부축에서 벗어났다.

기침에 섞여 튀어나온 핏물이 사마중걸의 입가를 적시고 있었다.

그러나 사마중걸은 여유를 잃지 않는다.

'고비는 넘겼구나.'

모든 것이 계획대로 진행되고 있었다.

가장 염려한 것은 송현의 일격을 받아내지 못할지도 모른다는 것이었다.

사마중걸은 무공에 별다른 재능을 가지고 있지 못했으니까.

오랜 시간 단련하여 얻은 무력은 굳이 비교할 대상을 찾자면 무림의 대표들 중 가장 어리고 경험이 적은 휘문 정도였다. 그마저도 휘문을 상대로도 승리를 장담할 수 없다. 아니, 열에 여섯은 휘문의 승리로 끝날 것임을 안다.

그래서 미리 몸을 날렸다.

송현이 손쓰기 전에, 송현에게 기습을 받은 것처럼 연극을 하며 방 밖으로 몸을 날렸다.

그리고 사마중걸이 생각했던 가장 큰 고비를 넘긴 지금.

사마중걸은 해야 할 일이 있었다.

"조심하시지요. 그는 이미 재천회의 사람입니다. 그가 오늘 무림맹에 온 목적은 무림맹에 합류하기 위해서가 아닌, 저를 암살하기 위함이었습니다."

그리고 이제 사마중걸은 송현을 잡을 또 다른 덫을 놓았다.

마음 약한 송현이다. 무고한 이들의 희생을 원치 않는다는 것도 알고 있다. 그가 무림에 발을 디딘 것은 이초를 지키기 위해서였으나, 그가 무림에서 움직였던 것은 무고한 이들의 희생을 모른 척 외면할 수가 없어서였음을 잘 알고 있었다.

그래서 방패를 만들었다.

송현의 손에서 그를 지켜줄 방패.

지금 이 자리에 모인 무림의 대표들이었다.

그것에 필요한 정황과 증거는 이미 충분히 준비해 두지 않았던가.

'선인께서는 이 무고한 이들의 피를 감수하면서도 이 저를 죽일 수 있으시겠습니까?'

*　　　　*　　　　*

"맹주를 지켜라!"

누군가 소리쳤다.

각 지역 무림을 대표하는 대표자들이 사마중걸의 앞뒤 좌우를 호위했다.

그리고.

그 외침을 들은 무림맹의 평무사들도 뛰쳐나와 사마중걸을 에워싼다.

사마중걸의 의도된 정보로 오해를 하고 있는 무림 대표들은 물론, 연유도 모른 채 달려온 무림맹의 무사들의 무기가 송현을 향한다.

'오랫동안 함께하셨다 하더니, 꾸미는 일도 닮으셨군요.'

송현은 속으로 고소를 지었다.

처음 사마중걸의 방 안에 들어갈 때부터 진법의 존재를 알고 있었다. 진 너머로 무림맹의 인사들이 몰려드는 것도 알고 있었다. 도발하고, 스스로 기습이라도 당한 양 몸을 날리는 사마중걸의 행동도 예측하고 있었다. 가락을 읽었기 때문이다.

알고서도 속아 넘어간 것이다.

"제가 재천회와 손을 잡았다니요. 그렇다면 무엇하러 재천회와 싸움을 했겠습니까."

당연한 사실을 말했다.

"그건……."

그 말에 사마중걸을 둘러싸고 송현을 경계하고 있던 무림맹의 사람들이 술렁인다.

당연한 의문이다.

처음부터 재천회와 손을 잡았다면, 그들과 다툼을 벌일 일도 없다. 더욱이 송현의 손에 재천회의 중추라 할 수 있는 능사엄마저 숨을 다하지 않았던가.

사마중걸의 주장은 금방이라도 깨어질 주장이었다.

"기만일지도 모를 일이지요. 선인께서 형문산에서 본맹의 무사들을 구하셨다는 사실은 확인하였으나, 그 밖의 일들은 직접 확인된 바가 없지요. 나머지는 소문으로 전해 들은 것들이었으니까 말입니다. 강북의 활약이 이곳까지 전해질 시간이라면, 그 증거를 조작하는 일 따위야 그리 어려운 일이 아니지요."

사마중걸은 여유를 잃지 않았다.

이러한 순간이 되면 송현이 어떤 말을 할 것인지를 이미 짐작하고 있었던 듯했다.

"흠… 그것도 일리 있는 말입니다."

사마중걸의 이야기에 여기저기 고개를 끄덕이는 이들이 있다.

"어쩌면 선인께서 목숨을 거두셨다던 능사엄 또한 멀쩡히 살아 있을지도 모르는 일이지요. 그저 거짓 시체만 두고, 몸만 숨기고 있으면 누구도 알지 못할 일이지 않습니까."

"흠······!"

사마중걸의 이야기에 여기저기서 신음이 흘러나온다.

능사엄의 죽음을 직접 눈으로 목격한 이는 무림맹에는 없었다. 그러니 꾸미자면 얼마든지 꾸밀 수가 있었다. 무림맹이 수세에 몰린 현 상황에서 그 첩보 능력 또한 현저하게 떨어진 것도 사실이었으니까.

현 상황에서 어쩔 수 없이 무림맹이 안고 가야 하는 불안감.

사마중걸이 노린 것은 논리에 의한 굴복이 아닌, 그것이었다.

혹시가 설마가 되고, 설마가 확신이 된다.

불안감이 걷잡을 수 없이 커졌을 때, 그때부터는 더는 사실의 여부 따위는 중요하지 않은 것이 되어버린다.

당장 요동치는 불안을 지우는 것이 우선이 되어버리는 것이니까.

사마중걸에게는 너무나 익숙한 일이었다.

유건극이 이초와 그의 아들을 살해하게 한 것도, 유건극이 죽고 난 뒤 사마중걸이 무림맹의 임시 맹주의 자리에 오를 수 있었던 것도 그 같은 불안감을 자극하여 이루어낸 일이었으니까 말이다.

어쩌면.

그러한 감정을 이용하는 사마중걸이기에, 광릉산과 감정으로 발하는 힘을 인정할 수 없는지도 모른다.

그것이 가진 불안정함과 다변성을 알기 때문에 말이다.

"이래서는 아무런 말도 통하지 않겠군요."

스윽.

더는 말이 통하지 않음을 깨달은 송현이 움직였다.

"멈추시오!"

"멈추거라!"

그 작은 움직임에도 무림맹의 사람들은 무의식적으로 반응한다. 분위기로 보아서는 마치 송현이 재천회의 간자임을 확실시된 것과도 같다.

사마중걸은 분위기가 자신에게 넘어왔음을 확인했다.

"그만 투항하시는 것이 어떻겠습니까. 설마, 이곳에 모든 무림 영웅분들을 앞에 모시고도 저를 해하실 수 있으시리라 여기시는 것은 아니겠지요?"

여유만만하게 송현의 항복을 권유한다.

하지만 그 또한 사마중걸의 노림수다.

거듭되는 패퇴, 그리고 눈앞에 다가온 불안감.

짓밟히고 억눌려 억압되어 버린 무림맹의 자존심을 자극한다.

자존심으로 먹고살며, 생사를 가르는 무림이란 세상에서 그것은 가장 확실한 사마중걸의 필승공식이었다.

"흠! 어서 무릎 꿇고 항복하지 못할까!"

"그대가 정녕 결백을 주장한다면 순순히 항복해 조사를 받으면 그뿐! 끝까지 항복을 거부한다면 우리가 그대를 용서치 않을 것이다!"

사마중걸의 예상대로였다.

대번에 고성이 터져 나온다. 송현에 대한 소문에 긴장했던 이들조차 결사의 항전을 각오한 장군처럼 억세게 무기를 부여잡는다.

"……"

송현은 이러지도 저러지도 못한 채 입을 굳게 다물었다. 가만히 사마중걸을 응시한다.

그럴수록 무림맹의 무인들은 더욱 거세게 송현을 압박하기 시작했다. 성황은 조그마한 불씨 하나에도 터져 버릴 화약고처럼 되어버린 지 오래였다.

'이로써 황조의 명을 완수할 수 있게 되었구나.'

사마중걸은 속으로 고소를 지었다.

송현이 무림에 다시 모습을 드러냈을 때.

황조는 사마중걸에게 두 가지 조건부 명령을 내렸다.

송현의 죽음과.

그러지 못하면 무림맹의 와해.

그 때문에 사마중걸은 위험을 감수하고, 송현이 무림맹에 들어올 수 있게 했다. 함께 마주하는 자리를 만든 것도 그 때문이다.

이제 그 조건이 충족했다.

송현이 이 자리에서 죽는다면 그것은 그것대로 좋다. 송현이 무리해서 사마중걸의 목숨을 노린다면, 사마중걸은 목숨을 내놓아야 할지도 모른다. 하지만 동시에 무림맹은 와해되고 만다. 새로운 구심점이 되어야 할 송현을 누구도 따르지 않으려 할 것이니까.

어느 쪽이 되었든 황조의 명령은 완수한 셈이 되어버린다.

'황조께서는 왜⋯⋯?'

황조가 나섰더라면 이 같은 수고를 할 필요가 없었다. 황조가 스스로 모습을 드러내길 원치 않는 것은 알지만, 송현이 이동할 경로만 안다면 굳이 다른 무림인에게 모습을 드러내지 않고도 송현 하나쯤은 쥐도 새도 모르게 처리할 수 있었다.

그런데 황조는 그러지 않았다.

굳이 사마중걸에게 그 일을 맡겼다.

'혹, 황조의 신상에⋯⋯.'

불안한 생각이 들었지만 사마중걸은 이내 고개를 털어 잡념을 털어냈다.

그리고 송현을 바라본다.

사마중걸은 지략가다.

항상 최악을 가정하고, 최상을 위해 준비하는 자이기도 했다.

사마중걸의 입술이 달싹였다.

[그만 포기하심이 어떠시겠습니까? 선인의 고집이 계속될수록 무고한 희생만 늘어날 뿐임을 왜 알지 못하시는지요? ⋯상아라 하였던가요? 선인께서 아끼시는 아이 말입니다.]

전음이었다.

그 전음에 송현의 눈썹이 꿈틀거렸다.

"무슨 속셈이십니까!"

송현의 물음이 사마중걸을 향한다.

"…속셈은 무슨 속셈이겠습니까? 그저 모든 것이 밝혀졌으니 더 이상의 희생은 불가하다는 말일 뿐이지요."

사마중걸은 웃으며 대꾸했다.

하지만.

그의 말이 끝나기 무섭게, 사마중걸의 입술이 다시 움직인다.

[선인께서 고집을 피우면 피울수록 상아와, 그 아이 가족들의 안전에 하등 도움이 될 것이 없음을 말씀드리는 것입니다.]

겉으로 보기에는 그저 송현의 항복을 종용하는 것으로밖에 보이지 않는다.

하지만 그 뒤는 전혀 달랐다.

[어디에 있느냐 여쭙지 말아주시지요. 저 또한 알지 못합니다. 그것은 선인께서도 잘 알고 계시겠군요. 사람의 몸에 묻은 이야기를 들을 수 있다 들었습니다. 하여, 더욱 신경 썼습니다. 이 이상 고집을 피우신다면, 그리고 고집을 꺾지 않고 저의 목숨을 거두신다면 그들의 안전도 더는 보장할 수 없음을 말씀드리는 것입니다. 선인께서 모든 것을 포기하신다면 그들의 안전은 제가 보증하지요.]

"재천회가 가만히 있지 않을 것입니다. 그것은 어찌 감당하시려 하십니까."

[선인께 피해를 입은 재천회 쪽에서야 반발이 있겠지만 황조께서도 양민의 헛된 희생을 원치 않으십니다. 주인이 원치 않는데 종의 의사가 무슨 상관이겠습니까. 충분히 무마할 수 있는 일이지요.]

송현을 상대함에 결코 소홀함이 없었다.

송현이 사람의 몸에 묻은 이야기를 들을 수 있다는 것을 알고, 이에 대해 대비했다. 특무대주를 시켜 상아와 그 가족들을 납치했음에도 부러 그 소재를 듣지 않은 것도, 그 명을 수행한 특무대주를 송현과 마주치지 못하게 한 것도 그 때문이었다.

사마중걸의 입꼬리가 말려 올라갔다.

"자! 이제 그만 포기하시지요."

승자의 여유가 묻어나오는 목소리였다.

하지만!

스확!

"이게 대체 무슨 일입니까!"

상황은 갑자기 돌변했다.

조금 전까지 송현을 향했던 검이 사마중걸의 목을 겨눈다. 사마중걸의 말에 가장 먼저 현혹되어 그를 지키는 데 가장 앞장섰던 가창현은 물론, 휘문과 다른 무림 대표들의 무기들 또한 하나같이 송현이 아닌 사마중걸을 겨누고 있었다.

급변한 상황에 놀라 소리치는 사마중걸의 외침에도 겨누어진 무기는 미동도 하지 않았다.

놀란 사마중걸의 귓가로 송현의 목소리가 들려왔다.

"사람의 몸에 묻은 이야기를 들을 수 있다는 것 말고도 다른 이야기는 듣지 못하셨나 보군요."

"그, 그게 무슨……!"

"저는 악사입니다. 소리를 다루는 자. 그런 저를 앞에 두고 전음을 숨길 수 있을 것이라 여기셨습니까?"

조용한 송현의 물음.

전음 또한 소리다. 그저 기파로 타인이 들을 수 없도록 그 음을 감추었을 뿐이다.

들리지 못하게 감춘 소리라 한들, 송현에게는 그것을 다시 모두가 들을 수 있게 하는 일은 그리 어려운 일이 아니었다.

"무슨 말씀을 하시는 건지 모르겠군요. 제가 전음을……."

사마중걸이 무어라 말하려 했지만, 가창현이 그 말을 가로막았다.

"그렇다면 어찌하여 입술을 움직이신 것입니까?"

가장 앞장서서 송현으로부터 사마중걸을 지키려 했던 가창현이다. 또한, 가장 가까이에서 사마중걸을 지키고 있었던 것도 가창현이었다.

그렇기에 누구보다 자세히 사마중걸의 입놀림을 지켜볼 수 있었다.

"연회에서 풍류선인이 부탁하였습니다. 만약 상리에 맞지 않은 일이 생긴다면, 임시 맹주의 입을 자세히 지켜봐 달라 말입니다."

가창현의 목소리는 침중했다.

귀로 들은 전음의 내용이라면 지금껏 믿고 의지했던 사마중걸이 재천회와, 황조라는 정체불명의 존재의 간자였음이 드러난 것이나 다름없었다.

악화일로를 거듭하는 무림맹의 입장에서는 청천벽력과도 같은 사건이었다.

"전음을 하지 않았음을 이야기하고자 함이 아닙니다. 그저 제가 선인께 한 전음의 내용이 다르다 이야기하는 것입니다. 저는 그저 항복을 권유하였을 뿐입니다. 선인께선 스스로 소리를 다루는 자라 하였으니, 얼마든지 변조도 가능한 일이지 않겠습니까!"

사마중걸은 쉽게 포기하지 않았다.

하지만 그것도 소용없는 짓에 불과했다.

"육합전성(六合傳聲)이 아닌 이상 입모양을 바꿀 수는 없는 법이란 사실도 부정할 셈이십니까!"

천지 사방에서 소리가 울려 시전자가 누군지 알지 못하게 하는 육합전성이 아니고서야 입술의 모양까지 숨기는 것은 불가능하다.

육합전성은 전음에 있어서는 최고의 경지에 이르러야만 가능한 것이다.

무공에 뛰어나지 않은 사마중걸이 육합전성을 이루었다는 것은 그렇기에 더욱 말이 되지 않는다.

더욱이 가창현은 그런 사마중걸의 바로 옆에서 그의 입 모양을 지켜보지 않았던가.

가창현이 독순술을 익히지 않았다고 하더라도, 바로 옆에서 지켜보는 이상에야 대략의 내용은 입술의 움직임만으로도 알아낼 수 있을 정도였다.

"……."

사마중걸은 입을 꾹 다물었다.

상황은 순식간에 역전되어 버렸다.

'결국, 불안은 나에게로 향하였구나.'

사마중걸이 송현을 향해 휘둘렀던 칼날이 다시 사마중걸에게 돌아온 것이나 진배없는 상황이다.

머리가 좋은 사마중걸이기에, 지금 이 상황을 반전시킬 수 없음도 잘 알고 있었다.

"허허헛! 또다시 제가 스스로 자충수를 두었군요."

오늘 두 번의 자충수를 두었다.

하나는 송현에게 먼저 자신이 이초를 해한 숨은 범인이라는 사실을 밝힌 것이다.

그러나 그것은 계획된 실수다.

송현이 가진 능력의 범위를 알아내기 위해, 그리고 송현을 나락으로 떨어뜨리기 위한 다음 과정을 위한 발판이었다.

하지만 지금은 달랐다.

지금의 실수는 사마중걸이 예상하지도, 계획하지도 못했던 실수였다.

완벽을 기하려 했던 행동이, 오히려 독이 되어 돌아왔다.

사마중걸은 길게 숨을 들이켰다. 그리고 고개를 끄덕인다.

"사실입니다. 예. 이제 와서 무엇을 숨기겠는지요."

순순히 모든 사실을 인정했다.

그 여파가 작지 않다.

무림맹을 아우르는 커다란 술렁임이 생겨났다.

하지만 사마중걸의 얼굴에서는 여유가 사라지지 않는다. 오히려 송현을 보며 싱긋 웃음을 지어 보였다.

"하온데, 풍류선인이시여! 이제 어찌하려 하십니까? 이제 선인께서 저를 이들에게서 지켜주셔야 하지 않겠는지요? 제 신변의 조그마한 이상이라도 생긴다면, 상아라는 아이와 그 가족들도 결코 무사하기를 기대키 어려우실 텐데 말이지요."

사마중걸의 여유.

그 이유는 여기에 있었다.

송현의 힘은 상리에서 벗어난 지 오래다. 더욱이, 그 힘이 결코 작지 않다.

송현이 사마중걸을 지키고자 마음먹기만 한다면, 적지나 다름없는 곳이 되어버린 이 무림맹 내에서도 사마중걸은 안전할 수 있다.

그리고 송현은 사마중걸을 보호해야 할 이유가 있었다.

"……."

송현은 그런 사마중걸을 가만히 바라보았다.

"설마, 상아와 그 가족들의 안전을 외면하실 생각이신지요?"

사마중걸은 그런 송현을 향해 은근히 물어온다.

정이 많은 송현이 결국 제 뜻을 따를 수밖에 없음을 아는 탓이다.

하지만.

"저는 당신을 지키지 않을 것입니다."

송현의 대답은 사마중걸의 예상을 벗어난 것이었다.

그리고 말했다.

"당신은 실수를 저지르셨습니다."

"실수라니요?"

"당신의 수족이 상아와 그 가족들을 납치했다 했습니다. 그리고 제 능력이 두려워, 그를 제 곁에 접근치 못하게 명하셨다고도 했지요."

"그렇지요. 설마, 그것이 잘못되었다는 것이란 말입니까?"

사마중걸이 묻는다.

그가 생각해 낸 방법이다. 송현이 상아의 가족들이 납치된 위치를 알게 된다면 모든 것이 허사로 돌아가 버리고 만다.

"저는 그가 특무대 하후건이라는 자임을 압니다."

"그 또한 제 몸에 묻은 이야기를 통해 아셨나 보군요. 하오나, 그것을 안다 하여도 달라질 것은 없을 듯하군요."

사마중걸은 고개를 저었다.

이름과 직급을 안다고 해서 달라질 것은 없다.

사마중걸의 목에 칼이 닿아 있는 이상, 하후건은 이미 무림맹 문밖으로 몸을 피한 지 오래였을 것이다.

송현이 상아와 그 가족들이 납치된 위치를 알아내는 것은 불가능하다.

적어도 송현은 하후건을 마주한 적이 없었으니까.

"달라질 것입니다. 그가 어찌 움직일 것인지 예상할 수 있으니까요. 그는 이곳의 동태를 살폈습니다. 그리고 지금은 최대한 멀리 벗어나려 할 테죠. 꼬리가 밟히면 안 되니까요. 그것이면 충분합니다."

송현의 이야기.

그 이야기에 사마중걸의 표정이 돌처럼 굳었다.

"설마……!"

떠오르는 것이 있었다.

"무림맹에 소속된 이들은 모두 이곳을 향해 모이고 있습니다. 그런 그들과 달리, 이곳을 벗어나려는 자가 있다면… 그 기척을 추적하는 것은 그리 어려운 일이 아니지요."

송현의 대답.

그것은 사마중걸이 불길함을 느꼈던 것과 정확히 일치하고 있었다.

"허……!"

사마중걸의 입에서 결국 허탈한 웃음이 흘러나왔다.

"오늘 제가 여러 번 실수하였습니다."

실수는 두 번뿐이라 생각했다.

의도했던 실수와 의도하지 않았던 실수.

하지만 더 있었다.

그 또한 사마중걸이 자초한 실수였다.

모두의 시선이 이곳에 모이고, 관심이 쏠린다. 그것을 의도하였던 것이 사마중걸이었으니까 말이다. 모순되게도 그 의도가 오히려 송현의 목에 걸었던 족쇄를 풀 열쇠가 되어버리고 말았다.

스스로 말했듯 송현은 소리를 다루는 자.

그 능력이 한 성을 휘덮을 정도는 되지 못할지라도, 새롭게 자리를 옮긴 무림맹을 휘덮기에는 충분할 것이다. 형문산에서와는 달리, 형산에 자리 잡은 새로운 무림맹의 규모는 그보다 한참 모자랄 수밖에 없으니까.

그 속에서 홀로 다른 방향으로 멀어져가는 이의 기척을 느끼는 것은 그리 어려운 일이 아닐 것이다.

세 번의 실수.

그 실수의 대가는 너무나 썼다.

사마중걸은 송현을 바라보며 낮게 중얼거렸다.

"선인께서는 기다리셨었군요."

"그래야만 했었으니까요."

상아와 그 가족, 그리고 무림맹.

모든 것을 온전히 지키려거든 그것이 최선이었다.

알면서도, 혹은 알게 되었음에도 송현은 참고 기다렸다.

"이제 끝내야 할 때입니다."

송현이 말했다.

지금 이 순간에도 멀어지는 기척 하나가 송현의 감각에 전해진다.

한시라도 빨리 그를 따라잡아야 한다.

"허허… 그러시지요. 그러나 그전에 질문 하나 드려도 되겠는지요?"

모든 것을 포기한 사마중걸이 힘없이 묻는다.

송현은 고개를 끄덕임으로써 대답을 대신 했다.

사마중걸은 웃었다.

"선인께서는 이제 이 감당을 어찌하시려 하시는지요? 이곳에 있는 모두가 황조의 이름을 알았습니다. 황조께서는 스스로 드러내길 원치 않으시는 분. 하오나, 모두가 황조의 존재를 알게 된 지금 황조께서는 지금의 무림을 멸할 것입니다."

지배하고 조율하지만, 그것을 알아서는 안 된다.

사람이 하늘을 날고 싶어하고, 높은 고산을 오르고자 하는 것은 그것이 사람의 머리 위에 존재하기 때문이다.

사람의 심리가 그러하다.

군주의 존재를 알기에 반역이 일어나는 것이고, 하늘의 존재를 알기에 하늘을 날고자 꿈꾸는 것이다.

그래서 황조는 항상 스스로를 숨겼다.

어둠 속에 모습을 가린 채 조용히 무림을 조종해 왔었다.

사마중걸은 그것이 깨어진 현재와 앞으로 일어날 미래를 말하고 있었다.

"선인께서도 아시지 않습니까. 황조께서는 힘을 가지고 있습니다. 이 무림 전체를 지우고도 모자람이 없을 힘을 말이지요. 그리고 그분은 행하실 것입니다. 그것이 황조께서 생각하시는 이상이기에 망설이지 않으시겠지요. 오늘 이 자리에 있는 모두를, 황조의 존재를 알고 있는 모두를 찾아내 그분은 스스로의 존재를 지워 버리실 테지요. 그리고 새로운 무림을 만들어내실 것입니다."

사마중걸은 웃었다.

그러나 그 웃음은 절대 유쾌하지 않았다.

"그것이 무슨 소립니까! 대체 황조라는 자가 누구이기에 그 같은 일을 할 수 있단 말입니까! 그가 무림을 멸한다니? 새로운 무림을 만든다니! 그것이 대체 가당키나……."

가창헌이 목소리를 높였다.

그의 목소리에는 불안이 가득했다.

믿고 있었던 사마중걸의 진짜 신분을 알았다. 그것만으로도 충격이 작지 않다. 하물며, 사마중걸이 언급하는 황조의 존재는 또 어떠한가.

황조는 무림을 멸할 것이라 한다. 단지 그의 이름이 알려졌다는 이유로. 그리고 다시 무림을 만들어낼 것이라 한다.

지금껏 모두를 속여 온 사마중걸이었지만, 그렇다고 그가 허튼 이야기를 할 사람이 아님을 알기에 불안과 충격은 더욱 클 수밖에 없었다.

가창현은 고개를 가로저었다.

"있을 수 없는 일입니다. 이 무림에 살아가는 무림인의 숫자가 저 밤하늘에 떠 있는 별보다 많다고 했습니다. 그 많은 이를 대체 무슨 수로… 절대로 불가능한 일입니다. 허튼소리는 여기서 멈추십시오. 달라지는 것은 없습니다. 이러한 그대의 말은 오히려 그대를 더욱더 추하게 만들 뿐임을 어찌 모르신단 말입니까!"

부정했다. 죽음을 앞둔 사마중걸이 거짓된 과장을 이야기하고 있다고 치부했다.

하지만 송현은 그의 말을 부정할 수 없었다.

황조를 직접 보았기 때문이다. 그와 직접 힘을 겨루어 보기도 했었다. 그라면 정말 지금의 무림을 지우고 새로운 무림을 만들어낼 힘이 있음도 확인하였다.

작금의 황가를 이루어낸 숨은 손의 정체가 황조였으니 더더욱 불가능한 일이라 여길 수 없었다.

"어쩌면… 어쩌면 정말 그럴지도 모르겠군요."

송현은 고개를 끄덕였다.

그리고 말했다.

"맹주님이 그러시더군요. 지키고 바꾸려거든 스스로 진창에 빠지기를 두려워하지 말라고요. 저도 이제는 그러려고 합니다. 그것이 두렵다고 피하지는 않을 것입니다. 같은 실수는 어제까지 만으로도 족하니까요."

실수를 반복하면 실수가 아니다.

송현은 이미 실수를 저질렀다. 홀로 황조를 감당할 수 없을 것이라 걱정하였기에 맹주를 살려두었고, 사마중걸을 살려두었다. 유서린의 미움을 받는 것이 싫어 그녀를 안아주지도 못했다.

다르지만 같은 실수다.

하루 동안 저지른 세 번의 실수의 결과는 지금 눈앞에 나타났다.

유건극은 사마중걸의 배신으로 죽었고, 사마중걸은 유건극을 대신해 무림맹의 임시 맹주로 자리했다. 그리고 황조의 편에 서서 무림맹을 무너뜨리고 있었다. 유서린과 천권호무대는 사마중걸이 이끄는 무림맹과, 황조의 직접적인 손이 닿은 재천회를 피해 몸을 숨기는 은둔자 신세가 되어버렸다.

두려움을 마주하지 못했던 결과다.

유건극의 말이 옳았었는지도 모른다.

"실수라……. 그래. 실수인지도 모르지요. 어쩌면 우리는 한 순간의 실수로 인해 운명이 결정지어져 버린 존재일지도 모르겠습니다."

사마중걸이 웃음을 짓는다.

송현은 그런 사마중걸을 향해 다가가 천천히 손을 뻗었다.

"곧 고요해질 것입니다."

송현의 손이 사마중걸의 이마에 닿았다가 떨어졌다.

그리고.

송현은 천천히 걸음을 옮긴다.

"푸, 풍류선인!"

가창현이 놀라 송현을 불렀다.

가창현이 눈에는 송현이 그저 사마중걸의 이마를 잠시 만지다 만 것으로만 비추어졌다.

사마중걸의 목숨을 거두기 위해 무림맹에 왔다던 지금까지의 말과는 너무나 다른 모습이었다.

지금 이 순간에도 사마중걸의 심장은 멈추지 않았다. 숨도 평소와 다를 바 없이 고르게 들이마시고 내쉬고 있었다.

죽은 자의 것이 아닌, 산 자의 것이었다.

송현은 그런 가창현에게 말했다.

"잠시만요. 잠시만 그대로 두어주세요. 곧, 끝날 것입니다."

"……."

가창현은 그런 송현의 말에 아무런 말도 할 수 없었다.

장난이라기에는 송현의 표정은 너무나 무겁고 진지했다.

외부의 소리는 들려오지 않았다.

목에 닿은 서늘한 칼날의 감촉은 느껴지지만, 그뿐이다. 구름처럼 몰려든 무림맹의 사람들이 웅성이는 소리도 이제는 더는 들리지 않았다.

'허허, 실수라…….'

송현이 한 말을 곱씹는다.

실수라는 단어는 사마중걸의 가슴을 멋대로 헤집고 다녔다.

'하오나 저는 저의 선택을 후회치 않습니다. 감정으로 검을 휘두르는 절대자보단, 무심으로 검을 휘두르는 절대자가 더욱 더 옳은 것이니 말이지요.'

감정에 휘둘리지 않는다면 실수를 할 일도 없다.

이제야 깨달았다.

'저 또한 두려워하였기에 실수를 반복했던 것이 아니겠습니까.'

송현을 두려워했다. 황조를 두려워했다.

송현과 황조.

두 사람은 닮은 듯 다르다. 그리고 그들이 가진 힘은 지략가인 사마중걸의 상리를 벗어나 있었다.

그것이 두려웠다. 막연한 미지에 대한 두려움. 조각배에 의지해 망망대해를 바라보는 두려움.

사마중걸이 가진 두려움은 그것이었다.

두근! 두근!

어느 순간부터 사마중걸은 자신의 심장 고동 소리가 고막을 흔들고 있음을 깨달았다.

하나둘.

늘어난다.

혈관을 타고 핏물이 흘러가는 소리, 오장육부가 꿈틀거리며 이완과 수축을 반복하는 소리, 바람결에 머리칼이 흔들리며 사각거리는 소리, 목구멍을 타고 들어온 숨이 허파를 가득 채우고 다시 빠져나가는 소리.

외부의 소리와 단절된 대신, 몸 안의 소리가 깨어나고 있었다.

평생을 움직여 온 몸에서 이처럼 많은 소리가 나고 있는지는 처음으로 알게 되었다.

그리고 사라진다.

몸 안에서 만들어지는 그 많은 소리가, 하나둘 사마중걸의 뇌리에 각인되고 있는 그 많은 소리가 서서히 사라지기 시작했다.

몸 말초에 흘러가는 혈액의 소리가 사라지기 시작하더니, 이내 팔에서, 다리에서 움직이는 혈액이 흐르는 소리까지 사라져 간다.

오장의 육부가 수축하고 이완하던 소리가 사라져 버리고, 바람결에 흩날리는 머리칼의 사각거림도 어느 순간 사라져 버렸다.

"……."

그리고 마침내 아무런 소리도 들리지 않았다.

무음(無音).

소리가 사라졌다.

문득 막연한 불안감이 찾아들었다.

하지만 이내 사라진 소리는, 다른 것들도 함께 가져가 버렸다.

상념이 사라져 버렸다. 회한도 사라져 버렸다. 마음속에서 꿈틀거리던 희비도 사라지고, 사마중걸을 괴롭혔던 막연한 불안감도 사라져 버렸다. 시간과 공간의 개념조차 사라져 간다.

무음이 무(無)가 되었다.

사마중걸은 그 순간 무심(無心)을 엿보았다.

'참으로 가혹한 형벌이로군요.'

그 순간 깨달았다.

사라졌던 상념의 편린이 사마중걸의 뇌리를 스치고 지나갔다.

존재마저 사라지고, 시간과 공간마저 사라졌다.

형옥(刑獄)이었다.

죄를 범한 죄인을 가두는 감옥 중 가장 심한 죄를 범한 죄인을 가두는 곳이 독방(獨房)이라 했다.

아무리 악독한 범죄자라 한들 독방에서는 열흘을 버티지 못하고 광자가 되어 나간다는 이야기도 알고 있었다.

송현이 사마중걸에게 소리를 앗아가면서, 내린 형벌은 그와 같았다.

무의 세계에서.

사마중걸은 영원히 갇혀 버리게 된 것이다.

숨이 끊어지고, 심장이 멎는 것은 더는 중용치 않았다.

지금 사마중걸은 이미 시간의 흐름 따위는 사라져 버린 지 오래였으니까.

무한(無限)에 가까운 시간 속에서 무(無)로써 무(無)에 머물러야만 했다.

생각이 이어지려 한다.

그것은 황조를 향한 생각이었다.

하지만, 어렵게 이어졌던 생각도 이내 더 이상 흐르지 못한 채 사라져 버리고 말았다.

그렇게 사마중걸의 무(無)가 되어버렸다.

*　　　　　*　　　　　*

무림맹 임시맹주 사마중걸이 재천회와 한통속이었다.

그 소식이 삽시간에 중원을 뒤덮었다. 충격은 상당했다. 중원 전역은 물론, 심지어 재천회에서조차 이 사실을 쉬 받아들이지 못하고 술렁이고 있었다.

그리고.

재천회의 승승장구로 이어지던 무림의 상황은 달라지고 있었다.

"막아라!"

안휘 소현창가(蕭縣昌家)의 무사들은 밀려드는 재천회의 무사들을 막기 위해 악을 썼다.

재천회의 입회 권유를 거절한 대가였다.

오십에 달하는 재천회의 무사들.

그들을 상대로 가문을 지켜야 하는 소현창가 무사들의 숫자는 육십(六十).

수적으로는 우위에 있었으나, 상황은 재천회의 우세로 돌아가고 있었다.

벌써 외문을 넘어선 재천회의 무사들은 종횡무진 소현창가의 무사들을 몰아친다.

당연한 일이었다.

애초 소현창가의 초대 가주인 창무걸 이래 그 터전이라 할 수 있는 절강에서조차 다섯 손가락에 꼽힐 만한 무인을 배출해 내지 못한 소현창가다. 기껏해야 강호에 내세울 만한 무공을 지녔다고 평가되는 이들도 고작 열을 넘지 못하는 실정이다.

양의 차이가 아닌, 질의 차이였다.

그러나 오랜 세월을 지켜온 가문을 하루아침에 잃어버릴 수는 없는 일.

소현창가의 무인들은 내문으로 통하는 길목을 막고 필사적으로 버텨 내고 있었다.

그러나 단지 그 절실함만으로는 짙어진 패색을 되돌릴 수 없는 상황이다.

"아직인가……!"

소현창가의 당대 가주 창수창은 조용히 중얼거리며 먼 곳을 바라보았다.

재천회의 입회를 거절하고 열흘이 지났을 때.

정체를 밝히지 않은 이가 보낸 재천회의 보복을 알려오는 서찰이 도착했다. 그리고 도움을 약속했다.

하지만 외문을 뺏긴 지금도 소식은 없다.

"내 대에서 가문이 끝나는가……!"

창수창은 하늘을 보고 낮게 읊조렸다.

그때였다.

"으아아아악!"

별안간 재천회 무사들의 후미에서 비명 소리가 들려왔다.

그리고 연이어 터져 나오는 굉음과 섬광.

"재천회의 졸개들은 이 팽도걸의 도를 받거라!"

마치 호랑이의 포효 소리와 같은 외침과 함께, 뒤이어 함성이 터져 나왔다.

그다음은 일사천리였다.

앞뒤로 공격을 받기 시작한 재천회의 무사들은 제대로 된 무위를 발휘할 틈도 없이 지리멸렬했다.

일다경(一茶頃).

불과 차 한 잔 마실 시간에 모든 상황이 변해 버렸다.

멸문을 생각했던 창수창은 가문을 지켰고, 내문만 넘어서면 소현창가를 지워 버릴 수 있었던 재천회의 무사들은 싸늘한 주검으로 화했다.

그 반전의 주인공들이 마주했다.

재천회의 후미를 치고 들어온 이들의 숫자는 대략 스물 남짓.

하나같이 기골이 장대한 역사의 모습이다.

그 선두에 선 이가 팽도걸이었다.

당당한 그의 풍채에 마주하자 창수창은 마치 어린아이가 되어버린 것만 같은 느낌이 들 정도였다.

"팽가의 팽도걸라 하오. 늦어서 죄송하오. 은밀히 움직여야 하는 신세이기에 본의 아니게 늦었소이다."

"아닙니다. 팽 대협 덕택에 가문의 명맥을 부지하게 되었는데 어찌 그런 말씀을 하십니까. 하오면 팽 대협께서 서찰을 보내신……."

"아니오."

창수창의 물음에 팽도걸은 망설임없이 고개를 저었다.

"서찰을 보낸 이는 진주언가의 사람이라 알고 있소. 다만, 우리가 이쪽으로 이동하기 용의하였기에 대신 온 것이오. 지금쯤 진주언가의 무사들은 다른 곳에서 재천회의 졸개들을 추살하고 있을 것이외다."

"허……!"

팽도걸의 대답에 창수창은 힘 빠진 감탄을 터뜨렸다.

북경에 위치한 팽가의 위명은 워낙 유명했다. 과거 영화를 누릴 때에는 천하제일도가라는 이름까지 얻었던 가문이다.

진주언가도 그에 비해 크게 모자람이 없다. 비록 그 무공의 괴이함으로 정사지간으로 평가되는 가문이었지만, 그 힘만큼은 결코 어디서도 무시당하지 않을 정도였다.

'무엇보다 팽 대협의 말투로 미루어 보면, 단순히 이들이 전부가 아닌 듯하지 않은가!'

소현창가는 강호에서도 약자로 평가되는 가문이다.

그러다 보니 이래저래 눈치가 발달할 수밖에 없는 처지였다. 이번 재천회의 입회를 거절한 이유도, 재천회와 한배를 탔을 때 소현창가는 그저 칼받이로밖에 쓰이지 않을 것임을 알기 때문이었다.

그러한 창수창의 짐작을 확인이라도 시켜주듯 팽도걸이 말을 이었다.

"정확한 숫자는 나 또한 알지 못하나, 결코, 작지 않소. 강북에 재천회를 적으로 돌린 무림문파들은 모두 우리와 뜻을 함께하고 있다고 보아도 좋을 것이오."

"하오면 최근 강북에서 모습을 감춘 무림문파들이 모두……."

"그렇소이다."

시원하게 고개를 끄덕이는 팽도걸의 대답에 창수창은 혀를 내둘렀다.

그 숫자와 힘이 절대 적지 않다.

하나하나 따로 두었으면 모르되, 그들이 하나로 뭉친다면 능히 한 성의 무림을 점령하고도 남을 만한 전력이다.

"그렇다면 저희를 도우신 것은……."

순간 불안한 마음이 일어났다.

팽가의 도움으로 멸문의 위기를 벗어났다. 하지만 그들이 자신의 가문을 구한 이유가 뜻을 함께하길 바란 것이라면 이야기가 달라진다.

결국 똑같은 신세가 될 뿐이다.

마땅한 고수가 없는 소현창가의 입장에서는 재천회가 아닌, 반 재천회의 칼받이가 되는 것이었다.

"부정하진 않겠소."

팽도걸의 대답이 불안을 현실로 만들었다.

"아!"

창수창은 마치 하늘이라도 무너져 내린 것처럼 탄식했다.

'범을 막으려고 늑대를 집 안에 들인 꼴이 아닌가!'

하지만 그 탄식은 그리 오래가지 않았다.

"그러나 강요하지 않겠소. 뜻을 함께하길 거부한다면 우리는 다시 돌아가면 그뿐이오. 어떠한 불이익이나 보복도 없을 것이외다."

팽도걸의 말 때문이었다.

"그, 그러면 왜 우리를 도우신 것입니까?"

의문이 생길 수밖에 없었다.

이처럼 아무런 소득 없이 돌아갈 것이라면, 팽도걸은 왜 굳이 소현창가를 구한 것일까.

그 물음에 팽도걸의 두 눈에 화광이 번뜩였다.

"재천회의 마졸들이 본가의 안전을 위협했소. 우리 팽가만으로는 그들을 막을 수 없어 본가의 터전마저 버리고 숨어들 수밖에 없는 처지가 되었소. 가문의 식솔들을 지키기 위함이었다고는 하나, 그렇다고 그 치욕이 사라지는 것은 아닌 일! 우리와 뜻을 함께한 다른 무파들 또한 마찬가지외다. 재천회를 물리치고, 떠나야만 했던 가문의 터전을 다시, 되찾는 것. 그렇기에 귀가(貴家)를 도운 것이오. 가문의 안전을 위협받는 고통을 알기에, 재천회의 행사를 막고 압박하기 위해서 말이오."

조상의 위패가 모셔진 가문의 터전을 떠나야만 했다.

그 치욕이 다시금 떠오른 것인지 팽도걸의 목소리에서는 진한 살기가 묻어 나왔다.

"재천회는 큰 단체입니다. 강북의 대부분 무림문파가 재천회의 편에 선 지금……."

"상관없소. 이리 멸문되나, 저리 멸문되나 결국 매한가지 아니오. 그렇다면 미래를 위한 최대한 발악이라도 해보아야 하지 않겠소!"

재천회라는 거대한 단체를 적으로 두고도 팽도걸은 망설임이 없었다.

"그리고 마냥 희망이 없는 것도 아니오."

"희망이 없는 것도 아니라니? 그것이 대체 무슨 말씀이십니까?"

창수창이 의아해하며 반문했다.

재천회를 상대할 수 있는 가장 강력한 세력인 무림맹조차 연패를 거듭했던 상황이다. 그 무림맹을 이끌던 사마중걸 또한 재천회와 뜻을 함께하고 있었음이 드러난 상황이다.

비록 임시맹주였지만, 오랫동안 무림맹을 위해 일해 온 사마중걸마저 재천회와 손을 잡았을 정도다.

재천회는 드러난 것보다 드러나지 않은 힘이 더욱 크다는 것을 암시하는 사건이기도 했다.

팽도걸은 웃었다.

"곧 대대적인 반격이 있을 것이오."

"반격… 말입니까? 대체 누가 반격을 한단 말입니까?"

"전부요. 전부. 재천회를 제외한 전 중원 무림이 반격을 시작할 것이란 말이외다."

"그것이 가능한 일이겠습니까? 무림맹은……."

"무림맹이 그렇게 되었기에 더욱 반격에 앞장설 것이오. 우리도 힘을 보탤 것이고, 그리고……."

"그리고요? 또 무엇이 더 있습니까?"

창수창이 거듭 질문을 던졌다.

그 질문에 팽도걸의 입가에 걸린 미소는 짙어졌다.

"풍류선인께서도 직접 나서실 것입니다. 그분이라면… 재천회를 물리치는 것도 마냥 꿈만은 아닐 것이오."

결정적인 무언가가 있는 듯했지만, 팽도걸의 입에서 나온 이름은 창수창도 알고 있는 이름이었다.

벌써 강북에서는 몇 번이나 재천회의 행사를 가로막았던 풍류선인이다. 그러니 그가 재천회를 향한 반격에 앞장서는 것도 딱히 특별한 일이라 할 수는 없었다.

하지만 창수창은 그 이상 질문을 하지 못했다.

'믿고 있지 않은가……!'

풍류선인을 입에 올리는 팽도걸의 얼굴에 드러나는 강한 신뢰.

그것이 창수창의 말문을 막아버렸다.

"그럼 우리는 이만 가보겠소이다."

팽도걸은 할 말을 다 했다는 듯 발길을 돌린다.

처음 그가 했던 말을 증명이라도 하는 듯 소현창가의 합류를 설득하려는 더 이상의 노력도 보이지 않았다.

미련 없이 돌아서는 팽도걸의 모습에 오히려 창수창이 뜨끔해질 지경이었다.

"저, 정말 가시려는 것입니까?"

창수창이 팽도걸의 발을 멈춰 세웠다.

"재천회는 크고, 그네들이 하는 행사는 끝이 없소이다. 하나하나 다 막으려면 이 이상 시간을 지체할 수는 없는 일이오."

"마, 만약 우리 소현창가가 재천회에 합류해 오늘 이 사실을 알린다면 어찌하려 하십니까?"

창수창은 자신이 왜 이런 질문을 했는지도 모르고 말하고 있었다.

팽도걸은 피식 웃음을 지었다.

"그거야 어쩔 수 없는 일 아니오. 저들도 바보가 아닌 이상, 이쯤은 미리 파악해 두었을 것이오. 딱히 비밀도 아니니 얼마든지 말하셔도 되오."

비밀이랄 것도 없으니 말하려거든 얼마든지 말하라고 한다.

그 자신감에 창수창은 혀를 내둘렀다.

그리고 이내 마음을 굳혔다.

"우, 우리 창가도 함께하겠습니다. 대신, 한 가지만 약속해 주십시오."

갑작스러운 결정.

"…무엇을 말이오?"

팽도걸이 가만히 창수창을 바라보다 반문했다.

호탕하고 거칠 것 없어 보이던 지금까지의 모습과 달리 팽도걸의 얼굴은 무겁고 진중했다.

"우리를 그저 머릿수나 채우고 버릴 희생양으로 쓰지 말아주십시오. 그렇다면, 우리 창가는 전력을 다해 재천회를 처단하는 데 함께하겠습니다."

한 번은 막았다.

그것도 소현창가의 힘이 아닌, 팽도걸과 그가 이끄는 무인들이 도왔기에 가능했던 일이다. 하지만 재천회는 한 번 실패했다고 그냥 물러설 곳이 아니다.

다시금 무사들을 편성해 소현창가의 멸문을 위해 투입할 것이다.

그때는 소현창가는 멸문을 피할 수 없다.

그나마 가문의 식구들을 보전하기 위해서는 팽도걸과 같이 터전을 버리는 한이 있더라도, 몸을 숨기는 것이 전부였다. 그리고 재천회를 처단하는 데 함께하는 것이다.

'권토중래라 하지 않던가!'

창수창의 생각은 그것이었다.

그렇기에 팽도걸의 걸음을 붙잡은 것이고, 헛된 칼받이로 쓰지 않겠다는 약속을 받아내려 하는 것이다.

"미안하지만 그 약속은 할 수 없을 것 같소이다."

팽도걸이 창수창의 기대를 외면했다.

그리고 말했다.

"희망이 없는 것이 아닐 뿐이외다. 재천회는 여전히 강하고, 또한 거대하오. 그러니 누구나 칼받이가 될 각오해야 하오. 귀가뿐만이 아닌, 우리 팽가 또한 그것은 마찬가지요. 우리는 스스로 사지를 향해 걸어가야 하오."

냉정한 말이다.

그만큼 객관적인 말이기도 했다.

현실상 재천회를 물리치고 가문의 터전을 되찾겠다는 것은 너무나 어렵고 힘든 일이었다.

그렇기에 스스로도 죽을 자리를 향해 걸어가야 한다고 말하는 팽도걸이다.

"……."

창수창의 표정이 어두워졌다.

자신의 선택으로 가문의 존폐가 결정되는 상황이다.

신중해질 수밖에 없는 입장이고, 위치에 있는 것이 창수창이다.

그러나 이미 결정은 선 지 오래다.

아니, 가감없는 팽도걸의 말이 오히려 창수창의 결정을 확고히 굳히게 만들었다.

"본가 또한 함께하겠습니다. 사지라 할지라도 함께 걸어가겠습니다."

창수창이 말했다.

그런 창수창의 결의에 놀란 것은 오히려 팽도걸이 되어버렸다.

"괜찮겠소? 귀가의 식솔 중 살아 있는 이들보다, 죽고 희생되어야 할 이가 더 많을지도 모를 일이오!"

팽도걸의 물음에 창수창은 웃었다.

"적어도 혼자는 아니지 않습니까. 귀가 또한 우리와 함께 사지를 걸어가실 것이 아닙니까. 비록 비루하나 우리 소현창가는 무가입니다. 헛된 희생이 두려운 것이지, 위험이 두려운 것은 아닙니다."

창수창은 자신의 의지를 숨김없이 드러냈다.

강호에서도 약자로 취급되는 무가다. 때문에, 처음 가문의 한 사람으로 태어나고 자라오면서도 여기저기 눈치를 볼 수밖에 없는 처지였다. 가주가 된 다음에도 주변의 눈치를 보아야 했다.

그럼에도 소현창가는 무가다.

과거에도 현재에도 꾸준히 무가로서의 정체성만큼은 잊지 않았다.

눈치를 본 것은 그저 헛된 희생양이 되지 않을까 하는 덧없음

때문이었지, 위험에 맞서기 위한 용기가 없는 겁쟁이가 아니어서가 아니었다.

척!

팽도걸이 창수창을 향해 포권을 해보인다.

그리고 말했다.

"험한 길을 함께 걸어갈 전우가 되어주심에 감사하오!"

반 재천회의 기지(氣志)를 가진 동료가 또 하나 늘어났다.

재천회의 영역, 그리고 그 영역에 맞닿아 있는 부분부터 반 재천회를 자천하는 무리가 활개를 치며 일어나기 시작했다.

각지에서 들불처럼 일어난 그들은 재천회의 행사를 가로막으며, 분위기를 재천회를 압박해 나갔다.

아직은 미약한 힘이다.

아무리 각지에서 들불처럼 일어났다고 한들, 이미 전성기로 접어든 재천회의 힘에 비교하자면 너무나 턱없이 모자란 전력이다.

그러나 귀찮고 성가신 것은 사실이었다.

그리고.

무림맹이 움직이기 시작했다.

백치가 되어버린 사마중걸을 구금하고, 무림맹 내에 혹시 있을지 모르는 재천회의 첩자를 솎아낸 무림맹의 움직임은 그 어느 때보다 뜨거웠다.

연패를 거듭하던 무림맹에서 본격적인 조직개편을 시작하면서 반격에 나섰다.

반 재천회로 인해 행동에 제약이 생긴 재천회의 입장에서는 가장 우려했던 일이 벌어진 것이다.

무림맹을 상대로 한 재천회의 연승이 멈췄다.

오히려 패퇴를 거듭하며 지금껏 확보한 영역을 지키는 데 급급한 신세로 전락해 버렸다.

그마저도 언제까지 버틸 수 있을지 의문일 지경이다.

이유가 있었다.

안으로는 날로 기세를 높이며 활개를 치는 반 재천회 때문이었지만, 또 다른 이유는 재천회의 태생적 한계가 존재했기 때문이다.

초기 재천회를 구성한 이들은 모두 무림맹에 의해 멸문한 사마세력의 잔존 무사들이었다. 그런 그들을 바탕으로 한 힘으로 단기간에 오늘과 같은 성과를 이루어냈다.

하지만.

재천회에는 지략가가 존재하지 않는다. 황조의 명령과, 사마중걸과의 야합이 있을 뿐이었다. 자체적으로 재천회 전체를 아우르며 전략과 작전을 구성할 두뇌는 존재하지 않았다.

그것은 사마중걸을 제외하고도 자체적으로 군사부를 운영하며 꾸준히 지략가를 키워온 무림맹과의 차이였다.

그 차이가 결국 재천회의 발목을 붙잡았다.

힘과 전력에서 우위를 차지하고도 재천회가 무림맹을 상대로 수세에 놓일 수밖에 없는 것은 그 때문이었다.

재천회가 일어서고 난 뒤 처음으로 찾아온 위기였다.

"아직 그분께서 명하신 문파를 절반도 처리하지 못하였습니다. 더욱이 이미 처리한 것으로 확인했던 문파 대부분이 각지에 숨어 반 재천회로 활동하고 있는 처지입니다. 한시라도 빨리 전력을 평정해야 할 것입니다."

공열의 조언에 단호영은 눈살을 찌푸렸다.

"누가 보면 제가 그것을 몰라 그리하지 않고 있는 줄 알겠군요."

"그렇다면 본 회의 정예를 투입하셔야 할 것입니다. 가능하다면 저와 당궁주도 함께 투입하는 것이 어떠할까 싶습니다."

공열이 자신의 의견을 피력했다.

공열과 당중기는 단호영의 아랫사람이다. 하지만 공열의 주인이 단호영인 것은 아니다. 단호영을 재천회의 회주의 자리에 올려놓은 혈천패의 주인이 공열의 주인이었다.

그러니 당연 공열로서는 자신의 주인이 명한 명령을 우선시할 수밖에 없는 입장이다.

하지만 단호영은 달랐다.

"불가합니다. 본 회의 정예도, 두 분도 모두 이곳에 계셔야 함을 잊으신 것은 아니겠지요? 그분의 명도 중요하지만, 그보다 중요한 것은 재천회의 안전이란 사실을 잊으시면 곤란합니다."

재천회의 정예라 함은 옛 사마세력의 잔존 무사들이다. 현재 그들은 무림맹이 반격에 나선 뒤로 줄곧 단호영이 있는 재천회 내부에서만 머물러야 했다.

그것은 공열과 당중기도 마찬가지다.

현재 재천회의 외부적인 임무를 수행하는 것은 재천회에 새롭게 입회한 강북 무림문파의 무사들이었다.

단호영을 명령 때문이었다.

그는 자신의 안전을 위하여 공열과 당중기, 그리고 재천회의 정예들을 모두 자신의 주위로 묶어 두었다.

공열의 주장을 묵살한 단호영은 오히려 질문을 던졌다.

"그분은? 아직 아무런 말씀이 없으십니까? 무언가 계책이라든가, 아니면 직접 힘을 실어주시겠다든가 하는 것을 이야기하는 것입니다!"

단호영의 목소리는 조급함이 가득 묻어나왔다.

눈 밑은 퀭하게 내려앉았고, 얼굴은 수척하게 말라 있었다. 살아 있는 송장이라 해도 믿을 정도다.

공열은 고개를 저었다.

"마지막으로 명하신 이후로 어떠한 전언도 하지 않으셨습니다."

그 말에 단호영의 두 눈에 불꽃이 튀었다.

"지금 상황이 이렇게 되었는데 아무런 전언 하나 없다니요! 그것이 정녕 말이 되는 상황입니까! 대체 그분은……!"

"……."

공열은 그런 단호영을 가만히 응시했다.

'소인배는 어쩔 수 없이 소인배로구나!'

자리가 사람을 만든다고 했다. 맞는 말이다. 하지만 그것이 마냥 좋은 쪽으로만 의미하는 것은 아니다.

일개 무림맹의 단주였던 단호영이 재천회의 회주가 되었다. 그리고 강북을 손아귀에 넣었다.

가진 것이 많아졌다. 가진 것이 많아지니 겁쟁이가 되어버렸다. 이미 과거와는 비교할 수도 없는 힘을 얻은 단호영이건만, 오히려 전보다 제 몸을 사리는 데 급급해졌다.

자신이 죽으면 모든 것이 지금껏 손에 넣었던 모든 것이 사라짐을 알기 때문이다.

그 소심한 졸렬함을 바라보는 공열의 눈빛은 차갑게 가라앉았다.

"좋습니다! 곧 연락이 오실 것이라 믿지요. 대신 다른 것을 묻겠습니다. 천권호무대는? 그들은 찾으셨습니까?"

"아직 이렇다 할 소식은 전해 듣지 못하였습니다."

공열의 대답에 단호영의 얼굴이 일그러졌다.

"결국, 아무것도 한 것이 없는 것이로군요! 찾으십시오! 그전엔 절대 불가합니다! 그분께서 힘을 실어주겠다고 하시지 않는 이상, 천권호무대를 제 앞에 제압해 무릎 꿇리지 않는 이상 두 분과 두 분의 수족들은 절대 제 곁을 떠나지 못함을 명심하십시오!"

공열은 악다구니를 쓰는 단호영을 물끄러미 바라보았다.

"그렇게 두려우십니까?"

"뭐, 뭣이라 하셨습니까?"

정곡을 찌르는 그 말에 단호영의 목소리가 흐트러졌다.

그러나 공열은 망설이지 않고 또박또박 말했다.

"천권호무대라는 이들이 그리도 두려우신가 물었습니다. 천권이 죽은 이상 이미 그들은 끈 떨어진 연이나 다름없는 신세입니다. 하온데, 회주께서는 그들을 두려워하시는 듯 보이시니 참으로 이상한 일입니다."

"공열―!"

단호영이 공열의 이름을 크게 불렀다.

붉게 번들거리는 단호영의 손이 떨린다. 금방이라도 허리춤에 찬 검을 잡고 단호영을 베어버리고 싶은 듯했다.

하지만 그러지 못할 것임을 공열은 안다.

'겁에 질린 소인배가 어찌 그런 용기를 내겠는가!'

공열을 베어버리면 단호영은 자신을 지켜줄 가장 커다란 방패 하나를 잃어버리는 것이나 마찬가지다.

그렇기에 단호영은 결코 공열을 벨 수 없다.

그러한 예상을 증명하기라도 하듯 단호영이 떨리는 손을 겨우 진정시킨다.

그리고 말했다.

"그들은 잡초 같은 놈들임을 잊으셨습니까? 밟아도 밟아도 끊임없이 고개를 내미는 놈들이지요. 질기고 독한 동시에 부나 방처럼 무모한 자들입니다. 사마중걸이 없는 무림맹이 그들을 지원한다면 그들은 당장에라도 저를 죽이기 위해 목숨을 내던질 자임을 잊으셔서는 안 될 것입니다!"

단호영은 천권호무대를 줄곧 무시해 왔다. 또한, 두려워해 온 것도 사실이다.

아무런 지원도 받지 못했기 때문이다. 끈 떨어진 연이나 다름없었기 때문이다.

그렇기에 무시했다.

하지만 그렇기에 두려워할 수밖에 없었다.

유건극의 생전에도 천권호무대는 이렇다 할 지원을 받지 못했다. 그럼에도 그들은 언제나 불가능한 임무를 해결해 왔다.

목숨을 아까워하지 않는 이들이다. 그럼에도 아무것도 바라는 것이 없는 이들이기도 했다.

그래서 무섭다.

잃을 것이 없는 그들이 사마중걸이 사라진 현 무림맹의 지원을 받는다면 무슨 일이든 해낼 수 있을 것이니까.

무엇보다 두려운 것은 그 천권호무대를 이끄는 무극진도 진우군이었다.

"명심하셔야 할 겁니다. 진우군은 당신이라 하여도 승리를 장담할 수 없는 상대입니다."

단호영의 평생의 숙적.

아니, 진우군은 단호영을 안중에도 두지 않았다.

청령단주로 지냈을 때부터, 재천회의 회주가 된 지금까지도.

그러나 단호영에게 있어 진우군은 그를 평생을 괴롭힌 숙적이었다. 진우군이 존재했기에 단호영은 평생을 그의 그림자 뒤를 쫓는 신세가 될 수밖에 없었다. 단호영이 주인으로 받들었던 북궁정조차 진우군은 인정하면서도 단호영은 끝끝내 인정하지 않았었다.

단호영은 반격을 시작한 무림맹보다 진우군이 이끌고 쳐들어올 천권호무대가 더욱 무서웠다.

하지만.

그런 단호영도 더는 고집을 피울 수가 없는 상황이 돌아왔다.

퍼드득! 퍼드득!

단호영의 머리 위로 수십 마리의 전서구가 날아들었다.

강북 각지에서 보내온 보고들이다.

보고서 위에는 다음과 같은 글귀가 적혀 있었다.

무림맹 진군. 장강 도하!

반 재천회 진군. 예상 경로. 재천회!

두 단체의 대대적인 공습 소식.

단호영은 결국 묶어 두었던 재천회의 정예를 일부 투입할 수밖에 없는 처지가 되어버렸다.

그럼에도 단호영은 자신을 지켜줄 공열과 당중기만큼은 끝끝내 자신의 곁에 남겨 두었다.

*　　　　*　　　　*

재천회의 정예가 각지로 투입되었다.

그중 대부분이 향한 곳은 무림맹의 대규모 무사들이 치고 올라오고 있는 장강 유역이었다.

정예가 투입되고 나서 처음에는 일진일퇴를 거듭하며 박빙의 양상을 만들어냈다.

하지만 모든 것을 통괄할 지휘관의 부재와 작전을 수립할 수 있는 지략가의 부재는 곧 나타날 수밖에 없었다.

한순간의 대승 이후 무림맹은 빠른 속도로 북진을 시작했다.

반 재천회도 마찬가지다.

각지에서 재천회의 전력을 잘라먹으면서 은신과 매복을 계속하는 반 재천회의 기세는 줄어들기는커녕 오히려 늘어나는 추세였다.

애초에 재천회가 두려워 입회하였던 무림문파들까지 하나둘 등을 돌리기 시작하는 분위기다.

그러는 사이에도 반 재천회는 천천히 재천회를 향한 거리를 좁혀오고 있었다.

본디 열 손으로도 새는 물길을 막을 수 없는 법이다.

각지에서 흩어져 산발적으로 다가오는 반 재천회를 막기에는 지금껏 재천회가 흡수한 강북이란 영역은 너무나 거대했기 때문이다.

반 재천회는 그 빈틈을 이용하고 있었다.

그렇게 한 달.

재천회의 영역이 줄어들면서부터 무림맹과 반 재천회의 진군이 멈추어진 듯했다.

그리고.

쾅!

단호영이 그렇게 두려워했던 천권호무대가 재천회에 모습을 드러냈다.

"막아라! 내문(內門)에 알려라!"

갑작스러운 기습에 재천회의 무사들은 일사분란하게 움직이며 천권호무대를 막아섰다. 그러면서도 내문에 침입 소식을 전하는 것도 잊지 않았다.

"소구! 뚫어라!"

"우어!"

진우군의 명령에 소구가 성난 황소처럼 앞으로 달려나간다. 앞을 가로막은 재천회의 무사들을 힘으로 튕겨 내며 철갑보다 단단한 몸으로 재천회 무사들이 휘두르는 창검을 받아냈다.

"주찬!"

그 틈을 이용해 주찬이 재천회 무리 속에 섞여 들어가 혼란을 만들어내고, 진우군과 유서린. 그리고 위전보는 흐트러진 진형을 가르며 길을 뚫었다.

몸에 밴 익숙한 행동들이다.

눈빛만 보아도 마음이 통하는 천권호무대다.

익숙한 싸움에 익숙한 방식을 맞이한 이상 어긋날 것이 없다.

그렇게 천권호무대가 재천회를 흔들었다.

하지만 재천회 내에 상주하고 있는 무사들의 숫자는 일천을 웃돈다. 아무리 천권호무대라 하더라도 수적인 열세를 극복하는 데는 한계가 있었다.

처음에는 망설임없이 앞으로 나아가던 그들의 움직임이 점점 더 더디어져 가기 시작했다.

그때였다.

"쳐라!"

천권호무대가 난입한 대문 너머에서 고성이 터져 나왔다. 그리고 밀려드는 일단의 무사들.

그 선두에 서서 거도를 휘두르는 이는 팽도걸이었다.

팽도걸이 이끄는 팽가의 무사들과, 반 재천회의 기지를 걸고 모인 강북 무림의 무사들이 일시에 들이닥친 것이다.

그 숫자가 일백을 겨우 넘는 수준이다.

안으로 뛰어든 천권호무대를 막아서는 데 집중한 탓에 일백의 무사가 또다시 재천회 내로 진입하는 것을 막지 못했다.

반 재천회의 합류에 더뎌졌던 천권호무대의 진격이 다시 탄력을 받기 시작했다.

그런 그들을 막아서려는 재천회의 무사들.

시간이 지날수록 그 균형이 맞춰지기 시작한다.

어느새 장 내는 아비규환이 되어가고 있었다.

"차라리 잘된 일이군요."

천권호무대가 기습을 감행했다는 소식을 듣고 찾아온 단호영은 오히려 지금의 상황에 웃음을 지었다.

"설마 이처럼 무모하게 들이닥칠 줄은 상상도 못했군요. 차라리 지금 저들을 제압하는 것이 우리에겐 이득이겠지요."

천권호무대가 눈앞에 있다.

하지만, 천권호무대와 단호영의 사이에는 천 명에 달하는 재천회 무사가 있다. 더욱이 단호영의 좌우에는 공열과 당중기도 함께다.

아무리 두려워했던 천권호무대라 하지만 지금으로서는 별다른 위협을 느낄 이유가 없는 셈이다.

푸드득!

그때였다.

전서구 한 마리가 날아들었다.

어지러운 내부의 상황에 앉을 자리를 찾지 못하고 배회하던 전서구는 단호영의 머리 위를 지나 내문 안으로 들어섰다.

그리고.

잠시 뒤 무사 하나가 단호영을 향해 뛰어와 보고했다.

"보고입니다!"

"무슨 일이냐?"

무사의 보고에 공열이 단호영을 대신해 물었다.

무사는 급한 숨을 몰아쉬며 서둘러 전해 받은 보고를 읊기 시작했다.

"저희 측에서 안강에 주둔하고 있던 무림맹 본영을 기습에 성공했다고 합니다. 본영에 머물던 무림맹의 무사들은 모두 후퇴하였습니다!"

"좋은 일이로군요."

단호영이 기분 좋은 미소를 지었다.

"하오나 기습 결과 본영에 머물던 무사의 숫자가 이백을 겨우 넘는 수준이라 합니다. 그마저도 외맹 출신의 무사들인 듯하다는 보고입니다."

"그게 대체 무슨 말도 안 되는 소립니까! 어제까지만 해도 본영에 머무는 무림맹 전력이 천은 될 것이라 했던 것으로 기억하는데요!"

단호영의 표정이 일변했다.

어젯밤 잠들기 전까지 받았던 보고와는 너무나 상반된 내용이었다.

일천으로 추정되던 무림맹 본영의 무사들이 하루 사이에 이백으로 줄어들 수는 없는 일이었다.

식사에 필요한 연기를 피워 올리는 것은 속일 수 있다. 숫자를 속이는 것도 마냥 불가능한 일은 아니다. 염탐을 경계하는 동시에 나뭇가지 등으로 먼지를 피워 올려 숫자가 많아 보이게 부풀릴 수도 있을지 모른다.

하지만 소리는 다르다.

천 명에 달하는 사람이 만들어내는 소리는 결코 작은 것이 아니다. 대군이 진군할 때 나오는 발소리가 괜히 천둥소리와 같다고 하는 것이 아니다. 소리는 말하지 않아도 만들어진다. 밥 먹는 소리, 걸음을 걷는 소리, 움직일 때마다 만들어지는 소리.

이백여 명에 불과한 무사만으로 천 명에 달하는 숫자의 소리를 만들어 낼 수는 없다. 숫자를 나누어 시간을 정해 천 명분의 소리를 만들어낸다고 한들, 이백이란 숫자로는 불가능한 일이다. 하루 열두 시진. 한 시진에 스물도 안 되는 숫자로 천 명분의 소리를 만들어 냈다고는 생각할 수가 없다. 더욱이 겉으로 보이는 숫자마저 속여야 하니 실질적으로 동원된 숫자는 더더욱 한계가 있을 수밖에 없다.

상식에 안 맞는다.

"그래서 나머지는 지금 어디에 있다고 합니까?"

"그것까지는 아직 파악되지 않은 듯합니다."

단호영의 물음에 무사가 답한다.

그가 전서구를 통해 받은 보고 내용 중에는 그러한 내용이 없는 듯했다.

단호영의 얼굴은 더욱더 일그러졌다.

"대체 무슨 일을 이따위로 처리하시는 겁니까! 찾아내셔야 할 겁니다! 무슨 수를 써서라도 나머지 인원들은 어디로 간 것인지 알아내셔야 합니다! 그렇지 않는다면 제가 가만히 있지 않을 것이니까요! 아시겠습니까!"

"아, 알겠습니다."

단호영의 분노에 무사가 급히 고개를 끄덕인다.

"걱정하지 마시지요. 본회의 정보력은 뒤떨어지지 않습니다. 아시지 않습니까?"

공열이 그런 단호영을 진정시켰다.

재천회는 기형적이다. 따로 정보 조직을 운영하지만 그 규모는 그리 크지 않다. 그럼에도 정보력에서만큼은 무림맹을 웃돌았다. 처음 재천회가 세상에 모습을 드러냈을 때부터 그랬다.

내부적으로 정보를 얻는 것이 아닌, 외부에서 정보를 습득하는 체계다.

눈에 보이는 간단한 정보에서부터, 물자의 이동을 바탕으로 추론하기까지.

그 정보력은 강북을 넘어 강남에까지 미치고 있었다.

공열이 자신 있게 단호영을 진정시킬 수 있는 이유가 그것이다.

"좋군요. 그러나 만약 그 때문에 일이 잘못된다면 그 책임은 면하지 못하실 것임을 확실히 기억해 두셔야 할 겁니다."

단호영은 끝까지 경고를 늦추지 않았다.

천으로 추정했던 본대에 남아 있었던 전력은 고작 이백이라 했다. 그렇다면 나머지 팔백이란 숫자는 어디로 갔는가가 문제다. 그들이 단순히 강남으로 물러난 것이라면 안심할 수 있겠으나, 그렇지 않다면 이야기는 더욱 복잡해진다.

'어찌 되었든 지금은 저 부나방들이 우선이지.'

단호영은 고개를 돌려 천권호무대와 반 재천회를 바라보았다.

열 배에 가까운 수적 차이에도 불구하고 호각을 이룬다.

그것이 일시적일 뿐이라는 것을 알면서도 못내 마음이 놓이지 않았다.

"그러지 말고 두 분께서도……."

단호영이 막 공열과 당중기에게 함께 싸울 것을 지시하려 할 때였다.

"크, 큰일입니다."

내문 쪽에서 외침이 들려왔다.

후문을 담당해야 할 무사 중 하나가 단호영을 향해 뛰어온다.

"포위되었습니다. 정체불명의 무리가 저희 재천회를 포위하였습니다!"

"……."

그 외침에 단호영은 한동안 말을 하지 못했다.

"숫자는! 숫자는 얼마나 되는지 확인했습니까!"

그러다 이내 발작하듯 소리를 질렀다.

자꾸만 일이 꼬인다. 그것이 못내 마음에 들지 않았다. 더욱이 이번에는 포위라는 표현까지 썼다.

"어림잡아 오백을 넘는 듯했습니다."

"하! 결국 이리되었군요!"

단호영의 입에서 헛웃음이 흘러나왔다.

오백.

달려와 보고한 무사는 정체불명의 무리라 했으나, 단호영은 그들이 누구인지 알 수 있었다.

무림맹이다.

본진을 비운 무림맹이 어느 틈에 재천회를 둘러싸 포위하고 있었다.

단호영은 공열을 노려보았다.

속에서는 불길이 치솟았지만, 지금은 그것을 따질 개제가 아니었다.

"두 분께서는 따라오시죠. 그전에 전력을 다시 편성해야 함을 잊지 마십시오!"

단호영은 서둘러 내문으로 들어섰다.

사방이 포위된 지금.

가장 안전한 곳이 내문 안임을 잘 알기 때문이다.

'이상한 일이군. 무림맹이 어떻게 여기까지 올 수 있었던 것이지? 아니, 그전에 무림맹 본진은 어떻게……'

걸음을 옮기면서도 의구심은 머릿속을 떠나지 않는다.

그리고.

뚜— 룽!

거문고 소리가 울렸다.

단호영의 고개가 반사적으로 위로 올라갔다.

내문 안 전각 위.

그곳을 본 순간 단호영의 의문은 모두 해결되었다.

"송현!"

단호영의 일을 이렇게 꼬이게 만든 장본인이 그곳에 앉아 거문고를 연주하고 있었다.

　　　　*　　　*　　　*

"으으으으!"

재천회 무사 하나가 이를 악물었다.

풍이라도 걸린 듯 몸을 부들부들 떨지만, 끝끝내 그의 손에 잡힌 검은 움직이지 않았다.

다른 이들도 마찬가지다.

무위가 약하고, 심기가 약한 이들은 제 손에 들린 무기를 휘두르지도 못한 채 온몸이 석상처럼 굳어버린 지 오래다.

그나마 재천회의 전력 중 수족의 자유를 누릴 수 있는 이들은 고수라 불릴 만한 이들이었다.

천 명에 달했던 전력 중 절반 이하가 전투 불가능한 무능력자가 되어버린 것이다.

외문을 돌파했던 천권호무대와 반 재천회는 어느덧 내문을 휘젓고 있었다. 무림맹의 무사들도 합류하여 그 숫자가 어느새 육백에 가깝다.

수적으로는 거의 비슷하다.

하지만 이미 기세는 재천회를 떠나가 버린 지 오래다.

"막으세요! 무슨 수를 써서라도 막아야 할 것입니다!"

단호영은 악다구니를 썼다.

재천회 무인들의 비호를 받으면서도 불안한 심정을 숨기지 못했다.

종횡무진 날뛰는 천권호무대를 막아서지 못하고 있는 실정이다.

결국, 참다못한 단호영의 시선이 당중기를 향했다.

"뭣하십니까! 어서 가서 막지 않고요!"

"…예!"

단호영의 성화에 당중기가 마지못해 고개를 끄덕이며 거리를 좁혀오는 천권호무대 앞을 나섰다.

가장 앞선에서 재천회의 무사들을 날려 대던 소구를 향해 묵빛 단창을 쏘아낸다.

챙!

하지만 이내 가로막혔다.

"흘흘흘! 익숙한 얼굴이로구나!"

자신의 공격이 가로막혔음에도 당중기는 웃음을 잃지 않았다.

"위전보."

"응? 무어라 말하는 것이냐?"

"위전보. 내 이름이다."

그런 당중기의 공격을 막아선 이는 풍파이검 위전보였다.

"클클클. 이제 보니 제법 웃기는 놈이로구나!"

자신의 이름을 밝히는 위전보의 대답에 당중기가 웃음을 흘렸다.

"무극진도도 아닌 네놈이 과연 나를 감당할 수 있을 성싶더냐?"

무극진도는 까다로운 상대다.

과거 이미 그의 무위를 경험해 본 당중기이기에 그것을 잘 알고 있었다. 하지만 위전보는 다르다. 겨우 부대주일 뿐이다. 그의 활약이 결코 작은 것은 아니었으나, 그렇다고 당중기가 직접 나서서 해결해야 할 만큼 그 위명이 높은 상대도 아니었다.

"…그거야 모를 일이지."

당중기의 여유를 위전보가 받아쳤다.

꿈틀!

당중기의 눈썹이 꿈틀거렸다.

"이놈! 감히 한낱 부대주 따위가 나를 넘보는 것이냐!"

당중기가 위전보를 향해 뛰어든다.

단창을 가득 당겼다.

탈칵!!

기묘한 소리와 함께 단창이 쭉 늘어나 장창으로 모습을 바꾸었다.

탈명불안사(奪命不安死).

늘어난 창두에 새겨진 문구.

목숨을 빼앗지만, 편안한 죽음은 허락하지 않는다.

창두(槍頭)에 솟은 가시 같은 돌기는 상대의 무기와 부딪칠 때마다 부러져 나가며 상대를 노리고 부서져 나간 틈으로는 소의 털보다 가는 우모침이 펄럭이며 상대의 몸에 틀어박혀 혈관을 타고 전신을 내달린다.

당중기와 맞서는 이는 죽음조차도 고통스러운 이유가 그 탓이다.

지금껏 수많은 적을 상대해 온 무기를 들었음일까 당중기의 모습은 그 어느 때보다 자신감에 가득 차 있었다.

'한 번이면 족하다!'

무림맹에 의해 사천성이 무너진 이후 절치부심했다. 그리하여 그는 자신의 창에 새로운 힘을 더했다.

후— 웅!

창에 진기를 더하니 창신이 부르르 떨리며 공명을 만들어낸다.

쉬익!

그리고 달려든 힘을 살려 빛살과 같은 속도로 창을 내뻗었다.

'자! 막아보거라!'

철컥!

당중기의 기대처럼 위전보는 자세를 낮추며 그를 향해 날아드는 창을 막기 위한 태세를 갖췄다.

'터져라!'

당중기의 입가에 비릿한 미소가 걸렸다.

부딪치는 순간 창 전체가 터지게 되어 있다. 터진 창의 파편은 상대편을 향해 날아가도록 설계해 두었다.

내공을 실은 창을 맞받아치는 순간 상대는 산산이 찢긴 육편이 되어 목숨을 잃고 말 것이다.

번쩍!

위전보의 검이 휘둘러졌다.

순간 눈이 멀 것 같은 섬광이 터져 나왔다.

쿠르르르릉!

뒤늦게 찾아오는 굉음(轟音).

"컥!"

웃음을 짓던 당중기의 얼굴에서 웃음기가 사라졌다.

나아가던 걸음은 이어지지 못한 채 멈춰 섰다.

"무엇이냐!"

당중기가 물었다.

"광폭(光爆)."

위전보가 짧게 대답했다.

"큭!"

당중기는 그 대답에 웃음을 터뜨렸다.

텅!

자신만만하게 내뻗었던 창의 창신이 속절없이 바닥으로 떨어져 내렸다. 비단 창만이 아니다. 당중기의 몸도 어느새 상하가 깨끗하게 분리된 채 바닥으로 쓰러져 버렸다.

"……."

정적이 흘렀다.

기대했던 당중기의 죽음이 너무나 허망하게 이루어져 버렸다.

재천회의 무리 중 누구도 이러한 결과를 예상한 바가 없었다.

이제야 흘러내리는 당중기의 핏물은 위전보가 남긴 깊은 족적(足跡)으로 흘러 고였다.

"지, 지금이다! 지금을 노려야 합니다! 저놈은 저것 한 번밖에……."

뒤늦게 정신을 차린 단호영이 소리쳤다.

단호영은 알고 있었다. 위전보가 가진 발검술의 문제가 무엇인지.

한 번뿐이다.

그 한 번의 강력함을 뿜어내고 나면 그 후유증에 위전보는 아무런 힘도 발휘하지 못한다.

그것을 알기에 단호영은 조급할 수밖에 없었다.

"하앗!

"합!"

그 단호영의 명령에 재천회의 무사들이 위전보를 향해 몸을 날렸다.

쿵!

위전보가 바닥 깊이 발을 구른다.

번쩍!

그리고 터져 나오는 섬광.

쿠르르릉!

뒤이어 따라오는 굉음.

털썩! 털썩!

위전보를 향해서 몸을 날렸던 무사들의 신형이 반으로 갈라진 채 땅 위를 구른다. 부릅뜬 무사들의 시체는 자신이 무엇 때문에 죽어야 했는지조차 알지 못하는 듯했다.

위전보가 단호영을 노려보며 씨익 웃음을 지었다.

"누가 한 번뿐이라고 했지?"

한계를 극복했다.

주춤!

그것을 두 눈으로 확인한 단호영은 자신도 모르게 뒷걸음질 쳤다.

항상 진우군만 신경 썼을 뿐, 위전보는 발아래로 두었던 단호영이었다. 그런 단호영도 단 하나 경계하는 것이 있었다. 위전보의 일검이다. 단 일검에 폭주하는 거력.

그 일 초만큼은 무극진도 진우군에 못지않다. 아니, 어쩌면 능가할지도 모른다.

그런데 이제 위전보의 일 초식은 이제 일 초식이 아니었다.

"다섯 번."

위전보가 중얼거렸다.

그 작은 목소리에 어느덧 사람들의 귀가 쫑긋 선다.

"다섯 번 남았다. 누가 막을 것이지?"

위전보가 주위를 둘러보며 묻는다.

성난 늑대처럼 으르렁거리는 그의 나지막한 목소리가 모골을 송연하게 만들었다.

재천회의 무사들은 뒷걸음질 쳤다. 주춤거리면서도 위전보의 앞을 가로막고 나서는 이는 없었다.

막을 수 없는 검.

그 도를 향해 허망하게 목숨을 바칠 만큼 무모한 자들은 없었다.

"쯧쯧. 죄다 겁쟁이가 되었군."

그런 상황에서 누군가 나섰다.

공열이다.

평온한 공열의 표정과 달리 그의 속에서는 화가 들끓었다.

'회주라는 자부터 겁을 집어먹었으니, 밑에 것들이야 말해 무얼 할까.'

단호영이 먼저 뒷걸음질 쳤다.

수장이 꽁무니를 빼는데 용기를 낼 수하는 없다.

스릉.

공열이 검을 뽑았다.

"그 오초 내가 받지."

삼 사신 중 가장 강력한 무위를 가진 공열이다.

당연한 일이었다.

능사엄은 독시궁 출신의 고수다. 그러다 보니 독에 의존하여 싸우는 경우가 많다. 좀 전에 죽은 당중기는 사천성 출신이다. 기관과 온갖 잡술에 의존하여 싸우려 하는 성향이 강하다.

무공으로 치자면 외도(外道)다.

하지만 공열은 달랐다.

오롯이 무공으로만 지금의 경지를 이룩해 냈다. 순수한 노력으로 이루어낸 결과이기에 어떠한 상황에서도 쉽게 무너지지 않는다.

"오초라. 그리 어려운 일도 아니지."

공열이 위전보를 향해 몸을 날린다.

쿠확!

"할 수 있다면."

위전보가 공열을 향해 몸을 날렸다.

두 사람이 부딪친다.

공열은 위전보의 공격을 낱낱이 파훼쳤다. 위전보는 저돌적으로 공열을 밀어붙였다.

그사이.

"너희는 여기서 아군을 도와라!"

"예!"

"우어!"

"알겠어요."

진우군이 명령을 내렸다.

그 명령에 유서린과 주찬, 소구가 대답하며 더욱더 재천회를 몰아붙이는 데 힘을 쏟았다.

경계했던 상대가 하나 사라졌음이 오히려 그 세 사람에게는 더욱 힘이 되는 상황이었다.

그러면서도 위전보와 공열의 싸움에 주의를 기울이길 게을리하지 않았다. 공열과 위전보와의 싸움. 아무리 앞으로 다섯 번의 거력을 쏟아낼 수 있는 위전보라지만, 객관적인 힘은 위전보보다는 공열이 우위에 있었다.

지켜보다가 상황이 여의치 않으면 힘을 보탤 심산이었다.

저벅. 저벅. 저벅.

진우군은 재천회의 무사들 사이를 아무렇지 않게 걸어갔다.

"막으세요! 막지 않고 무엇하느냐! 막으란 말이다!"

단호영이 성화에 못 이긴 몇몇 무사가 등 떠밀리듯 진우군을 향해 몸을 날렸다.

콰득!

그러나 진우군이 휘두르는 거도는 그대로 달려드는 적의 척추를 으스러뜨리며 길을 연다.

"자, 잘도 여기까지 왔군요."

결국, 두 사람은 마주 볼 수밖에 없는 처지가 되어버렸다.

"그렇군."

애써 여유를 가장한 단호영의 말에 진우군이 무뚝뚝한 얼굴로 대답했다.

스윽.

단호영의 손이 무기를 향해 움직인다.

나가토의 오른팔을 이식받은 그는 생전 나가토가 썼던 그 광속에 버금가는 검을 쓸 수 있게 되었다.

이식이 완벽해진 지금이라면 어쩌면 진우군도 두렵지 않은 상대일지도 모른다.

'아니, 두렵지 않은 상대일 것이다!'

단호영은 스스로에게 말하듯 속으로 되뇌었다.

북궁정마저 베어버린 검이다.

그러니 진우군마저 베지 못할 리 없다.

단호영은 웃었다.

"그럼 이제… 흐합!"

대화를 계속하는 듯하면서 기회를 엿보다 기습적으로 검을 휘두른다.

눈에 보이지도 않을 만큼 빠른 검.

그 검이 진우군의 허리를 베어 갔다.

'됐다!'

그 찰나도 되지 않는 짧은 순간 당호영은 속으로 쾌재를 내질렀다.

진우군은 아무런 대비도 하지 못했다.

그러니 승부는 이미 난 것이나 다름없다.

캉!

하지만 그것도 아주 잠시의 찰나에 불과했다.

"음……?"

당호영은 지금 일어난 일을 선뜻 받아들이지 못하는 듯한 표정을 지어 보였다.

눈에 보이지도 않을 만큼 빠른 검이다.

그 속도가 빛의 속도에 버금간다.

비록 오의는 알지 못한다고 하지만, 그 기술을 훔쳐낼 수는 있는 당호영이다.

그리고 아무런 방어태세도 갖추지 못한 진우군의 허리에 드러난 빈틈을 노리며 공격했다.

그런데도 막혔다.

단호영의 검은 진우군의 거도에 가로막혀 그의 옆구리를 베고 지나가지 못하고 있었다.

"생각이 짧은 것은 여전하군."

"…설마 일부러?"

"속도에서 밀린다면, 오는 길목을 막으면 된다. 기본이지."

속도에서는 따라잡을 수 없다. 그러니 부러 빈틈을 노출하고 공격을 유도한다.

"끝이다."

진우군의 그 말에 단호영의 표정이 와락 일그러졌다.

"이런!"

급히 검을 물린다.

하지만 진우군도 이번만큼은 가만히 있지 않았다.

스화아아악!

거도가 당호영의 검을 물고 위로 치솟았다가 아래로 뚝 떨어진다.

강한 도풍이 일어나 당호영의 얼굴을 때렸다.

당호영은 자신도 모르게 눈을 감는 실수를 저질러 버렸다.

팅!

바닥에 검이 부러진 검신이 떨어져 내렸다.

쿠구구궁!

단호영의 뒤편에 자리한 전각이 그대로 반으로 갈라져 무너졌다.

무극진도(無極進刀).

가로막는 것은 무엇이든 베어버리는 진우군의 성명절기.

털썩!

단호영은 엉덩방아를 찧었다.

그리고 급히 자신의 몸을 더듬었다.

베이지 않았다.

그의 검도, 그의 뒤편에 자리한 전각도 반으로 갈라졌지만, 그의 몸에는 자그마한 생채기도 존재하지 않았다.

"으어어어어!"

단호영이 급히 몸을 돌려 바닥을 기었다. 진우군과 최대한 거리를 벌릴 목적이었다.

그러나 진우군은 그런 단호영을 쫓지 않았다.

그저 물끄러미 바라볼 뿐이다.

"마지막까지 추하군."

눈앞의 이득에만 연연한다. 거기엔 어떤 철학이나 신념도 존재하지 않는다. 그저 제 한 몸의 영광을 바랄 뿐이다.

그렇기에 쉽게 더럽혀질 수 있고, 스스로 나락으로 떨어지길 망설이지 않는다.

"와아아아아! 재천회는 무림맹의 검을 받아라!"

그사이 무림맹마저 재천회 내문으로 돌입하는 것에 성공했다.

이제 단호영을 지켜줄 수 있는 것은 아무것도 없다.

"머, 멈춰랏! 누구라도 손가락 하나 까딱하는 순간 다 같이 죽는 것이다!"

단호영이 소리쳤다.

그의 손에는 어느새 부서진 전각잔해 속에서 찾아낸 심지가 들려 있었다.

식은땀을 가득 흘리면서도 단호영은 웃었다. 입술 끝이 푸들푸들 떨렸다.

"하하하하! 제가 괜히 이곳을 지키려 노력했는지 아십니까? 이 밑에 진천벽력뢰를 설치해 두었지요. 그 양이라면 재천회 사방 십 장 이내에는 개미 새끼 하나도 살아남지 못할 것입니다!"

"……."

격전이 멈췄다.

모두의 시선이 단호영을 향한다.

"자! 이제 모두 무기를 버려야겠군요. 이곳에서 함께 죽음을 맞이할 생각이 아니라면 말입니다."

단호영의 경고.

스윽!

진우군의 시선이 송현을 향했다.

"사실인가?"

송현은 고개를 끄덕였다.

"예, 사실인 듯합니다."

"하하하! 이제는 믿으시겠군요. 제 말은 허튼 협박이 아님을 명심하십시오! 무엇하십니까! 어서 무기를 버리고 투항하지 않고?"

송현이 사실을 확인시켜 주자 단호영은 더욱 힘을 받았다.

"…염병할!"

"염병할! 어쩐지 진천벽력뢰가 뜸하다더니!"

누군가 같은 말을 중얼거렸다.

같은 말을 중얼거린 사람은 서로의 얼굴을 확인했다.

주찬과 팽도걸이다.

재천회의 가장 강력한 무기 중 하나가 진천벽력뢰다. 무림맹주 유건극의 죽음 이후 재천회는 진천벽력뢰를 더는 사용하지 않았다.

이상하기는 했으나, 그 같은 귀물이 무한정 쌓인 것도 아니니 그럴 수도 있다 여겼다.

하지만 아니었다.

단호영은 자신의 안전을 위해 남은 진천벽력뢰 모두를 이곳에 매설해 두었던 것이다.

다 된 밥에 코가 빠진 격이다.

"으득!"

팽도걸이 이를 악물었다.

그리고 앞으로 나선다.

"우리 팽가는 재천회를 향해 이 도를 들었을 때부터 살기를
포기하였소. 오늘 이 자리에서 저 간악한 놈과 함께 죽는다 할
지라도 후회는 없소!"

처음부터 죽음을 각오했던 팽도걸이었다.

그렇기에 그는 단호영의 협박에도 주눅이 들지 않고 오히려
도를 더욱 거세게 부여잡았다.

이글이글 거리며 타오르는 팽도걸의 호목(虎目)은 금방이라
도 단호영을 잡아먹을 듯했다.

"…염병! 그러다 다 죽는 거요!"

주찬이 그런 팽도걸의 손을 붙잡고 진정시켰다.

다른 이들도 마찬가지다. 협박에 굴하지 않고 함께 목숨을 버
리겠다는 이들과 그런 이들의 행동을 무모하다고 말리는 이들
로 나누어진다.

재천회의 무사들은 자신들의 목숨마저 걸린 일이었기에, 이
러지도 저러지도 못한 채 우물쭈물할 뿐이었다.

그것은 위전보와 검을 나누던 공열 또한 마찬가지였다.

"…회주."

힘없는 목소리로 단호영을 부른다.

'저런 무모한……!'

벽력진천뢰를 매설했다. 그것은 최후의 순간을 대비한 것이
었으나, 모두가 함께 죽자고 설치한 것은 아니었다.

최악의 순간 적을 이곳으로 유인하고, 재천회의 무사들은 이

곳을 비우기로 되어 있었다. 단 한 명의 희생자가 벽력진천뢰를 기폭함으로써 밀려드는 적의 세력을 소탕하기 위함이었다.

지금 상황은 적아를 구분하지 않는 그저 자살 협박에 불과했다.

'언 발에 오줌 누는 것과 다를 바 없지 않은가!'

당장 협박이 통해 적이 물러간다 한들, 이제 재천회에는 미래가 없다.

재천회의 모든 무사의 목숨이 걸린 협박이다.

언제든 그런 일을 할 수 있는 회주를 두고 누가 목숨을 걸고 싸우려 할까.

그 한심함에 절로 기운이 빠진다.

"송현."

그러는 사이에도 진우군의 시선은 여전히 송현에게 머물러 있었다.

"예."

송현이 답했다.

거문고 연주도 멈추어진 지 오래다.

이렇게 된 이상 더 이상의 연주도 필요 없었다.

"나머진 네 몫이다."

"예, 알고 있습니다."

진우군의 말에 송현이 고개를 끄덕였다.

탁!

그리고 허공으로 몸을 날렸다.

계단을 밟듯 허공을 밟고 내려온 송현은 단호영의 앞에 섰다.

"하하하! 한낱 악사 따위가 무얼 할 수 있다고……."

단호영이 웃었다.

그는 송현을 무시했다. 처음 악양에서 그를 만났을 때부터 지금까지 줄곧 송현을 무인으로 인정하지 않았다. 송현이 어떤 힘을 갖고 어떤 활약을 펼치던 마찬가지였다.

그는 스스로 무인이 되길 선택하지 않았다. 스스로 의지로 검을 휘두르지도 못했다.

그저 상황에 떠밀려, 분을 이기지 못해 휘두르는 것뿐이다. 그건 시골 아낙도 할 수 있는 일이다.

단호영의 눈에 비친 송현은 여전히 유약했고, 여전히 나약했다.

그렇기에 송현이 나섰을 때 단호영은 웃을 수 있었다.

오히려 진우군의 앞에서보다 더욱더 안전함을 느끼고 있었다.

"하세요."

하지만 송현의 짧은 한마디가 단호영을 얼어붙게 했다.

"뭐, 뭐라고?"

"하시라 말했습니다. 점화하시려거든 얼마든지 하세요."

"다, 다 죽는다! 이, 잊었단 말이냐? 여기 있는 모든 사람이 죽는다. 진천벽력뢰가 터지면 누구도 살아남지 못해!"

"그렇죠. 당신도 살아남지 못하겠죠."

송현은 단호영의 협박을 아무렇지 않게 받아넘겼다.

깊게 잠긴 송현의 눈이 단호영을 향한다.

저벅. 저벅.

단호영을 향한 걸음에도 망설임이 없다.

"미, 미친!"

단호영은 덜컥 겁을 집어먹었다.

또다시 뒷걸음질 쳤다. 엉거주춤한 자세로 일어서지도 앉지도 못한 채로 송현이 다가오는 거리만큼 물러서야만 했다.

송현의 말처럼 그도 죽는다.

진천벽력뢰는 물건일 뿐이다. 적아를 가리지 않는다. 그것을 터뜨리면 결국 단호영도 죽을 수밖에 없는 저지다.

그건 그도 원치 않았다.

뒤로 물러서기를 반복하던 단호영의 시선이 불안하게 주위를 훑었다.

모두의 시선이 단호영을 향한다.

그 시선이 단호영을 무겁게 짓눌렀다.

턱!

어느덧 더 이상 물러설 곳조차 잃어버린 단호영의 이마 위로 송현의 손이 내려앉았다.

"너, 너는……."

불안하게 흔들리는 단호영의 시선이 송현의 가라앉은 두 눈과 마주쳤다.

평온했다.

그 순간 깨달았다.

무인은 무기를 다룬다. 그 무기로 목숨을 빼앗는다. 그것이 무인이다. 그렇기에 반대로 언제든 자신이 죽을 수 있음을 안다. 다만, 그것을 알고 각오할 뿐이다. 그 대신 욕망이든 바람이든 신념이든 무언가를 가슴에 품는다.

그런 이가 무인이다.

송현은 지금껏 그것이 없었다.

그저 상황에 이끌려 이리저리 흔들리는 부평초와 다를 바 없는 반푼이에 불과했다.

"네놈이 무인이 되었구나!"

그랬던 송현이 이제 무인이 되어 있었다.

죽음 앞에서도 흔들림이 없다. 더는 상황에 떠밀려서, 분을 이기지 못해서 움직이지도 않는다.

그 미묘한 차이가 송현이 무인이 되었음을 인정하게끔 했다.

절망에 찬 인정 뒤.

단호영은 눈알을 돌려 공열을 찾았다.

"뭐, 무얼 하고 계시는 겁니까! 구하십시오! 어서 저를 구하시지 않고 대체 그곳에서 왜 멍하니 그러고 있는 것입니까!"

단호영이 공열을 찾았다.

어서 자신의 이마 위에 올려진 송현의 손을 떨어뜨리고, 그를 구해낼 것을 요구했다.

하지만.

"……."

공열은 그저 가만히 단호영을 바라볼 뿐이다.

"끝입니다."

송현이 중얼거렸다.

그리고 그의 이마를 가렸던 손을 뗀다.

"끝은 무슨 끝……."

단호영이 발악하듯 소리쳤다.

하지만 그의 말은 끝까지 이어지지도 못했다.

뻐끔뻐끔!

물 밖에 나온 물고기처럼 입만 뻐끔거릴 뿐이다. 그의 의지는 그의 목소리가 되어 터져 나오지 못했다.

송현이 그의 소리를 빼앗았다.

빼앗긴 소리는 서서히 그 범위를 넓혀간다.

어느 순간부터 단호영의 눈빛이 흐려지고, 발작하듯 움직이던 몸짓도 멎었다.

사마중걸에게 했던 것과 같은 것이었다.

단호영은 그렇게 시간과 공간도 존재하지 않는 연옥에 갇혀 버렸다.

"……."

송현은 그런 단호영을 가만히 내려다보았다.

그리고.

"막으세요."

갑자기 말한다.

그리고는 몸을 돌려 어딘가로 시선을 던졌다.

펑!

희뿌연 연기가 터지고, 모든 것이 끝났다고 여겼던 좌중이 혼란에 빠졌다.

연기는 사방을 가득 채웠다.

그 속에서 움직이는 사람이 있었다.

치이이이익!

단호영이 끝까지 놓지 않았던 심지에 불이 붙었다.

슈욱!

송현의 미간을 향해 검이 찔러 들어왔다.

송현은 손가락을 들어 찔러 들어오는 검신을 가볍게 때렸다.

펑!

검신이 터져 나간다.

"큭!"

그리고 누군가 신음을 터뜨리며 튕겨져 나갔다.

공열이었다.

공열은 터져 나간 검의 파편에 피범벅이 되어 바닥을 구르면서도 멈추지 않았다.

급히 장내를 벗어난다.

"잡아라!"

누군가 소리쳤다.

그 외침에 반 재천회와 무림맹의 무사들이 공열을 향해 몸을 날렸다.

하지만 송현은 공열을 뒤쫓을 수 없었다.

특별히 제작된 것인지 심지는 빠른 속도로 타 내려가기 시작했다.

"터, 터진다!"

"흡!"

누군가가 당황해서 소리쳤다.

빠른 속도로 사라져 가는 심지를 본 것이다.

모든 것이 끝난 마당에 목숨을 걸 이유는 없다. 우왕좌왕하면서도 황급히 장 내를 벗어나려 발버둥 쳤다.

그 순간에도 진우군은 도격을 날려 불씨에 타오르는 심지를 잘라내려 했다.

하지만 뿌연 연기 속에 가리어져 타오르는 심지를 정확히 맞추는 일은 쉽지 않았다.

그사이 심지는 이내 마지막 불꽃을 태웠다.

"읍!"

"윽!"

보지 않아도 본능적으로 직감한 것일까.

곧 일어날 폭발을 각오하고 이를 악무는 소리가 여기저기 섞여 나왔다.

하지만.

"……."

결국, 아무런 일도 벌어지지 않았다.

그것은 장내를 가득 채운 희뿌연 연기가 바람에 실려 사라져 나갈 때까지도 마찬가지다.

모두의 시선이 한 곳으로 향했다.

송현이었다.

"네가 한 일인가?"

진우군이 가만히 물었다.

가만히 서 있는 송현. 하지만 그 얼굴은 그리 좋지 못했다. 온몸의 핏기가 모두 빠져나간 것처럼 창백하기 그지없다.

송현은 웃었다.

"걱정 마세요. 진천벽력뢰는 터지지 않아요."

그리고 모두를 안심시킨다.

하지만 거짓말이다.

벽력뢰는 터졌다.

다만 송현이 그 소리를 삼켰을 뿐이다. 일순간에 터져 나오는 소리를 모두 받아들이는 일은 송현에게도 그리 만만한 일은 아니었다.

'생각보다 많았어.'

단호영을 통해 벽력진천뢰가 매설된 것이 사실임을 알았다. 하지만 얼마나 많은 양의 벽력진천뢰가 매설되어 있는 것인지는 알지 못했다. 단편적인 이야기들이었기 때문이다.

그리고 매설된 벽력진천뢰는 송현의 예상을 훨씬 웃돌았다.

재천회 근방 십 장을 훌쩍 넘는 범위를 초토화시킬 수 있는 양이었다.

그 많은 양을 아무런 갑작스럽게 감당해야 했던 만큼 충격이 결코 작지는 않다.

그럼에도 송현은 웃었다.

"걱정하지 마세요."

큰 산은 넘었다.

털썩!

"송 악사님!"

긴장이 풀려 버린 탓일까.

송현은 그만 쓰러지고 말았다.

5장
광릉산(光陵散), 희(喜)

큰 고비 하나를 넘겼다.

재천회는 와해되었고, 단호영은 백치가 되어버렸다. 회주인 단호영은 물론, 정신적으로 가장 의지했던 공열마저 도망쳐 버린 이후 재천회의 무사들은 더 이상 싸우기를 포기해 버렸다.

모든 일이 바라던 대로 되었다.

하지만.

도망친 공열은 잡지 못했다.

그의 뒤를 쫓았던 이들 중 몇몇은 지친 걸음으로 다시 돌아왔고, 끝까지 그를 놓치지 않으려 했던 몇몇은 재천회 인근 강가에서 싸늘한 시체로 발견되었다.

찝찝한 마무리다.

그럼에도 무림은 새로운 변화를 멈추지 않았다.

강북의 무림인들은 새로운 무림맹의 필요성을 느끼고 있었다.

재천회에 손을 모은 이들 중 대부분은 그들이 가진 힘이 두려워서 손을 보탠 것이었다. 재천회가 사라진 이후 자연스럽게 돌아섰다. 그러나 그렇지 않은 이들도 있었다.

아직도 이곳저곳에 남아 재천회의 부활을 위해 날뛰는 이들을 잡아야 했다.

그리고 기존 무림맹의 다수는 알고 있었다.

황조라는 존재를.

그 얼굴도 그가 가진 힘도 알지 못하는 그들이었지만, 그럼에도 황조라는 존재는 단지 존재 자체만으로도 두려운 대상이었다.

언제고 나타날 그를 막기 위해서라도, 그리고 아직도 중원에 남아 있을 그의 끄나풀들을 찾아내기 위해서라도 새로운 무림맹이 필요했다.

강북과 강남을, 중소문파와 대문파를 아우르는 새로운 무림맹 존재를 말이다.

새로운 무림맹을 만들기 위한 움직임이 시작되고 있었다.

*　　　*　　　*

악양에 위치한 송현의 거처에 붉은 노을이 내려앉았다.

송현의 거처에는 오랜만에 사람들로 북적거렸다.

유건극의 직속 부대였던 천권호무대는 유건극이 죽은 이후 실업자가 되었다.

새로운 무림맹을 만들겠다는 의지 아래에 많은 영입 시도가 있었지만, 누구도 새로 만들어지고 있는 무림맹에서 제시한 자리를 허락한 이가 없었다.

오갈 곳 없는 실업자들인 그들이 찾은 것이 송현이었다.

"이 곰탱이 놈이! 어린놈의 자식이 어딜 내 술을 넘봐!"

"우어! 우어어어어!"

주찬과 소구가 술을 갖고 싸운다. 술을 좋아하는 이는 주찬이었지만, 술을 잘 마시는 이는 소구였다.

소구는 그 거대한 덩치에 어울릴 만큼 커다란 술동이를 옆에 끼고는 술을 마셔댔다. 그러니 주찬으로서는 제 술을 빼앗긴 것마냥 화를 낼 수밖에.

소심한 소구도 오랜만에 마신 술에 용기가 난 것인지 주찬의 타박에도 굴하지 않고 아예 술동이를 통째로 들고 들이켰다.

투닥이는 남정네의 싸움.

그에 반해 진우군과 위전보는 조용히 자신에게 주어진 작은 호리병을 홀짝이며 분위기를 즐길 뿐이었다. 그 자리에 송현도 함께 있었다.

"몸은 괜찮나?"

위전보가 물었다.

일전에 쓰러진 송현을 걱정하는 것이다.

송현은 웃으며 머리를 긁적였다.

"벌써 열흘 전 일인데요. 뭘. 이제는 괜찮습니다. 그보다 성공하셨군요."

"북?"

"예."

송현이 고개를 끄덕이자 위전보가 피식 웃음을 지었다.

"네 말대로 북을 치니 느끼는 게 있더군. 무작정 쏟아부어서도 안 되고, 무작정 삼키기만 해서도 안 됐다. 여운이라 표현해야겠군."

위전보는 평소의 그답지 않게 말을 많이 했다.

평생을 괴롭혔던 것에서 벗어날 깨달음을 얻었으니 그건 당연한 일인지도 몰랐다.

송현의 조언을 들은 이후 끊임없이 북을 쳤다.

전력으로 치기도 하고, 힘을 주지 않고 치기도 했다. 평생을 검을 잡고 지낸 그의 손에서 피가 나고 그 상처가 아물지 않을 정도였으니 그 노력이 결코 작다고 할 수는 없다.

그렇게 깨달았다.

무작정 강하게 치려고만 하면 박자를 놓친다. 박자를 맞추고자 힘을 주지 않으면 제대로 된 소리가 나오지 않는다.

힘의 분배다.

그 힘의 분배를 깨달아도 갈 길은 멀었다. 한참을 북을 치고 나서야 어렴풋이 느껴지는 것이 있었다.

처음 북을 칠 때는 마냥 힘으로만 쳤다. 하지만 어느 순간이 지나서부터는 몸이 흐름을 타기 시작한다. 그렇게 되는 순간 가락을 놓치지 않고, 소리를 놓치지 않게 되었다.

북을 칠 때 쏟아낸 힘이 몸 안에 여운으로 남아 계속해 그를 움직이게 했다.

그것이었다.

단발에 끝나던 절초를 계속해서 이어낼 수 있었던 이유는.

"축하드립니다."

송현은 그런 위전보의 모습에 미소를 지었다.

그리고 고개를 돌려 진우군을 바라보았다.

밝은 천권호무대의 다른 대원들과 달리 진우군의 표정은 아직도 밝지만은 않았다.

여전히 어둡고 무기력하다.

무언가 말 못할 고민을 머릿속에 간직한 듯했다.

"이제 어떻게 하실 생각이십니까?"

송현이 그런 진우군에게 말을 걸었다.

진우군은 고개를 저었다.

"쓸데없는 질문이다. 천권호무대는 이제 없다. 더는 존재할 필요성이 사라져 버렸으니까."

"그러니 그다음을 여쭙는 겁니다."

"글쎄…… 모르겠군."

진우군의 입가에 쓸쓸한 웃음이 걸렸다.

천권호무대를 지키기 위해 온갖 부당한 대우와 멸시를 참아온 진우군이다. 죽을 자리로 뛰어들라는 말과 다를 바 없는 명령조차 단 한 번 거부하지 않은 것도 천권호무대를 지키기 위함이었다.

천권호무대의 대주는 그였기 때문이다.

그가 천권호무대를 지켜야만, 먼저 죽어간 동료들의 희생이 잊히지 않을 것이라 여겼기 때문이다.

하지만 이젠 그것도 부질없는 짓이었다.

"새로운 무림맹을 만들겠다더군. 내게 천권호무대 전원의 자리를 약속했다. 전과 같이 천권호무대의 이름으로 활동할 수 있다더군."

"하실 겁니까?"

"고민 중이다."

진우군이 대답했다.

새로운 무림맹에 천권호무대라는 자리를 그대로 남겨두겠다고 했다.

전폭적인 지원을 약속했고, 지금 구성원들의 자리도 약속했다.

좋은 조건이다. 하지만 자꾸만 망설여진다.

송현은 그런 진우군을 보며 웃었다.

그리고 말했다.

"하지 마세요."

예상하지 못한 반대에 진우군의 시선이 송현을 향했다.

진우군과의 모든 이야기를 끝냈다.

송현은 대문 앞에 서서 산 아래를 바라봤다.

"아저씨!"

어린 여자아이가 뛰어온다.

상아다.

해맑은 미소를 짓고 뛰어오는 상아의 얼굴에는 그늘이 없었다.

"넘어지면 어쩌려고. 조심해야지."

송현이 그런 상아를 반겨주었다.

송현 때문에 상아와 그 가족들은 고초를 겪었다. 이후 사마중걸을 벌하고 무림맹이 직접 상아와 그 가족들을 구해냈지만, 자신 때문에 당한 고초에 송현은 항상 미안한 마음을 갖고 있었다.

"아이참! 아저씨는 제가 애인 줄 아세요? 이 정도로 안 넘어지거든요? 아참! 아저씨 그게 중요한 게 아니요!"

상아는 자신을 어린아이 취급하는 송현을 향해 눈을 한 번 흘긴 뒤 이내 중요한 것이 떠올랐다는 듯 이야기했다.

"아저씨, 지금 무림맹 아저씨들이 올라오고 있어요. 상아랑 같이 출발했는데, 상아가 먼저 달려왔어요. 헤헤."

어른들보다 먼저 도착했다는 사실이 자랑스럽다는 듯 상아는 웃어 보였다.

송현은 그런 상아의 얼굴을 보며 마주 웃으며 머리를 쓸어 넘겨주었다.

"어이구! 무슨 아이가 이리도 빠른지 모르겠습니다. 잘만 가르치면 무림에 아주 뛰어난 여걸이 탄생할지도 모르겠습니다."

그런 송현의 시선을 부르는 목소리가 있었다.

새롭게 창설될 무림맹의 일을 주도하고 있는 가창현이었다.

"선인께서는 그간 안녕하셨습니까?"

가창현은 송현을 향해 인사했다.

그리고.

"그래 생각은 좀 해보셨습니까?"

뒤이어 질문을 던진다.

"무슨 생각을 말이지요?"

송현이 모르쇠 하며 반문하자 가창현은 웃음을 지었다.

"새로 창설될 무림맹의 초대 무림맹주 말입니다."

새롭게 창설될 무림맹의 일들을 처리하기에도 바쁜 가창현이 송현을 찾아온 이유.

그것은 송현에게 초대 무림맹주의 자리를 제의하기 위해서였다.

＊　　　＊　　　＊

　해가 저물었다.

　가창현과 송현은 서로 마주 보고 앉았다.

　"이제 말씀해 주십시오. 솔직히 새로 무림맹을 만들겠다고 이리저리 뛰어다니고는 있지만, 아직 구심점이라 할 사람이 없어 잠음이 많습니다."

　가창현은 송현을 독촉했다.

　무림맹은 연합체다.

　한뜻으로 모였다고 해도 그 안에서는 알력이 발생할 수밖에 없는 처지다. 아무리 공정하게 일을 처리하려고 해도 한계는 있는 법이다.

　이럴 때 필요한 것이 구심점이 되어줄 맹주다.

　새롭게 창설될 무림맹에는 그 구심점이 되어줄 사람이 없었다.

　모두가 인정할 수 있는 사람.

　모두가 믿고 따를 수 있는 사람이 필요했다.

　가창현이 생각한 적임자가 송현이다.

　송현은 풍류선인이란 이름에 걸맞은 힘을 갖고 있었다. 이번 재천회를 상대하면서도 음으로 양으로 가장 큰 전공을 이룬 이도 송현이었다.

　송현이 초대 무림맹주의 자리에 앉는다면 누구도 반발하지 못할 것이다.

송현은 웃었다.

"그보다 감사하다는 말씀을 드려야 할 것 같네요. 지키기 힘들 약속이셨을 텐데, 지켜 주셔서 감사합니다."

그리고는 고개를 숙인다.

"감사는 무슨 감사… 아! 황조라는 자 말입니까?"

갑작스러운 인사에 당황하던 가창현이 그 이유를 떠올렸다.

사마중걸이 백치가 된 이후 송현이 가창현에게 부탁했던 것이 있었다.

황조의 존재를 비밀에 부쳐 달라는 것.

그 때문에 황조의 존재를 아는 이는 그날 무림맹에서 사마중걸의 말을 들었던 이들뿐이다.

그 수가 작지 않다.

그렇기에 비밀을 지키는 일도 쉬운 일이 아니었을 것이다.

그럼에도 가창현은 그 약속을 잘 지켜주었다.

송현이 고맙다는 것은 그것이다.

"근데 아직도 의문이긴 합니다. 그가 진정 그렇게 무서운 자라면 차라리 모두에게 알려 그를 대비하게 함이 옳지 않겠습니까?"

가창현의 물음은 일견 타당했다.

황조라는 거대한 존재. 그를 상대함에 있어 전 무림이 동원되어야 한다는 것은 당연한 이야기다.

하지만 송현은 고개를 저었다.

"아니요. 오히려 혼란만 가중될 뿐입니다. 재천회와의 전쟁만으로도 무림은 힘겨워했습니다. 그런데 그 뒤에 또 다른 존재

가 있다는 사실을 알게 된다면 어떻게 될까요? 그리고… 그에게
있어 숫자는 중요하지 않습니다."

강호의 혼란.

그 혼란을 감수하고도 황조를 감당하기는 요원하기만 하다.

그를 겪어본 송현이기에 더욱 잘 알고 있었다.

"숫자가 중요하지 않다니요?"

"그의 상대하기 위해서 십만대군, 아니, 백만대군이 동원된다
하여도 소용없다는 뜻이에요."

우주가 떨어져 내렸다.

그 앞에는 모든 것이 무용했다.

"그 일은 저를 믿고 맡겨주세요. 그러고도 불가능하다면 그
때 알려도 늦지 않을 테니까요."

송현이 할 수 있는 것은 그 말뿐이었다.

"아, 알겠습니다."

가창현은 마지못해 고개를 끄덕였다.

그리고 재차 질문을 던진다.

"그렇다면, 초대 무림맹주 건은……?"

아직 대답을 듣지 못했던 무림맹주 취임에 대한 물음이었다.

송현은 고개를 저었다.

"죄송합니다. 그 자리는 제게 너무 과분한 자리일 것 같습니
다. 저는 무림의 대의를 위해 움직일 수 있는 사람이 아니니까요.
또한, 누군가를 이끌고 나서는 것도 제게는 어울리지 않습니다."

"누군들 처음부터 완벽할 수 있겠습니까. 다만 자리가 사람
을 만들고, 시간이 경험을 만들 뿐입니다. 그러니……"

가창현이 거듭 송현이 생각을 돌릴 것을 부탁했다.

하지만 송현은 여전히 고개를 저음으로써 무림맹주라는 자리를 마다했다.

"죄송합니다. 그리고 저보다 그 자리에 어울리는 사람이 있습니다."

"풍류선인보다 말입니까? 누가 있어 풍류선인을 능가한단 말입니까?"

가창현은 눈을 크게 떴다.

그의 머릿속에서는 무림맹주라는 자리에 어울릴 만한 사람은 송현밖에 없었다.

그런데 송현은 자신보다 더욱더 무림맹주라는 자리에 어울리는 사람이 있다고 하고 있었다.

믿기 어려웠다.

송현은 웃었다.

"먼저 죽어간 무림맹의 무사들이 무엇 때문에 스스로를 희생하였는지 잘 아는 분이십니다. 단체를 이끈 경험도 있으시고, 무력도 누구에게도 쉬 굴복하지 않으실 정도지요. 이번 재천회와의 싸움에서도 큰 공을 세우셨었으니 아마 모두가 거절하지 못하실 것입니다."

"대체 누굽니까? 그 사람이?"

송현의 이야기에 가창현이 물었다.

송현이 이렇게까지 이야기한다면 마냥 과장된 소리는 아닐 것이다.

송현이 입을 열었다.

"그는……."

송현의 입에서 언급되는 이름에 가창현의 눈은 지금보다 더욱 크게 벌어졌다.

$$* \qquad * \qquad *$$

밤이 되었다.

송현을 설득하러 왔던 가창현은 연신 고개를 갸웃거리며 다시 산에서 내려갔고, 이미 취할 대로 취한 천권호무대는 마당 이곳저곳에 자리를 잡고 잠에 든 지 오래다.

언제 어디서 일어날지 모를 기습 따위는 안중에도 없는 모습이었다. 혹여나 기습이 일어날 기미가 보인다면 송현이 먼저 그들을 깨워줄 것임을 믿기 때문이다.

상아는 송현의 무릎을 베고 새근새근 잠에 들었다.

송현은 상아가 완전히 잠에 든 것을 확인하고, 상아의 머리에 그의 무릎 대신 푹신한 베개를 놓아주었다.

덜컥.

문을 열고 나선다.

송현은 걸었다.

그저 기분 전환을 위한 밤마실이 아니었다. 목적지가 있는 마실이었다.

타오르는 불길 속으로 뛰어드는 부나방이 되기 위한 걸음이었다.

그렇기에 송현은 잠든 상아와 천권호무대의 얼굴을 하나하나

두 눈에 오랫동안 담아 두었다.

그리고 대문을 나선다.

산 중턱을 지났을 때였다.

"가시나요?"

문득 들려오는 목소리에 송현의 입가에 웃음이 번진다.

송현은 고개를 돌렸다.

사실, 오래전부터 알고 있었다. 내심 그녀가 먼저 말을 걸어주길 기대하면서도, 또 한편으로는 말을 걸어주지 않길 기대했었다.

송현의 걸음을 멈춰 새운 이는 유서린이었다.

송현은 그런 유서린을 보며 고개를 끄덕였다.

"예, 가야지요."

"승산은… 있는 건가요?"

유서린이 묻는다.

가는 손은 그녀의 옷고름을 움켜쥐고 있었다.

그녀는 불안해하고 있었다.

송현은 용기를 냈다.

지난날 실수를 되풀이할 수 없기에 쥐어 짠 용기였다.

포옥!

유서린이 미처 반응하기도 전에 그녀를 품에 안아버린 것이다.

"어맛!"

유서린은 놀라 송현을 밀쳐내려 했다.

하지만 송현은 그녀를 놓아주지 않았다.

송현의 턱이 그녀의 머리 위에 놓인다.

지난날 송현은 그녀를 안아주지 못했다. 그래서 오랫동안 그

녀를 보지 못했다. 그리고 마음앓이를 했다. 그것은 그녀 또한
마찬가지다.

"송 악사님······."

송현의 품에 안긴 유서린의 목소리가 떨려왔다.

송현은 그녀를 향해 속삭였다.

"돌아올게요."

나지막한 속삭임.

"······."

유서린의 떨림이 멈췄다.

그녀는 다시 물었다.

"승산은 있는 건가요? 그 황조라는 사람은··· 아니, 송 악사께
서는 그를 만나고도 돌아오실 수 있나요?"

같은 질문을 거듭 묻는다.

불안해하고 있었다.

송현이 모두가 잠든 이 밤중에 길을 나선 이유가 황조를 만나
기 위함임을 알고 있는 그녀였다.

황조를 만나 마지막 결판을 내기 위해서다.

그래서 불안하다.

송현이 황조에게 쓰러지면, 그래서 영영 다시 돌아오지 못한
다면······.

남겨질 것이 두렵고, 다시는 송현을 보지 못할 것이 두렵다.

'이미 은원으로 엮인 사이인데······.'

그녀도 알고 있었다.

아니, 그녀이기에 더욱 잘 알고 있었다.

이초를 죽인 이가 유건극이다. 그리고 그는 그녀의 친부다.

이미 천륜과 인륜이 만들어 놓은 은원으로 엮여 있었다.

같은 하늘을 이고 살 수 없는 불구대천의 원수지간이다.

하지만 사람의 마음이라는 것이 그처럼 마음대로 되는 것은 아니다.

유서린의 멈췄던 떨림이 다시 시작되었다.

추운 한기라도 느끼는 것인지 그녀의 떨림은 전보다 더욱 가엽고 안쓰러웠다.

"말씀해 주세요. 승산이 있다고. 아니, 다치지 않고 돌아오실 수 있으시다고. 만약 안 된다면 차라리……!"

차라리 모든 것을 놓고 도망치겠다고.

그렇게 말하라고.

유서린은 그렇게 부탁하고 있었다.

하지만 송현은 그녀의 부탁을 들어줄 수 없었다.

"승산은 없습니다. 이미 한 번 그와 힘을 겨루었습니다. 그에 비한다면 제 힘은 태양 앞에 놓인 등불이나 다름없었어요. 제 힘은 그때와 다를 바 없습니다. 아마, 살아 돌아올 확률보단 죽을 확률이 더 높겠죠."

"그, 그럼 왜?"

유서린이 묻는다.

송현은 대답하고 싶었다.

'제가 가지 않으면 당신이, 그리고 천권호무대가 위험해지니까요.'

단 한 번의 싸움이었다.

하지만 어렴풋이 황조를 알 수 있을 것만 같았다.

그에게 사람의 목숨은 아무래도 좋은 것이다. 그는 정리도 인정도 없다.

그는 이미 무심.

아니, 껍데기뿐인 목적만 남은 무심이다.

사마중걸의 말처럼 황조는 무림을 지워 버리고 새로운 무림을 만들어낼 것이다. 그 과정에서 그의 존재를 알고 있는 천권호무대와 유서린은 반드시 죽여야 할 대상이 될 것이다.

그러니 가야 한다.

가서 모든 것을 걸어야 한다.

아무것도 하지 않고 파멸을 기다리기보다는 송현이 할 수 있는 전부를 내걸어 발버둥이라도 쳐보는 것이 나았으니까.

그렇게 한다면 적어도 최소한의 가능성은 있었으니까.

하지만 송현은 그 이유를 말하지 않았다.

대신.

"그래도 저는 돌아올 거예요. 돌아오면, 그땐 정식으로 유 소저께 청혼할까 해요. 평생 저와 함께해 달라고, 지난날은 잊고 그저 아무런 일도 없었던 것처럼 그렇게 살자고요."

"소, 송 악사님……?"

갑작스런 고백에 유서린이 놀라 송현을 올려다보았다.

송현의 얼굴은 금방이라도 터질 듯 붉게 달아올라 있었다.

"그리고 그땐 이렇게 유 소저를 안은 손을 절대 놓지 않을 거예요. 무림맹에서 마지막으로 유 소저와 대화했을 때. 떠나와서 많이 후회했어요. 그때 유 소저를 안아줄 용기를 내지 못해서…

유 소저를 볼 수 없어서… 너무 괴로웠어요. 그러니까 제 곁에 있어주세요."

마음속에 있는 모든 용기를 뽑아냈다.

황조와 마지막 일전을 각오하고 나섰을 때에도 이처럼 떨리거나 무섭지 않았다.

송현은 지금 이 순간이 세상에서 가장 떨리고 무서운 순간과 같이 느껴졌다.

"…오세요. 그땐 제가… 할게요."

"네?"

유서린의 목소리가 들렸다.

하지만 송현은 그녀의 목소리를 듣지 못했다.

아니, 들었는지도 모른다. 하지만 듣고도 쉬 실감이 나지 않아서였는지도 모른다.

송현의 물음에 유서린이 눈을 질끈 감는다.

"꼭 무사히 다녀오시라고요. 무사히 다녀오시면……. 그땐! 제가 송 악사님 곁에 항상 함께할게요. 훗날 송 악사님이 이제는 제가 싫다고 말하셔도 저는 절대 송 악사님을 떠나지 않을 거예요."

그녀의 말.

그리고 부딪치는 입술.

송현이 먼저 움직인 것인지, 아니면 유서린이 움직인 것인지 모른다.

그저 시간이 정지한 것만 같았다.

가슴에서 이상한 감정이 북받친다. 송현은 자신도 모르게 맞닿은 그녀의 입술을 탐했다.

부드럽고 따뜻하다.

그렇게 길지 않은 입맞춤이 끝이 났다.

"흠흠!"

"음……."

두 사람의 입술이 떨어지자 송현과 유서린은 이내 민망한 듯 서로의 시선을 외면했다.

그러면서도 송현은 그녀를 안은 손을 풀지 않았다.

이상한 일이다.

입맞춤은 끝이 났는데 가슴속에 가득 차오르는 감정은 좀처럼 잦아들 줄 모른다. 아니, 오히려 시간이 지나면 지날수록 더욱 진하고 선명하게 커져 나가고 있었다.

뚱—

천지간에서 송현에게만 들리는 거문고 소리가 들렸다.

"아……!"

송현은 자신도 모르게 탄성을 터뜨렸다.

"왜 그러세요?"

유서린은 송현이 터뜨린 갑작스러운 탄성에 의아해하며 물었다.

송현은 웃으며 질문했다.

"제가 광릉산보를 얻었을 때 가장 먼저 느낀 감정은 분노였습니다. 그다음 슬픔을 알았고, 모든 것을 잃고 난 뒤에야 즐거움을 알았습니다. 희로애락(喜怒哀樂)이라 하였는데 왜 저는 기쁨을 건너뛰고 분노와 슬픔, 그리고 즐거움을 먼저 깨달았는지 아시나요?"

느닷없는 질문이었다.

유서린은 잠시 생각하다 이내 고개를 저었다.

"글쎄요? 왜죠?"

송현은 웃었다.

"그것은……."

*　　　*　　　*

"짐은 이곳에 머물러 물려받은 것을 지키기도 급급했거늘, 너는 결국 이곳을 떠나 모든 것을 이루었구나! 좋다. 네 뜻이 정녕 그것 이라면 나도 네 꿈을 믿도록 하지! 자! 오랜만에 술이나 한잔하는 것은 어떻겠느냐. 동생아! 아니, 이제는……."

"황자 전하께서 원하신다면 그곳에 황자 전하의 나라입니다! 저 는 전하를 따를 것이니 전하께서는 그저 명령만 내리십시오."

"지아비가 가는 곳이 제가 갈 곳이고, 지아비께서 꿈꾸시는 세상 이 제가 꿈꾸는 세상이에요. 그러니 그렇게 걱정하지 않으셔도 된 답니다."

"하하하! 자네 생각 한 번 독특하군그래! 좋아! 마음에 들었어! 그 망상! 어디 우리 함께 만들어 보세!"

황조는 꿈을 꾸었다.

얼마 만에 꾸는 꿈인지 황조조차 기억하지 못할 정도였다.

세상의 눈으로 만물을 보게 된 순간부터 꾸지 않았던 꿈이니 적어도 이 땅에 국가가 수없이 바뀌기를 반복하는 동안 꾸지 못했던 꿈이었을 것이다.

잊고 있었던 이들의 목소리가 떠올랐다.

그리고.

그들이 그를 불렀던 이름 또한 기억났다.

"성황(聖皇)."

황조가 아닌 그의 진짜 이름. 아니, 진짜 이름도 아니다. 그 옛날 그가 무림에 뛰어들어 얻은 이름이었다.

기억났다.

그는 황가의 황자였다. 그는 유능했고, 또한 뛰어났다. 하지만 그에게는 계승권이 너무나 멀기만 했다. 또한, 그의 친형인 황태자 또한 유능했고, 뛰어났다.

그래서 그를 따르는 수하들과 함께 무림에 나왔다.

황가에 존재하는 모든 무공을 홀로 깨치고, 무림으로 뛰어나와 펼치지 못한 꿈을 꾸었다.

그때의 무림은 지금과는 달랐다.

관과 무림의 경계가 없고, 구분이 없었다. 지방의 힘있는 유지들은 저마다 무사들을 식솔로 들어앉히고 자신의 힘을 과시했고, 무사들은 그 대가로 자신의 칼을 빌려 주었다.

어지러운 세상이었다.

황권도 국법도 통하지 않는 세상은 짧은 시간 동안 수많은 강자를 탄생시키고, 패자를 만들어냈다. 전쟁이 끊이지 않았고, 국가와 무림은 날로 쇠약하고 병폐해져만 갔다.

그런 세상이었고, 그런 무림이었다.

황조는. 아니, 성황은 그런 무림에서 자신의 꿈을 펼쳤다.

관과 무림의 경계를 짓고, 서로의 영역을 침범치 못하는 세상을 만들었다.

현재에 존재하는 무림.

그 무림의 시작을 만들어낸 것이 성황이었다.

황조에게는 힘이 있었고, 사람이 있었다.

그렇기에 가능했다. 쉽지 않았지만, 끝끝내 성공했다.

그때의 성황의 곁에는 사랑하는 연인도 있었고, 그의 말 한마디에 불구덩이로 뛰어들 수 있는 수하들도 있었다. 언제든 등을 맡기고 의지할 수 있는 동료도 있었다.

그렇기에 가능했던 일이다.

그의 친형인 황제의 허락을 받고 무림은 마침내 국가라는 거대한 단체의 부속에서 벗어날 수 있었다.

그가 만들어낸 그의 무림이었다. 그리고 그는 관과 무림이 다시 결착하지 않게 하기 위해 힘을 썼다.

하지만.

시간이 지날수록 그가 만들어 놓은 무림은 변해갔다.

욕심 때문이다.

돈에 대한 욕심, 권력에 대한 욕심.

그 끝없는 욕심이 은원과 엮이고, 감정과 섞였다. 그리고 마침내 힘겹게 떼어낸 관과 무림이 서로 결착하기 하려 했다.

그것을 막았다.

세월이 흐를수록 관과 무림의 결착을 막으려는 노력도 더욱

더 힘겨워 갔다.

어느 순간부터 그의 수하들이 사라져 갔다. 그의 동료들도 죽고 변절했다. 사랑하는 연인도 죽음을 맞이했다.

그럼에도 성황은 끝끝내 지금의 강호를 지켜왔다.

그렇게 깨달음을 얻고, 신선이 될 기회가 닿았음에도 그는 이 자리에 남았다.

달마가 이 중원에 발을 딛고, 천마가 이 땅에 모습을 드러냈을 때도.

그는 그가 만든 무림을 지키며 모두가 떠나간, 또한 떠나갈 자리를 지켜왔다.

그 오랜 시간이 성황을 황조라 부르게 만들었고, 천마와 달마를 전설로 만들었다.

"……."

황조는 감았던 눈을 떴다.

치이이이익!

황조의 손가락 끝에 검은 연기가 피워 올랐다.

"질기군."

송현을 죽이려 했을 때 황조의 몸에 옮겨 붙은 기운.

송현의 조부가 남긴 선기다.

금방 떨쳐낼 수 있으리라 여겼던 그 선기가 황조를 칩거에 들게 했다.

이 선기 때문에 꿈까지 꾼 것이리라.

참으로 끈질기고 번거로운 기운이었다.

"생각보다 오래 걸렸다."

모든 것을 의식 안에 두려는 황조다. 그렇기에 그는 계획에 없던 긴 칩거의 시간이 달갑지만은 않았다.

우선은 그가 칩거에 들어간 순간부터 일어난 일들을 알아야 했다. 하지만 그것은 그리 어렵지 않았다.

황조가 머무는 동굴 안.

몸 안으로 침투한 선기를 지우느라 황조는 꽤나 많은 힘을 썼다.

동굴에 또 다른 공간이 생겼다.

황조에게서 흘러나온 기운이 만들어낸 무의 공간.

위도 아래도 앞도 좌우도 존재하지 않는 곳.

그곳에 익숙한 이가 무릎 꿇고 앉아 있었다.

시익― 시익!

금방이라도 끊어질 것만 같은 가는 숨길. 전신에 가득한 상처는 제때 치료받지 못했는지 곪고 썩어가고 있었다. 그마저도 하반신은 황조가 만들어낸 무(無)의 공간에 잠식당해 가고 있었다.

"공열, 왜 네가 여기에 있지?"

공열이다.

재천회가 무너진 이후 목숨을 걸고 무림맹의 추격자들을 따돌린 공열은 줄곧 황조가 깨어나기를 기다리고 있었다.

"…죄송합니다."

공열의 목소리가 갈라져서 흘러나왔다.

황조는 단번에 그 죄송하다는 말의 의미를 이해했다.

"그렇군. 어디까지 무너졌나?"

"…죄송합니다."

공열이 거듭 사죄한다.

"재천회가 무너졌나 보군. 그전에 사마중걸도 쓰러졌겠지. 맞나?"

황조의 질문은 그저 확인 절차였다.

"맞습니다."

공열은 부정하지 않았다.

"질기군."

황조는 낮게 감상을 터뜨렸다.

오랜 시간을 들여 공들여 온 계획이었다. 그 계획을 무너뜨린 것은 보나마나 송현일 것이다.

참으로 질기다.

"단호영이란 아이는 죽었을 것이고, 너와 함께 있던 둘도 마찬가지겠군."

"예, 그렇습니다."

황조는 가만히 공열을 응시했다.

숨이 꺼지고 있었다.

살리자면 살릴 수 있다.

그는 황조의 충실한 종복. 황조가 약속한 보상이 아닌, 오롯이 황조의 강함에 스스로 복종한 자다. 마인이다. 천마의 후인인 백마신궁의 정신이기도 했다.

수많은 수족을 두었던 황조에게 현재 그와 같이 충심을 보일 수 있는 이는 없음을 안다. 황조의 신념에 스스로 복종했던 혈천패가 있었으나 그는 이미 죽은 지 오래다.

황조가 물었다.

"무림은… 나의 존재를 알고 있나?"

"…그런 듯… 하였습니다."

"그렇군."

공열의 대답에 황조는 고개를 끄덕였다.

그것으로 공열에 대한 처분은 모두 결정 난 것이나 다름이 없었다.

"너는 이제 내게 필요 없는 존재다."

"……."

차가운 대답.

공열은 말이 없었다. 그저 두 눈을 감고 황조의 처분만 기다릴 뿐이다.

턱.

황조의 손이 공열의 머리 위에 올려졌다.

그리고.

흡수되기 시작한다.

공열의 몸이 가루처럼 잘게 부서져 황조의 몸에 스며든다.

"수고했다."

아무런 감정도 담기지 않은 예의상의 인사.

"감사합니다."

공열이 남긴 마지막 말은 그것이었다.

살릴 수 있었다. 황조의 힘은 그것이 가능했다. 공열도 알 것이다. 그럼에도 그는 황조가 내리는 죽음을 담담히 받아냈다. 오히려 감사하다고 한다.

하지만 황조는 그런 공열의 충심에서조차 아무런 감정의 동요를 보이지 않았다.

저벅.

공열을 흡수해 버린 황조는 걸음을 옮겼다.

느긋한 걸음으로 동굴의 입구를 향해 나아갔다.

"무림을 다시 만들어야겠군."

그의 존재를 무림이 알아버렸다.

그러니 지금의 무림을 지워 버리고 새로운 무림을 만들어내야 했다.

짜증나지는 않았다. 그것은 감정일 뿐이다. 그저 할 일이 많아졌을 뿐이다.

"물론. 그전에⋯⋯."

우뚝.

황조의 걸음이 멈춰 선다.

황조의 시선이 한 곳을 향했다.

거문고를 무릎 위에 올려놓고 그를 기다리는 청년.

송현이었다.

공열의 몸에 묻은 이야기를 통해 황조의 은신처가 어디인지 알아냈을 것이란 건 능히 짐작할 수 있는 일이었다.

황조가 말했다.

"너부터 지워야겠구나."

송현을 지우지 않고는 무림을 지우는 일은 아무런 소용없는 일이었다.

                    *   *   *

퍽!

곤두박질친 송현이 바닥에 부딪치고 다시 일 장이나 높이 튀어 올랐다.

"컥!"

송현의 입에서는 억눌린 신음이 터져 나온다.

마지막 순간음을 만들어내 충격을 줄였음에도 감당하기 어려운 고통이었다. 송현의 신형은 공처럼 바닥에 몇 번이나 튕기고 떨어지기를 반복하고 나서야 멈춰 설 수 있었다.

그 와중에도 송현은 소중히 자신의 거문고를 끌어안아 보호했다.

"더 형편없군. 아니, 의지가 없어 보이는군."

황조는 그런 송현을 보며 중얼거렸다.

송현은 황조의 공격에 속수무책으로 당하기만 했다. 차라리 북경에서 보았던 송현이 더욱 강력해 보일 지경이었다.

황조의 모든 계획을 망쳐놓고 나타난 것치고는 너무나 무기력한 모습이었다.

"저는 당신과 싸우기 위해 이 자리에 온 것이 아닙니다."

송현이 말했다.

그 말에 황조가 되묻는다.

"그러면?"

"당신을 막기 위해 왔을 뿐입니다."

"설득하겠다는 건가? 쓸데없는 짓이군."

애써 고통을 참으며 이야기하는 송현의 말을 황조는 가볍게 무시했다.

설득하려 한다.

황조가 살아온 세월 속에, 그 속에 황조의 존재를 눈치챈 몇 몇이 있었다. 그들은 황조를 설득하려 했다. 하지만 끝내 황조를 설득하지 못했다.

"무용한 일이다."

그렇기에 쓸모없는 일이다.

아무것도 나오지 않는 대화를 굳이 이어가는 것은 비효율일 뿐이다.

황조는 손을 들었다.

그가 손을 들자 혈검이 허공에 떠올랐다.

붉은 혈선을 그리며 송현을 향해 날아든다.

팅—!

송현은 거문고 현을 팅겨 소리를 만들어냈다.

그 소리가 황조의 혈검을 멈춰 세웠다.

그리고 발을 들었다.

쿵!

강하게 대지를 찍어 누르는 진각에 땅이 일어났다.

일어난 대지는 파도처럼 출렁이며 황조를 향해 덮쳐갔다.

팟!

황조는 그저 손을 앞으로 내미는 것만으로 밀려드는 대지의 파도를 막아냈다.

대지가 가루가 되어 흩어진다.

스윽!

황조는 손을 들었다.

이번에는 금빛 궤적이 일어난다. 황도다. 황도는 류과 같이 스스로 회전하며 송현을 향해 날아갔다.

땅—!

송현은 또다시 음을 만들어냈다.

하지만.

"큭!"

황도는 송현이 만들어낸 음의 방패를 베고 들어가 송현의 허리춤을 스치고 지나갔다.

한 움큼 핏물이 옆구리에서 터져 나왔다.

으득!

송현은 이를 악물었다.

그리고 소리쳤다.

"대체 왜 무림을 지우시려는 것입니까!"

"나를 알았기 때문이다. 인간의 욕심은 끝이 없지. 항상 눈에도 보이지 않을 꿈을 꾼다. 나를 알면, 언제고 지금과 같이 나의 무림을 망가뜨리려 들겠지."

황조가 겪어온 사람이란 존재가 그러했다.

항상 욕심을 부린다. 불가능한 꿈을 꾼다. 감정에 휘둘려 무엇이 옳은 것인지, 효율적인지를 알지 못한다. 그래서 결국 모든 것을 망치는 존재다.

"그것 또한 무림입니다. 불가능해 보이는 꿈을 좇아 나아가는 것이 왜 잘못된 일이란 말입니까! 그것이야말로 격려하고 칭찬받아 마땅한 일이 아닙니까!"

"그 또한 무용하기 때문이다."

송현의 반박에 황조가 다시 답한다.

송현의 두 눈이 황조를 직시한다.

"그 무용이 누구에게서부터 비롯된 무용입니까!"

송현이 반문했다.

그 반문은 황조를 가리키고 있었다.

불가능에 도전하는 이의 몸짓이 무용한 것은 결국 황조가 있기 때문이다. 그가 가로막기에 모든 것이 무용해질 뿐이다.

"그렇다면 황조께서는 이것이 진정 원하시는 무림의 모습입니까? 그저 황조께서 만들어놓은 틀 안에 갇혀 사육되는 무림이 황조가 원하시는 무림이었습니까?"

거듭 질문을 쏟아냈다.

"……"

그 질문에 황조의 손이 멈춘다.

평소에는 없던 일이었다. 생각만 하면 항상 움직이던 몸이었다. 그러나 이번만큼은 움직일 수 없었다.

'선기가 아직 남아 있나 보군.'

황조는 그것이 선기 때문이라 여겼다.

다시 손을 움직였다.

혈검을 날려 송현의 깨어진 방패의 빈틈을 찔러 넣을 생각이었다.

그렇게 된다면 모든 것은 끝난다.

압도적인 힘의 차이가 나는 이상 송현의 목숨도 여기까지다.

하지만.

"스스로 무심을 자처하면서도 이토록 무림에 집착하는 연유는 황조께서도 무림이 소중한 곳이기 때문이지 않습니까!"

멈칫!

거듭 터져 나오는 송현의 외침에 황조의 손은 다시 멈춰 설 수밖에 없었다.

모순이다.

무심은 마음이 없다. 마음이 없으니 슬퍼할 일도 화낼 일도 없다. 무언가에 집착하지도 않는다.

그럼에도 황조는 무림에 집착한다.

현 무림에 집착하고 직접적으로 암중에서 관여해 왔다.

그것은 무심이 아니다.

황조도 알고, 황조를 설득하려 했던 이들도 알고 있는.

그런데 그것을 송현의 입을 통해 듣게 되었을 때는 또 달랐다.

무언가 미묘하게.

축이 어긋난 바퀴가 자꾸만 헛도는 것과 같은.

"……."

황조는 송현을 가만히 바라봤다.

'조손이 나를 괴롭히는군.'

송현의 말에 자신의 미묘한 어긋남을 본 황조는 그것도 송현의 조부가 남긴 선기 때문이라 여겼다.

어찌 되었든.

황조는 더 이상 이 싸움을 계속할 생각이 없었다.

스윽!

황도가 하늘을 가른다. 혈검이 갈라진 하늘 속으로 뛰어든다.

그리고.

별들이 쏟아져 내리기 시작했다.

"끝내지."

황조는 송현의 물음에 끝끝내 대답하지 않았다.

'결국은……'

송현은 눈을 질끈 감았다.

결국은 북경에서의 그날의 재연이다.

하늘이 열리고, 우주가 쏟아져 들어온다. 그 힘은 전보다 거대했고, 송현은 그 앞에 너무나 미약하고 보잘것없는 존재였다.

하지만.

턱.

송현은 술대를 거문고의 여섯 현 중 하나에 걸었다.

당긴다. 길고 강하게. 심력을 쏟아부었다.

땅—!

맑은 울림이 울려 퍼졌다.

그리고.

쿵!

송현의 옆으로 자그마한 별이 떨어져 내려박혔다.

대지가 흔들리고, 불길이 치솟았다. 대기는 요동치고 뿌연 흙먼지에 눈을 뜰 수조차 없었다. 황조의 몸에서 흘러나온 짙은 어둠이 주위를 집어삼키고 있었다.

뚱—!

송현은 연주했다.

그날과 같다.

하지만 그날과는 다르다.

쿠구궁! 쿵쿵!

하늘에서 떨어져 내린 별들의 파편들이 대지를 때렸다. 산이 울리고, 지축은 금방이라도 꺼져 버릴 듯했다.

그럼에도 송현은 현을 끊지 않았다.

그날과는 다른 전개다.

송현은 자욱한 흙먼지 속에서도 황조를 꿰뚫어 보았다.

그를 바라보는 송현의 두 눈에 담긴 감정은 답답함과 안쓰러움이었다.

처음 그에게 패했을 때.

나룻배에서 깨어나 이장명과 소연 공주가 죽었음을 알았을 때, 몽중에서 송현에게서 할아버지가 떠나게 한 이가 황조였음을 알았을 때.

그때는 분노했다.

황조를 증오했다.

하지만 이제는 아니다.

송현은 황조를 동정한다.

더는 황조가 두렵지 않았다.

기쁨도 슬픔도 모른 채, 소중함과 집착의 차이도 알지 못한 채.

그렇게 수천 년을 버텨왔을 황조가 안쓰럽고 불쌍하다.

'티끌이 무용한 것이 아닌데……'

눈에 보이지 않게 작은 것일 뿐 존재하지 않는 것이 아니다. 작은 것이 무용하지 않다. 빗방울이 모여 대해(大海)가 되고, 작은 흙 알갱이가 모여 산악이 된다. 점처럼 작은 별들이 모여 만들어진 것이 하늘이다.

황조는 세상의 눈으로 만물을 관조하였음에도 그것을 보지 못했다.

어쩌면 당연한 일인지도 몰랐다.

소중한 것은 항상 곁에 있음에도 알지 못한다.

송현이 광릉산보를 통해 희로애락 중 분노와 슬픔, 즐거움을 먼저 알았듯.

곁에 있는 즐거움은 너무나 작아 모든 것을 잃고 나서야 그 소중함을 깨달았듯이.

뚱― 뚜웅― 뚱!

송현의 손가락이 거문고 위를 널뛴다.

쏟아지는 별무리가 금방이라도 송현의 머리 위를 덮쳐 그를 가루로 만들어버릴 수도 있건만 송현은, 개의치 않았다.

그저 노래한다.

그 속에 모든 것을 담았다.

송현이 살아오면서 느낀 감정들.

분노, 슬픔, 즐거움, 기쁨.

후― 웅!

그것에 세상이 감응했다.

천지간에 송현의 거문고 소리가 가득 차올랐다. 마치 물이 차오르듯 음률은 천천히 차곡차곡 쌓이고 흘러가며 휘몰아친다.

쿠구구궁. 구……

쏟아져 내리는 별들이 대지를 때리던 천둥 같은 소리가 어느덧 멎었다.

하늘은 이 이상 무너져 내리지 않았다.

열린 문으로 쏟아져 들어올 뿐, 땅 위로 내려앉지 않았다.

들려주었을 뿐이다.

그럼에도 송현의 연주 소리가 너무나 작아 그 바람을 모두에게 전할 수 없다면, 서로가 서로에게 전해 주면 되는 것이다.

작은 것이 작은 것에게로. 그렇게 큰 것으로.

"변했군."

송현의 대응에 황조가 무덤덤하게 평가했다.

그의 눈에도 송현의 모습은 전과는 확연히 달라진 듯했다.

그러나.

픽!

황조는 그저 평가했을 뿐이다.

그것이 전부다.

황조가 손을 휘두르자 혈검이 송현의 어깨를 꿰뚫고 지나갔다.

"큭!"

핏물이 왈칵 쏟아져 나오고, 어깻죽지가 뻐근히 아파져 온다.

그럼에도 송현의 연주는 멈춰지지 않았다.

오히려 손가락과 장죽은 더욱 격렬하게 현위를 노닌다.

픽! 픽! 픽!

황조는 그런 송현을 향해 무심히 자신의 황도과 혈검을 날렸다.

황도가 허리를 베고 지나가고, 혈검이 종아리를 꿰뚫고 깊숙이 박혔다가 비틀리며 뽑혀 나온다.

송현의 몸은 어느새 피로 얼룩져 있었다.

그러나.

"……."

황조의 표정은 점점 더 굳어져만 갔다.

분명 그의 몸에는 상처 하나 나지 않았건만 오히려 그가 마치 위기에 몰린 듯했다.

"무슨 짓이지?"

사실이었다.

황조는 스스로의 손을 살피다 송현을 노려보며 물었다.

그의 의지에 따라 송현의 급소를 노리며 치명상을 입혔던 그의 무기들이 어느 순간부터 더 이상 치명상을 내지 못했다. 점점 더 외각으로, 그의 의지를 벗어나 위험한 곳에서 멀어진다.

"무슨 짓을 한 것이냐고 물었다."

지금껏 없었던 일이기에 황조가 무심히 되묻는다.

"그저 거문고 가락을 연주하였을 뿐입니다."

송현은 담담히 대답했다.

평소와 같이 거문고를 연주하였을 뿐이다. 그 연주를 즐기고, 그 연주 속에 자신의 바람을 싣고 가락 속에 의지를 불어넣었을 뿐이다.

"…납득되지 않는다."

황조는 그것을 납득 할 수 없었다.

그의 생각에 따라 수족처럼 움직이던 일도일검(一刀一劍)이 점점 그의 생각에서 벗어나려 한다.

단지 송현이 거문고를 연주했다는 것만으로.

납득할 수 있을 리 없는 일이다.

그리고 어느 순간.

툭!

허공을 비행하던 황조의 혈검이 실 끊어진 인형처럼 힘없이 바닥에 꽂혔다.

황조의 표정이 무섭게 굳었다.

"더는 내버려 두면 안 되겠군."

황조가 손을 뻗자 그의 오른손에 황도가 빨려 들어갔다. 아직 그나마 그의 생각을 따라주는 것은 황도뿐이다.

"너는 움직이지 못하는군."

"맞습니다."

황조가 송현에게 다가가며 말하자, 송현은 솔직히 인정했다.

모든 마음을 다한 연주를 하고 있다.

평소와 달리 허공답보나 이형환위를 쓸 여력은 없었다.

그것은 송현의 이마에 비 오듯 쏟아지는 땀방울만 보아도 알 수 있었다.

저벅. 저벅.

황조의 걸음이 송현에게 점점 더 가까워져 갔다.

휙!

황도를 높이 들어 올렸다.

단숨에 내려쳐 송현을 반으로 갈라버릴 심산이었다.

'그럼 이 노래도 끝나겠지.'

노래가 끝나고 나면 모든 것이 원래대로 돌아올 것이다. 혈검도, 무림도.

황조의 검이 송현의 정수리 위로 떨어져 내렸다.

"묻고 싶은 것이 있다."

문득.

황조의 도가 멈춰 섰다.

"두렵지 않나?"

황조가 물었다.

"두렵습니다."

송현이 대답했다.

피할 수 없는 상태에서 그의 목숨을 위협하는 도가 떨어져 내렸다.

두렵지 않다면 거짓말이다.

"왜 이렇게까지 하려 하는 것이지?"

황조가 또다시 질문을 던졌다.

"무림이란 세상에 제 소중한 이들이 살고 있습니다. 이렇게라도 하지 않으면 그들을 지킬 수 없을 테니까요."

"작은 것들이다. 지나고 나면 티끌보다 못한 것들이다."

"지금 제게는 전부입니다."

스르르륵.

황조는 자신의 손을 바라보았다.

손이 녹아내리고 있다. 마치 봄볕에 눈이 녹듯 손이 녹아내린다. 그것은 다른 것도 마찬가지였다. 황조의 몸에서 흘러나와 주위를 가득 채웠던 심연처럼 깊은 어둠도 서서히 가시기 시작했다. 그저 막아내는 것이 전부였던 하늘도 어느새 원래의 자리로 돌아갔고, 활짝 열렸던 하늘의 문도 어느새 닫혀가고 있었다.

"비에 젖은 기분이다."

황조는 자신의 느낌을 말했다.

송현의 연주가 비가 되어 황조를 적셔 녹여내는 기분이다.

그것이 황조의 힘을 갉아먹고 있었다.

"음악이란 본디 스며드는 것이니까요. 메마른 대지에 빗물이 떨어져 스며들 듯 말이죠."

"그런가? 그렇군."

황조가 고개를 끄덕인다.

그런 황조에게 송현이 물었다.

"이제 제가 질문하겠습니다."

"하거라."

그 질문을 받는 일은 비효율적인 일이다. 필요 없는 일을 더 하는 일이고, 시간을 낭비하는 일이다. 그럼에도 황조는 허락했다.

그것이 평소의 자신의 모습과는 너무나 다른 모습임을 황조는 인식하지조차 못하는 듯했다.

"당신에게 무림은 어떤 의미였습니까. 처음 당신에게… 그리고 지금 당신에게……."

송현의 질문.

"……."

황조는 약속과 다르게 대답하지 못했다.

처음으로 눈빛이 흔들렸다. 심연과 같았던 깊은 두 눈이 흔들렸다.

"잘 가라."

콰득!

황조의 도가 다시 떨어져 내렸다.

도는 황조의 목적을 벗어나 송현의 어깨 깊숙이 틀어박혔다.

뚱—!

끊어지지 않던 송현의 연주도 끝이 났다.

그리고.

퐁!

깊은 바닷속으로 돌이 던져졌다.

끝도 모르는 심해로 던져진 돌은 스스로 빛을 내는 돌이었다.

그 돌은 바다 아래로 끝없이 가라앉았다.

그리고.

돌은 빛조차 들어오지 않는 바다 깊은 곳에서 아주 오래된 땅 위로 떨어져 내렸다.

화악!

스스로 빛을 내던 돌이 터지듯 밝은 빛을 뿜어냈다.

"큭!"

황조는 비틀거렸다.

갑자기 눈앞에 보이는 환영.

"내게 무슨 짓을 한 것이냐!"

황조는 화를 냈다. 스스로 화를 내고 있다는 것도 의식하지 못한 채 송현을 향해 소리를 높였다.

"그저… 연주하였을 뿐입니다."

갈라진 어깨에서 쏟아지는 피를 지혈하지도 못한 채 송현은 힘겹게 대답했다.

"크으으윽!"

그 대답에 황조는 무어라 하지도 못한 채 가슴을 부여잡아야
만 했다.

자꾸만 환영이 보인다.

허상은 이미 무심에 든 그의 눈에 보여야 할 것이 아니다.

부정하고 부정하지만, 그것은 끊임없이 황조를 환영으로 이
끌었다.

'새소리…….'

황조의 귓가로 새소리가 들려왔다.

이미 벌어진 싸움에 주위의 있는 새들은 모두 멀리 도망쳐 버
린 지 오래다.

들려오지 말아야 할 소리다.

하지만 그 소리가 너무나 익숙하다.

'떠올랐다!'

아주 오래전.

황조가 황조라는 이름을 얻기도 전에… 아주 작고 무공이라
고는 익혀 본 적도 없었던 시절, 높은 담벼락 아래에서 들었던
새소리였다.

황위를 이어받지 못하는 황자.

어린 나이에도 그는 궁궐 안에 존재하는 무엇도 자신의 것이
아님을 알고 있었다. 그런 그에게 있어 궁궐은 아무것도 하지
못하는 창살 없는 감옥이나 다름없었다.

그는 유능했다. 하지만 황위를 이어받을 그의 형 또한 유능했
다.

몸도 마음도 어린, 하지만 유능한 황자에게는 궁궐을 둘러싼 높은 돌담은 넘고 싶은 것이나 결코 넘을 수 없는 존재였다. 마치 그의 처지처럼. 이따금 날아드는 새들의 지저귐만이 그의 갈증을 식혀주었다.

그러다 무림이란 존재를 알게 되었다. 한 자루 칼 하나를 옆에 차고 세상을 자유롭게 떠돌아다니는 이야기가, 한낱 촌부도 능력만 있다면 무엇이든 될 수 있다는 이야기가 그를 매료시켰다.

그때부터 꿈을 꾸었다.

황궁에 모아둔 모든 무공을 익혔다. 호위무관을 상대로 무공을 연습했다. 이다음에 어른이 되고 황위를 물려받지 못하고 황궁을 나서야 한다면, 그땐 무림이란 세상 속에 무림인이 되겠노라 생각했었다.

그렇게 열다섯.

황자는 끝까지 자신을 믿고 따라준 호위무관과 함께 무림에 첫발을 디뎠다. 첫 살인을 겪었고, 첫 협행을 행했다.

하지만 그곳엔 황자가 꿈꾸던 무림은 존재하지 않았다.

관과 결탁한 무림은 자유가 없었다. 썩을 대로 썩었고, 항상 관과 유지의 감시 아래 살아가는 세상이었다. 무엇 하나 마음대로 하지 못했고, 옳은 일을 하는 것조차 눈치를 보아야 했다.

아비규환 속 지옥.

황자는 꿈꿨다. 그가 궁궐에서 꿈꿔온 무림을 만들어 보겠노라고.

그런 그의 곁에 사랑하는 연인이 생기고, 많은 수하가 생겼다. 그리고 그보다 많은 동료가 함께했다. 힘이 있고, 세력이 있고 의지가 있었다.

그의 꿈을 믿고 따라와 주는 이들이 있었기에, 결국 황자는 황위에 오른 그의 형에게마저 관과 무림의 불가침을 인정받았다.

강호에 질서가 잡혔다.

관과 무림은 서로를 침범하지 않았기에, 그래서 더욱 자유로웠다.

황자는 만족했다.

하지만 그것은 백 년도 가지 못할 시한부에 불과했다.

반발이 생겼다. 권력을 탐하는 유지들의 주도하에, 눈앞에 놓인 돈과 명성을 좇는 무인들로 인해. 황자가 쌓아올린 무림의 질서는 흔들렸고, 무너져 내리기 시작했다.

그것을 지켜야 했다.

황자와 그의 동료들은, 그리고 그의 수하들은 그것을 지키기 위해 모든 노력을 아끼지 않았다. 당시 황자는 이미 무림에서 가장 강한 한 사람이 되어 있었다.

하지만 세상은 끈질겼다.

무림과 권력가들은 무림과 관 사이에 세워놓은 질서를 흔들기 위해 끈질기고 지독하게 달려들었다. 황자를 넘볼 수 없게 되자, 황자의 가족과 동료들을 넘보았고, 세월이 지나 부패하기 시작한 황자의 동료들과 수하들은 황자를 향해 반기를 들었다.

사랑하는 연인을 잃었다. 연인과 맺은 사랑의 결실 또한 잊어버렸다. 동료들은 떠나갔고, 수하들은 사라져 갔다.

어느 순간부터.

황자는 혼자가 되어 있었다.

혼자가 되어 끝까지 자신의 꿈을, 사랑하는 이와 그를 믿고 따라와 준 동료와 수하들이지지 해주었던 꿈을 지켜갔다.

그리고 깨달음을 얻었다.

황자는 무심해졌다.

그럼에도 그는 끝까지 남아 무림을 지키기 위해 노력했다.

아주 오래전 황조가 경험했던 기억의 단편이었다.

그것들이 떠오른다.

황조에게 자신의 존재를 알렸다. 황조는 그때 그가 경험했던 모든 소리와 감정들을 하나둘 전해 듣고 있었다.

그리고 하나둘.

황조가 잊고 있던, 무심의 감정으로 이제는 느끼지 못했던 것들이 하나둘 떠오른다.

깊은 심해에 잠겨 그 색깔마저 퇴색돼 버린 것들이 모두 되살아났다.

그것들이 모두 찬란하게 빛나는 순간.

"황조께서는 저와 같은 시선으로 만물을 보았음에도 잊으셨나 봅니다. 무심이 무심이 아니고, 무용이 무용이 아님을 말입니다. 보이지 않는다 한들, 들리지 않는다 한들 그것이 없는 것이 아님을 말이지요."

송현의 조부가 하늘 문 너머로 떠나기 전 그에게 했던 말이 되살아났다.

"흐허허허헝!"

황조의 사자후.

쏴아아아아아아!

그것은 거대한 뒤흔들림이었다. 하늘에 구멍이라도 뚫린 듯 빗물이 쏟아져 내렸다. 황조의 얼굴에도 빗물이 얼룩진다.

아니, 울고 있었다.

지금껏 잊히고 퇴색됐던 감정들이 모두 한 번에 살아나면서 그의 무심은 깨어져 버렸다.

황조가 물었다.

"의도한 것이더냐?"

그 물음에 송현이 고개를 끄덕였다.

"밖에서 제 연주가 들리지 않는다면, 안으로 깨워야 했으니까요. 음악이 듣는 이마다 달리 들리는 것은, 듣는 이의 안에 담긴 음악이 저마다 다르기 때문이니까요."

"그래, 그렇구나."

황조는 고개를 끄덕였다.

송현의 의도는 성공했다. 무심은 깨어지고, 송현은 기어이 황조의 마음을 돌려세웠다.

"나는 무림을 사랑한다. 무림을 통해서 자유를 꿈꾸었고, 무림을 통해서 소중한 이들과 인연을 맺었다. 함께 약속한 꾼 꿈을 지키기 위해, 무림을 지켜 왔었다. 한데, 잊었구나. 나는 스스로 무림을 망치고 있었다. 내가 꿈꾸던 무림을 지키고자 하였거늘, 결국 지킨 것은 허울뿐인 껍데기뿐이었구나."

관과 무림의 불가침을 지키고자 했던 것이 아니다.

황조가 꿈꿨던 무림을, 황조가 무림에서 경험하며 추억을 쌓았던 그 무림을 지키고자 했던 것이다.

관과 무림의 불가침이란 그저 그것을 위한 가장 기본적인 수단이었을 뿐이다.

웃음도, 눈물도, 절규도.

모든 것이 무심하였기에 그것마저 잊고 있었다.

"나는 이제 과거의 사람이 되었구나."

황조가 지키고자 했던 무림은 이제 껍데기밖에 남지 않았다. 그가 지키고자 했던 무림은 이미 오래전에 사라져 버렸다. 그 스스로 지워 버렸다.

그것을 깨달았다.

화아아악!

황조의 몸에서 광채가 쏟아져 나온다.

하늘 문이 열렸다.

하지만 그것은 우주를 쏟아내기 위한 문이 아니었다. 황조를 불러들이기 위한 문이었다.

우화등선(羽化登仙).

신선이 되어 하늘로 올라가는 것.

황조는 잊고 있던 마지막 깨달음을 얻었다.

"축하드립니다."

출혈 탓에 얼굴이 창백하게 탈색된 송현이 웃으며 말했다.

"흡!"

하지만 황조의 얼굴은 돌처럼 딱딱하게 굳었다.

지난날들의 기억과 감정들이 되살아났다. 그가 했던 일들도 모두 떠올랐다.

황조는 자신의 손을 내려다보았다.

무수히 많은 피로 물들인 손이다. 무심이란 이름 앞에, 무림이란 이름 아래에 그보다 많은 피를 흘리게 했던 손이기도 했다.

계획에 방해된다면, 저항하지 못할 아이도 죽였다.

목숨을 바쳐 충성을 다한 수하들도 아무런 망설임없이 희생시켰다.

인간으로서 하지 말아야 할 온갖 악행과 패악을 도맡았다.

추악한 업보를 뒤집어쓴 몸뚱이였다.

"나는 신선이 되어서는 안 되는 몸이다! 내가 가야 할 곳은 저 하늘이 아니다!"

황조는 자신이 선계로 올라간다는 사실을 부정했다.

하지만 그러는 동안에도 그의 몸은 계속해서 하늘로 떠오르려 하고 있었다.

이미 한 번 하늘로 오르길 거부했었던 황조이기에, 이제는 그 거부권마저 허락되지 않는 듯한 모습이었다.

황조는 조급했다.

절망에 빠져 눈물을 지었다.

"나 따위가 어찌 신선이 될 자격이 있단 말인가!"

그리고.

콰득!

"컥!"

황조의 손이 송현의 가슴을 꿰뚫고 심장을 움켜쥐었다.

갑작스러운 고통에 송현의 눈이 크게 부릅떴다.

"미안하구나. 하지만 나는 도저히 이 업보를 진 내가 신선이 된다는 것을 인정할 수 없을 뿐이다."

황조는 송현을 향해 말했다.

콰화화확!

황조가 쏟아내는 막대한 기운이 움켜진 송현의 심장을 쏟아져 들어갔다. 황조가 지금껏 쌓아온 힘과 깨달음, 의지. 그 모든 것을 송현에게 주입한다.

그럼으로써 우화등선할 자격을 스스로 내버리는 것이다.

"내가 가야 할 곳은 저 하늘이 아니라, 땅 밑 불구덩이 속임을 나는 알고 있음이니!"

파삿!

금이 가기 시작했다.

명경이 깨어지듯 황조의 몸이 사선으로 깨어져 나가기 시작했다. 그 깨어짐이 이내 거미줄처럼 얽히고설킨다.

팟!

그리고 이내 흩어져 버렸다.

털썩!

가슴을 꿰뚫린 송현의 신형이 앞으로 푹 고꾸라져 버렸다.

스스로 신선이 될 자격을 부정한 황조는 한 줌의 먼지로 사라져 버린 뒤다.

남은 것은.

꿰뚫린 심장에서 핏물을 쏟아내며 쓰러진 송현뿐이었다.

트드득!

쓰러진 송현의 몸이 꿈틀거린다.

황조가 그랬던 것처럼 이내 송현의 몸에서 밝은 광채가 터져 나오기 시작했다.

'돌아간다고 약속했는데.'

힘없이 축 늘어진 송현은 자신을 기다리고 있을 유서린을 생각했다.

일어나야 하는데 몸이 말을 듣지 않는다.

몸이 자꾸만 허공으로 떠오르고 있었다.

'유 소저……!'

송현은 나오지 않는 목소리로 유서린을 불렀다.

"예?"

돌아올 것이라 약속했던 송현을 기다리며 산 아래를 바라보던 유서린이 문득 고개를 돌렸다.

"왜 그러시오? 사람 무섭게?"

그런 유서린의 고개가 향한 곳엔 주찬이 있었다.

한참 열심히 짐을 싸고 있던 주찬은 갑작스러운 유서린의 모습에 저도 모르게 주춤 뒷걸음질 쳤다.

"부르셨나요?"

"아, 안 불렀소만?"

유서린의 뜬금없는 질문에 주찬이 영문을 모르겠다는 듯 고개를 휘휘 저었다.

유서린은 그런 주찬을 가만히 바라보다 이내 고개를 갸웃 거렸다.

"이상한 일이네요. 분명 누군가 저를 부르는 소리가 들렸는데?"

"바람 소리겠지. 요즘 잠도 안 자고 그러고 기다리고 있지 않소. 피곤해서 환청을 들은 것 아니겠소."

주찬이 대수롭지 않게 설명하자 유서린은 마지못해 고개를 끄덕였다.

"그런가 보네요."

그리고 이내 작게 웃음을 지었다.

'하긴 송 악사님 목소리였으니까.'

송현은 아직 돌아오지 않았다. 그러니 그의 목소리가 들릴 리도 만무했다.

*　　　*　　　*

십 년 뒤.

새로 창설된 무림맹이 햇수로 십 년을 맞이했다.

무림맹 앞에는 몰려든 구경꾼들로 인산인해를 이루었다. 최근 강호를 뜨겁게 달구었던 잔치가 벌어지는 날이었다.

"정말 무림맹주이신 정천신도(正天神刀)께서 직접 주례를 서신단 말입니까?"

"아! 그렇다니까! 어디 그뿐인 줄 아는가? 이번에 혼례를 올리는 여인도 아주 유명한 여인 아닌가. 강호에 소문난 여걸인데다가, 그 얼굴도 하늘에서 내려온 선녀와 같으니……."

"허헛! 그 이야기는 나도 들었소. 신랑이 누구인지 모르겠으나 아주 횡재했다고 난리더이다."

"그래! 그렇지. 더욱이 오늘은 무림인이 아닌 모두에게 개방된 잔치이니 이참에 어디 무림맹의 귀하신 분들 얼굴이나 구경

하자고 이리 다 모인 것이 아닌가."

두 사람이 오늘 열릴 잔치에 대해서 한창 신이 나서 떠들고 있었다.

그때.

"잠시 질문 좀 여쭙겠습니다."

그런 그들에게 누군가 말을 걸어왔다.

고개를 돌려 보니 두 사람이 그의 앞에 서 있었다. 죽립을 눌러쓰고 있어 얼굴은 확인하기 어려웠으나, 겉으로 드러난 체형을 보아하니 말을 걸어온 이는 사내였고, 그 옆에 말없이 가만히 따라온 이는 여인인 듯했다.

"마, 말씀하시오."

"잔치가 열리는 곳으로 가려면 어디로 가야 합니까? 오랜만에 찾아와서 그런지 전보다 많이 바뀌어 있네요."

"음? 무림인은 아닌 모양이오? 무림맹이 증축(增築)한 지가 언젠데 여태 모르실까. 그 정천신권께서 생긴 건 깎다 만 석상 조각마냥 일 처리하는 손만큼은 아주 야무지시기로 유명하지 않소. 이리저리하시다 보니 닷 해 전에 새로 증축을 했었소이다. 아무래도 전 중원을 아우르는 무림맹이니 예전의 규모는 좀 작기는 했소이다."

"아! 그렇습니까?"

"뭐, 그거야 상관없고, 우리와 같은 구경꾼인 듯한데, 따라오시오. 어차피 가는 길이니 함께 가십시다."

그렇게 네 사람이 무림맹 안으로 들어섰다.

안에는 벌써 식이 진행되고 있었다.

마주 보고 선 신랑과 신부.

"하이고 참! 예쁘다 예뻐! 어찌 저리 빚어 놓은 도자기마냥 저리 예쁠까! 하여간 신랑이 횡재해도 아주 제대로 횡재했어!"

여기저기서 신부의 미모를 칭찬하는 말이 가득하다.

"예끼! 어찌 신랑만 횡재했다 하는가! 이렇게 보여도 신랑도 그 유명한……."

그 말에 누군가 반박한다.

그때.

"이상 무림맹주 진우군 대협께서 두 신랑 신부에게 있어 축하의 말과 함께 살아가면서 도움이 될 금과옥조와 같은 말씀을 드리겠소이다!"

식을 진행하는 사내의 외침에 두 사람의 말이 묻혀 버렸다.

좌중의 시선이 다시 식장으로 집중되었다.

저벅. 저벅. 저벅.

모두의 시선을 받으며 진우군이 식장 가운데에 섰다.

무림맹주 진우군.

그가 무림맹주가 된 지도 십 년이란 세월이 흘렀다. 그는 그간 무림맹주의 직무를 훌륭히 완성해 놓았다. 그렇기에 그의 이름을 모르는 사람은 아무도 없다.

그럼에도 그는 좀처럼 공식석상에 모습을 드러내는 법이 없다.

모두가 그의 말을 기대하는 것도 그 때문이다.

"……."

모두의 시선이 진우군에게 집중되었을 아는지 모르는지.

"축하한다. 싸우지 말고 잘 살도록. 이상."

진우군은 겨우 그 말만 하고 휙 하고 돌아서 버렸다. 뭔가 장연설을 기대했던 군중들로서는 쉽사리 받아들이기 어려운 장면이었다. 아니, 다른 무슨 말이 더 있겠거니 하며 아직도 돌아서는 진우군의 뒷모습을 가만히 지켜본다.

"흠흠흠! 하여간 대주… 아니, 맹주님은 이런 자리에서도 그러셔야겠소!"

보다 못한 사회자가 버럭 소리를 내질렀다.

사회를 보고 있는 이는 주찬이었다.

어디서 벌써 거나하게 한잔했는지 그의 코는 빨갛게 달아올라 있었다.

하긴, 술기운이 아니고서야 주찬이 감히 진우군에게 이런 잔소리를 할 수 있을 리는 없었다.

"아, 알았소. 아, 아무튼 다음 순서는 이날의 혼례를 축하하기 위해 아주 귀하신 분을 초대하였소이다. 그러니 이곳에 모이신 하객 분들도 큰 박수로 환영해 주십시오!"

신부의 눈초리를 본 주찬이 급히 식을 다시 진행한다.

주찬의 외침.

"무림맹주 진우군에… 천하에 천권호무대의 부대주라는 주찬 대협께서 사회를 보시는데 이보다 더 귀하신 분이 있으려나……?"

주찬의 말에 웬 사내 하나가 조용히 중얼거렸다.

이미 식에 참석한 이들 모두 하나같이 귀하지 않은 사람이 없었다. 강호는 물론, 일반 백성들도 이름과 별호만 들으면 누구인지 알 수 있을 만한 유명 인사들이었다.

그런데 그들을 앞에 두고 귀한 분이 오셨다고 했다.

그때였다.

저벅. 저벅.

중얼거린 사내의 곁으로 누군가 스치고 지나갔다.

죽립을 눌러쓴 사내였다. 그리고 그런 사내의 옆에 똑같이 죽립을 눌러쓴 여인이 따라붙는다.

사내가 막 신부의 곁을 스쳐 지나갈 때.

사내의 입술이 움직였다.

"결혼 축하해. 상아야."

오늘의 혼인식은 상아와 죽조도인의 손자 장현식의 혼인을 축하하는 자리였다.

그리고 사내의 이름은 송현이었다.

"잘… 할 수 있을까요?"

송현의 귓가로 부드러운 목소리가 들려왔다. 그와 함께 온 그녀는 걱정하고 있었다.

괜한 실수로 중요한 잔치를 망칠까 걱정하는 듯했다.

송현은 웃으며 낮게 중얼거렸다.

"걱정하지 마세요. 유 소저는 저만 믿고 따라오시면 돼요."

송현과 함께 온 여인.

그녀는 유서린이었다.

송현과 유서린이 자리를 잡고 앉았다.

준비해 온 비파와 피리를 저마다 꺼내 준비를 마쳤다.

"자! 소개하겠소이다! 풍류선인 송현 대협과 그의 부인이신 유서린이시오!"

그 모습에 주찬이 소리쳤다.

그 외침에 좌중이 술렁이기 시작했다.

한 곡조 음악으로 비바람을 자유자재로 부리는 땅 위의 신선.

무림에서도, 아니, 무림이 아닌 일반 백성들에게 더욱 유명한 이름이 흘러나왔다.

"풍류선인이시라니! 그분이 어떻게 여길……."

"예끼! 그분이 한때 무림에 몸을 담으셨음을 모르는가? 저기 저 말 몇 마디 하고 도망친 맹주와 저기 저 혼자 술 처먹고 신나서 떠들어대는 주찬 대협과도 한때는 동고동락했던 사이가 아니던가! 그리고 오늘 신부는 또 어떠한가. 신부가 어렸을 때부터 풍류선인과는 가족같이 지냈다고는 사실은 유명하지 않은가."

"그래도 그렇지. 풍류선인이시라니……."

여기저기서 말이 쏟아져 나온다.

귀한 손님이라 하였는데, 예상했던 이상으로 귀한 손님이 찾아온 것이다.

강호 무림인의 영웅이고, 백성들에게는 그들의 영웅이다.

그런 그가 직접 혼례식장에 찾아오리라고는 누가 상상이나 했을까.

송현은 그런 하객들을 하나하나 살피며 이내 웃음을 지었다.

상아가 송현을 노려보며 입을 뻐끔거린다.

듣지 않아도 알 수 있다.

왜 거문고가 아닌 비파를 들고 왔냐는 것이다.

"요즘 이 비파 연주가 재미있더구나."

송현은 상아에게만 들릴 만한 목소리로 이야기하고는 이내 유서린과 눈을 마주했다.

송현은 생긋 웃었다.

"그럼 시작할까요, 부인?"

"예."

비파와 피리 소리가 시작된다.

그 잔잔한 곡조는 달콤하고 부드럽다.

팔랑!

그 노랫소리에 나비 한 쌍이 날아들었다. 나비는 신부의 머리 위에 살짝 앉았다가 이내 신랑과 신부 사이를 오가며 춤을 춘다.

'최고의 혼례식으로 만들어주마.'

비파를 연주하면서도 송현은 상아를 보며 싱긋 웃음을 지어 보였다.

그리고…….

"어어어엇! 저, 저것 보게!"

"아니, 마른하늘에 갑자기 무지개다리가!"

청명한 하늘에 무지개가 그려졌다.

그 무지개다리는 신부와 신랑이 혼례를 올리는 혼례식장까지 길고 선명하게 이어져 있었다. 그 위로 온갖 산새가 날아들어 지저귀며 오늘의 혼례를 축복해 주고 있었다.

결혼식이 끝나고 송현과 유서린은 무림맹을 나섰다.

다른 이들의 시선을 피한 밤중에 나선 길이다.

"송 악사님께서는 이제 이제는 무림에 나서지 않으실 건가요?"

"아마도 그렇지 않을까요?"

유서린의 물음에 송현이 고개를 끄덕였다. 그리고 장난스럽게 웃는다.

"왜요? 부인은 제가 무림에 나섰으면 하세요?"

"아니요. 저는 송 악사님과 함께라면 상관없어요."

"고맙습니다."

유서린의 대답에 송현이 고개를 끄덕이며 대답했다.

송현은 유서린을 가만히 바라보았다.

이미 알고 있었다. 송현이 무림에 나서길 원치 않아 했지만, 무림은 송현을 쉬 내버려 두려 하지 않았다.

아마 이번 무림맹에서도 몇몇이 유서린을 통해 송현이 다시 무림맹에 힘을 실어주길 부탁했을 것이다.

"모두들 잘하고 계시잖아요. 대주께서도 맹주의 역할을 다 하고 계시고, 다른 분들도 모두……. 그러니 그것이면 충분합니다."

송현은 웃었다.

황조를 보았다. 그에게 음을 심어 넣으면서 송현은 그가 살아 온 모든 과정을 간접적으로 경험하고 들어야 했다.

그리고 황조의 모든 힘이 송현에게 옮겨 온 지금.

송현은 무림이란 곳이 자신에게는 어울리지 않는 곳임을, 무림은 영영 떠날 수 없는 곳인 동시에, 무림에게 송현은 이제 과거의 존재가 되었음을 깨달았다.

송현에게 무림은 황조와 마지막 결전을 치렀던 그때에 머물러 있었다.

그 의지, 그 신념.

어느 순간 그것이 어긋나면, 송현은 또 다른 황조가 될 수가 있다.

황조와 다른 점은 황조는 그것을 인지하지 못했고, 송현은 그것을 인지하였을 뿐이라는 사실이다.

"기쁘네요. 이렇게 오랜 세월 우리가 함께 있을 수 있다는 사실이."

송현은 유서린의 손을 꼭 잡았다.

떼쟁이 상아는 어느새 커서 결혼을 하고, 천권호무대도 모두가 저마다의 역할을 다하고 있다. 그리고 지금 송현의 곁엔 유서린이 있다.

그 자체가 너무나 기쁘다.

송현과 유서린은 무림맹을 떠나 둘만의 거처로 돌아가고 있었다.

문득 송현이 물었다.

"그런데 우리 다섯째는 언제 가질까요?"

송현과 유서린.

두 사람은 무림맹을 떠나 어쩌면 한 명 더 늘어날지도 모를 네 명의 아이와, 두 사람이 함께 사는 가정으로 돌아가고 있었다.

『악공무림』 완결

황금사과의 창작공간
http://cafe.naver.com/ goldapple2010.cafe

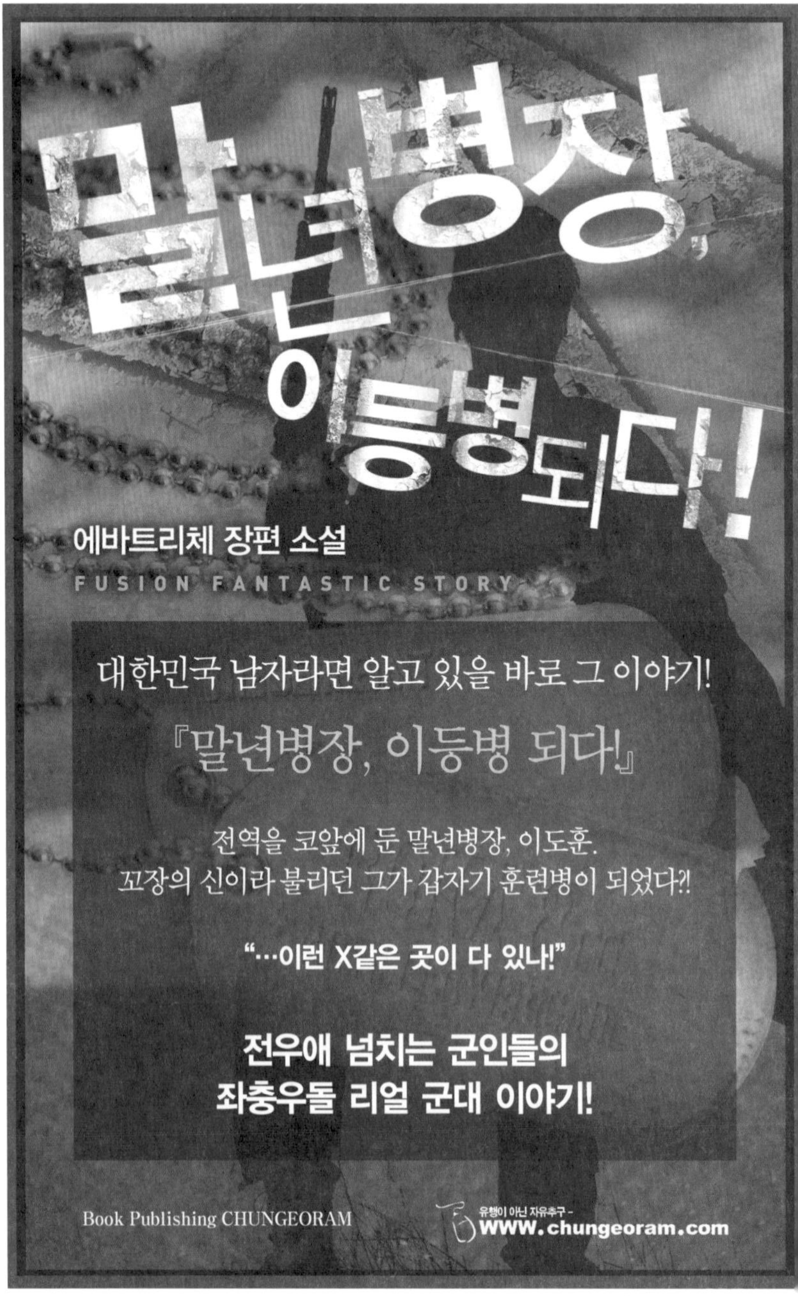
말년병장, 이등병 되다!
에바트리체 장편 소설
FUSION FANTASTIC STORY
대한민국 남자라면 알고 있을 바로 그 이야기!
『말년병장, 이등병 되다!』
전역을 코앞에 둔 말년병장, 이도훈.
꼬장의 신이라 불리던 그가 갑자기 훈련병이 되었다?!
"…이런 X같은 곳이 다 있나!"
전우애 넘치는 군인들의
좌충우돌 리얼 군대 이야기!
Book Publishing CHUNGEORAM
유행이 아닌 자유추구 -
WWW.chungeoram.com